初岸
Chu
an
岸

与美同栖

·沈从文文集·

阿黑小史

沈从文 ◎著

民主与建设出版社

·北京·

Ⓒ民主与建设出版社，2018

图书在版编目（CIP）数据

阿黑小史 / 沈从文著 . —北京：民主与建设出版
社，2018.3
（沈从文文集；5）
IBSN 978-7-5139-2038-4

Ⅰ . ①阿…　Ⅱ . ①沈…　Ⅲ . ①小说集－中国－现代
Ⅳ . ① I246

中国版本图书馆 CIP 数据核字（2018）第 050056 号

阿黑小史
A HEI XIAO SHI

出 版 人	李声笑
著　者	沈从文
责任编辑	刘树民
封面设计	白砚川
出版发行	民主与建设出版社有限责任公司
电　话	（010）59417747　59419778
社　址	北京市海淀区西三环中路 10 号望海楼 E 座 7 层
邮　编	100142
印　刷	三河市天润建兴印务有限公司
版　次	2018 年 6 月第 1 版
印　次	2018 年 6 月第 1 次印刷
开　本	880mm × 1230mm　1/32
印　张	10 印张
字　数	278 千字
书　号	ISBN 978-7-5139-2038-4
定　价	40.00 元

注：如有印、装质量问题，请与出版社联系。

目录
contents

阿黑小史

小砦及其它

一个母亲

《一个母亲》发表于 1929 年 7 月 10 日《新月》第 2 卷第 5 号。署名沈从文。1933 年由合成书局初版单行本。原目收录小说作品:《〈一个母亲〉序》《一个母亲》。

《一个母亲》序

因为生存的枯寂烦恼，我自觉写男女关系时仿佛比写其他文章还相宜。对于这方面，我没有什么经验。写这问题，可没有和我平时创作的态度两样，在男女因情感所起冲突中，我只尽我的观察，理解，解释这必然的发展变化。我并不在几个角色中有意加以责备或袒护的成见，我似乎也不应当有。我并不如据说在国内称为"批评家"权威辈说的成心在那里赞美情欲或讥讽绅士。只是以我的客观态度描写一切现实，而内中人物在我是无爱憎的。倘若还有人还要把这个引为"同道"或"异端"，想以他个人的趣味作我文章的尺度，我觉得这人是在极其可笑情形中白费了他的气力，实在为他可惜。因为我这作品并不是为等待这些毁誉而写成，我劝他还是去介绍他熟人一本新著，得到认可和赞许的机会可多一点。我这种试验性的作品，说真话，还不值得批评！

在技术上，我为我作品，似有说明必要的，是我自己先就觉得我走的路到近来越发与别人相远。与别人不同，这成败是不可知的，因为最好的批评家是时间。时间延展，虽其中免不了侥幸，但无论如何，把作品付之于时间，是比之付于现在由书业中大老板所支配指定的批评者手中为可靠的。既是后话可不题。至于目下，我得承认我工作是完全失败了。看到一般人，对于章回体看来不费脑力的作品感到倾心，我不承认我的失败是不行的。在许多近人名家作品中，对于他们的作品使我感到佩服的，是他们空话之多。他们真不愧为在那里创造理想中人物，不过似乎常常是理想过高，因此结果从这些作品中反映出人物都同平常人两样，虽然他们还自夸是"高度写实"，人的脸也象是用尺寸规画出来的，不走丝毫。因为把字数延长，他们就令每一个书中人都经常喋喋不休，说上一些没有关系的空话。因为有"思想"，他们有时就借一个厨子的口来说明"国际联盟"以及不下于国际联盟那么与二十世纪中国某公馆厨子毫不相干的问题。他们想到革命，就写革命，想到恋爱非三角不行，本来只有两个，也就想方设法勉强再凑上一位。他们表现理想中人物的人格，却依赖这纸上的英雄独唱，毫不悭吝一切豪华美丽的言语，只以为一说出来一切问题就从作品中人物言谈行动上得到了正确解决。他们所谓"抓着时代"，在时代中产生时代作品，那种态度和方法，其实还是中国往日名士诗人"即兴"一样，自然他们各人都有理由说某一方面才认为是可以讥诮的"即兴"，某一方面是"忠于时代"。到底这些人是聪明人，在一切方便中他们是轻轻易易就完全成功了的。中国当然是需要一种继续章回传奇与《聊斋志异》侦探香艳小说的作品，天才名家，应运而生，没有什么可怪处。他们能得大众的了解与同情，是他们把习惯的一套给了时代，可不象是时代真正给了他们什么。

上面我说的话，是偏于对表现技术而联带及思想意识我个人的态度，我愿意也有人相信我的话不完全是个人的牢骚。时下名作家们，是有以疏忽此点反而成功的事实作证明足以自傲。批评家们又以"通顺可作中学教本"的话而奖励了这种作品而作成普遍推广宣传的。这些人完全是"聪明人"。

我的见解是明知自己失败，却找不出对成功者以尊敬机会。在走不去的荆棘塞途的僻路上，将凭我持拗顽固的蠢处，完成我自己所能走的一段路。我以为一件作品对外景只在说明充实背景的需要而存在。说明上文字的节制是必须的，这是我有意疏于写景的一种解释。我以为表现一个理想或讨论一种问题，既然是附丽到创作中，那么即或形式是小说的形式，在对话动作种种事情方面，适当节制为势所必须，过分的铺张应当是一样忌讳，观察详细又不可缺少，一切应当从需要作考虑。这是我在描写上不能夸张复有琐碎的一种解释。

假若有人问到：作品中的孩子，结论到底是怎么样? 对于这样疑问，我一时还找不到适当回答。因为孩子还是一个孩子，年纪只是一岁或三岁，有一个日益发胖温和"伟大"的父亲，同时又有一个"富于人性慈爱"的母亲，就正是一般孩子在幼小时所需要的一种家庭。一个正常家庭的情形，使孩子能好好的活到世界上，不寒不饥，有病时可以及时吃药，疲倦时能睡到母亲怀抱内，或极精美安适的摇床内，也就可以说是孩子所希望的合理结论了。

一个母亲

第一章

一

"在他们间居然有了孩子……"一些不很知道他们生活，又略与他们夫妇相熟的人，当孩子出世以后，是曾那样用着稍稍奇怪的意义，把这孩子出世的消息议论到的。

孩子满了周岁，外祖母远自三千里外，托了来京的便人，把许多小孩子的衣帽玩具装满一箱寄来。同时为这作母亲的女儿写了长长的信，信上充满了这老人家自觉的幸福，还用一些略带骄傲的语气，说如何把寄去的相片给了亲戚们看，如何做梦梦到这小孩子的长大成人，牵了外祖母的手走路，如何……凡是可以使老年人高兴的一切全写到了。

一对夫妇结了八年婚，对于小孩子似乎是无望了，忽然使一个人作了外祖母，这作外祖母的心情忽然增了若干孩气是当然了。

来信的时节，正是母亲把孩子换了白色的干净衣服，放到白色藤制小卧车中，预备推向公园去的时节。草草读完信的母亲，把箱开了，一件件取出那些小孩子的东西来，小鞋小帽皮球口琴喇叭裤褂，……一面向小孩子逗着，把每一件东西都给放在小孩子手上，一刻又取去丢到一旁，一面又向站在身旁的王妈笑，奇怪乡下的老太，亏她想得到会这样那样塞了这一箱子。

"看，小菩萨也拿来了！"说时她把一个泥佛拿在手上。"这是送我的，我小时候就只想得这样一个泥佛玩。做梦也这样打算，到大王寺偷他一个来放到枕头下当宝物。瞧，老太不知到什么地方得到这东西。上面有字，是庙里来的，真好笑！"

她把那小泥佛给孩子，孩子不知道这东西用处，就放到口边去。她又把它从孩子手中抢回。"嗨，这是糖吗？这也吃得吗？应当归我，宝宝，你只能玩糖做的菩萨。王妈，把这个放到我镜台上去。你瞧，这个手工，不平常，你小心莫掉到地下！"她谨谨慎慎的把泥佛交给了妈子，第二次拣出了一个球，放到孩子手上，"宝宝，你吃得下这个就吃。"

把每一件东西取出，她总用那又惊讶又欢喜的口吻，或者说"这外祖母才好笑！"或者说"这也拿来！"或者说"全是送我的，宝宝没有分！"

本来已经二十六岁的母亲，到这时只象十八岁的姑娘。远地的来信同东西，把外祖母一方面做母亲的爱全带来，使孩子的母亲也成为大孩子了。

听到外面卖花的喊花，她想起应当去公园，太晏了，太阳会大，所以才胡乱的把箱子中物件放下，推了小孩的车离了家。

到了公园树荫下，她望到孩子的脸，目光不忍一刻离开。孩子一岁了，肥壮，干净，活泼，白的小脚板使做母亲的只想放到嘴边，全身都有一种香甜气息。

孩子还会咧了小小的口作笑样子，还会喊妈妈爸爸，在世界上他有他的地位，在母亲的心中地位更看不出他的渺小。

公园中这几日来因为天气太热，树木都象很疲倦，园中每早都有小工拿了水龙头各处洒水。望到这些洒水人做事情形，在平时，她总想起一件可笑的事，就是小时候看求雨的人扛着草扎的龙，到人家门前，各人把满瓢的水向头上浇去的情形。她为什么只想到这件事，那是奇怪的很，因为这草龙，这满瓢的水，同自己有着大的关系在，而孩子，也有分。不过过去的事如过去的春天，只要一成了过去，仿佛所余就只是一个梦了，所以纵孩子还在身边，孩子的小小的脸貌和那种顾盼神气，都可以使母亲想起一些应当流泪的故事。但因为目前生活的平静，心情成为纯然母性的心情，不能把另一时的事扰乱自己目下的心，见到水龙想起其余的一切，她也只当成一个可笑的联想了。

今天仍然见到小工在那坪里作事，水从龙头喷出，在朝日下成虹彩。水中有虹彩在，外祖母的信，在后面，似乎还赞美了孩子的像相。"水中有虹"，这样想，她有点不自在了。信就在袋中，她把它取出重新来看。

来信说：他们说孩子叫奇生，是谁取的？他们说孩子象妈，不象父亲。孩子都说长得太好，我听到这话有一千次了，自然你可以笑我是有一千次把他的相给人看的缘故，才会听到这样多赞美。我为他到万佛林许得有愿。我为他算命，据说比他父亲还聪明。信上完全说孩子，也完全好象只有孩子口中才说得出的话，看到后来这母亲忽然站起来想避开孩子，有到另一个无人地方哭一次的需要了。她用两只手把一叠信纸扭成一根绳，走到离开小孩有一丈以外地方去，望着天上的白云，颜色沮败，如害了病。

云在蓝天作衬的空中缓缓的飞。

缓缓移动的云象是非常蕴借的用那飘逸的姿态，说明自己是无事不知，只不开口。聪明的人既能仰目欣赏，当能追忆过去任何时天上的云所看到地下的事。

这母亲感到了孤独了。她需要援助，但越更怕望那小孩所在的一方。

她想：这奇怪，忽然有这样心情。

她想：自己真是可怜的人，生到这世界上。

她想：这一年来是为小孩子而活；这时，为自己，所以，重新来作呆子，不快活了。

虽然怎样自己解释，用各样辩解对自己加以饶恕，用好的未来原谅了自己不愉快的过去，仍然是为一些东西咬在心上不放，有一种说不分明的苦痛纠缠。她为了设法保持自己前一时的那样心上和平，就仍然鼓了勇气走到孩子车边来逗孩子。

孩子见了母亲就笑。母亲也勉强笑。

低头看孩子的笑，在这天真纯洁的生命上，反映出的是母亲的蕴借于心中深处的罪孽的自责。

她不能不想一些与小孩子有关的事情。

"孩子不象爸，象妈。"

她记着在糊涂情形中的外祖母这话，再去详细望孩子，她望得出许多地方孩子是既不象妈也不象爸的有另一种风度存在的。鼻子，耳，长的眼，向上略竖的眉，以及笑时口角的带媚的垂线，全是那个人。这母亲，两年前，就因为这种笑，使自己冒了一种险，勇敢的作了一些自己在另一时想来也颇吃惊的事。命运的作弄成为人们追悔的根由，一时稍稍任性，一切的事一眨眼又成为过去，不能稍稍凝固，逝去了。人事随时间逝去，仍然凝固下来仿佛作成了生命上一种嘲弄表记的就是这孩子。但直到如今，情形是就是那名义上作父亲的人，也似乎毫不对于他自己地位加以疑惑，因而感到苦闷的。正因为外祖母，父亲，以至于熟人，都有这信任，没有人愿意对他自己亲权加以一分疑惑，所以母亲才能看到这孩子长大。孩子如今是出了世的第一周年，孩子的来由，是两年前的事了。

0事虽是两年前事，但她想来又象是许久许久以前的事了。若非今天孩子的外祖母的来信，虽是纵把孩子抱在手上也不至于再去想起孩子出世因缘的。

她想起她的秘密，重新温习当时的任性的行为，对于孩子，就生了另外一种怜悯，极温柔的把孩子抱到怀中，把小手在自己的嘴边。

坐到树荫木椅上了。

一朵白云在头上过去。母亲指云给小孩看。

"宝宝，这是云。"

孩子就说"云"。

"云是宝宝的爸爸。"

小孩子就又说"爸爸"。

"云是爸爸。"

"云——爸爸。"

一个名字叫做云的青年在母亲印象中涌起，母亲独自作着无望无助的微笑。

她笑了，她心中，为自己这微笑感到严肃，她第二次还是微笑。

二

到了十二点钟，那"父亲"从一个信托公司回到家中来吃午饭了。母亲同孩子是早已转家了的。母亲仍然在孩子身边，清理外祖母为孩子寄来的那一箱各样东西。孩子坐在小椅上，拿了球又拿了喇叭，还想要葫芦。这孩子性情有一种遗传——不知节制的贪多。

父亲回来衣还不曾脱，就到孩子身边去，抱了孩子把孩子高高举起。

"呀，宝宝，什么人送宝宝的这样多！"

那母亲仍然用在公园中那意义微笑，且轻巧的说：

"娘寄了一箱子东西来，早上送来的。"她把箱中物件指点给那父亲看，"这里，宝宝小帽子；这里，皮鞋；这里，短衣，绣花的，费好大功夫呀！还有这些，"她指的是一堆玩具。

"母亲真是有趣味，够她的收集！"

"还有奇怪的哩。"

她忽然想起了那泥佛。"王妈，拿那菩萨来。"王妈正预备走进房去，这母亲忽又自己争到去拿，一会儿这泥佛就在父亲手上欣赏了。

母亲把泥佛当第二孩子那样珍重，她见到孩子父亲在检察那佛座下的小字，就用着同王妈先时说到的神气，告给孩子的父亲，小泥佛如何给自己在小时增加了幻想的种种。她又说，"这是送我的，娘知道我欢喜这东西，所以才找来。"

对于孩子母亲的嗜好，孩子的父亲似觉得稍稍奇异，他望到与孩子争玩具的母亲温柔的笑。

那父亲说：

"素，我早知道你欢喜这个，我可以到庙会买十个。"

"因为是我小时欢喜的我才爱。"

"我看你从有了小孩以后就成了小孩子，完全不象大人。"

母亲不作声，转头问王妈，为什么不把老爷的漱口水拿来，不扭手巾给老爷擦脸。妈子听到了，才记起忘了告老爷今天有红烧鱼头上桌，把话说了还不曾走去拧手巾，因为照例说到鱼头父亲有话说，那父亲就说：

"王妈，你烧鱼头总是太甜。"

那妈子，乖巧的答："因为您爱甜。"

"我只欢喜淡。"母亲说了不自然的笑。

"有些人欢喜用醋，我顶恨醋。"父亲就表明身分似的说着对于鱼头的意见。

听到这话的母亲，背了身轻轻的咬牙齿。

那父亲又问：

"今天有信来没有？"

"就只娘有一封信。"

妈子把手巾拧了给主人抹脸，母亲有意避开这谈话，就不说信，只问妈子菜好了没有。

告她说快了，母亲又问妈子，孩子的衣缝了四天还不拿来是怎什么事。

她接着同孩子亲嘴，同孩子的父亲谈公司里姓王的同事结婚送礼，又谈天气热买冰，说孩子的身体重量。

她提出许多不必提的问题来同父亲讨论，尤其是关于孩子。

她比平时更母性了一点，这是父亲觉到的。

看到这情形的父亲，心中想，这真是一个模范母亲。

这母亲到无话可说，且看到父亲教给孩子喊爸爸，忽然感到一点慌张，就走到厨房去炒菜去了。不久把菜拿上桌子，又问父亲是失败了还是成功。

她的一切行为全为解释在公园中时心情的反照。

为了想忘记一些事，她才高高兴兴来作一些事。

他们于是吃饭了。

父亲喝酒。喝酒不是习惯，兴致特别好时才喝点。他一面看到孩子，一面看到孩子的母亲，不能不为庆祝一家人康健尽杯了。

母亲是知道这喝酒意义的，她笑。

掩饰心中由自己所刻画的残酷记号，没有比笑更为自然了。

两人在吃饭时谈的是外祖母，又谈到外祖母的信。孩子的父亲问信上说些什么，母亲才记起这信已被自己绞成一卷放到孩子的卧车里皮垫下，就叫王妈去看，是不是在那里。王妈把信取来了，孩子的父亲对这纸折皱的信毫不有所奇异，俨然这是应当象这样子的。在饭桌前把信看过，仍然吃饭。

母亲在父亲看信时节心中自然有一种小小波浪。她虽然明知道信上凡是使自己心跳的话未必父亲也同样心跳，她直到父亲把信看完才把含在口中的饭咽下。父亲每一提到孩子，母亲就如中恶，心身微微发抖。她虽能永远是用那使人看不分明意义所在的微笑来掩饰自己；她对于这父亲，坦白的几乎可以称为呆子的态度，是抱了一种说不分明的怜悯心情的。她的口时时微动，似乎只差一点就要大声的喊这孩子父亲做呆东西。但呆东西那种对孩子的希望却并不下于外祖母，因此她的自白的机会，就永不会在什么时候得到了。

把饭吃过不久，父亲仍然挟了他的大皮包到公司办公去了，家中就剩下孩子同孩子母亲。

作母亲的因为不许自己想起那些不是聪明人做的事，她把小孩子放到身边，自己看书。她往日也这样把日子消磨的，只是往日没有象今天那样勉强。在丈夫面前，她还可以象一个孩子，就因为丈夫把她当孩子。但是只她一人在自己孩子面前，她是一个完全的母亲。一个母亲对于孩子同孩子的父亲，当是整个的爱，没有别的成分搀入，才能使这母亲完成母性的伟大。如今的孩子，仔细的分析，一个负疚的赘疣罢了。

她一面看书，一面想起在三千里外为这外孙光荣未来作估计的外祖母，就低低的叹了气。

她从所看到的一本女人之忏悔上摘出许多仿佛为自己而说的话。

这是罪孽么？隐瞒下去，一直到死。正因为孩子，许多人才感到月的全圆。正因为孩子，家庭才完全无缺。这秘密的深伏，正如人类整个生命秘密的深伏，爱情所透过的应比日光还深。……

想着，还是叹气。

她觉得人是太懦的人。

她的叹息同她的笑，包含的是一样成分。

三

到晚上，从信托公司回到家来的孩子父亲，特为母亲买了十个泥佛，作一包，拿回来时没有把包皮取去，就要母亲猜。

她猜了十样物件，完全不对。

到后内容发现了，比外祖母给孩子的还精巧玲珑。

她吃惊的望着孩子的父亲。

这父亲，真象是为孩子的缘故把这东西买来给母亲，以为得到这泥佛的她当无量欢喜了。

他说：

"我看你象孩子，我就买这个来给你玩。"

作母亲的笑。他又说：

"这是纪念母亲对于孩子的周年。"

她脸上忽失了色。他还不觉到，又说：

"这是纪念我们的爱情。"

她稍过了一阵，伏到床上睡了。

时间还早，他怕是因为孩子苦了她，不让她这时就睡，邀她去公园玩，不带孩子，说是有话要同她说。她想了一会，摇头，说懒。

她不去，叹叹气，但是站起了身。

"不爽快，为什么事？"

"不为什么。"

"我们去玩玩，会好。"

"我不去。"

"我有话要到那里说。"

"当真么？"

"我并不说过谎。"

她凝眸望到这可怜的父亲，望了一会，眼睛有了潮湿，赶忙借故走到后面房间去看孩子。

他们不久就到了公园。

"夜里的公园，是年青情人的地方，我们好象已不合式了。"

他这样当笑话说着，挽了默默无言的她从一条夹竹桃编成的窄路上走到水池边。树下的人影重叠，似乎正在那里享受这美景良宵。池旁四围也有不少的人，各人象都在咬耳朵说着那使听者一方面心跳的话。间或一尾塘鱼泼剌在水面一响，大家又才把精神转移到水面来。

"这里仍然无聊，走别处去。"

女人不置可否，随了他走上一个假山。到了山上，看满园的灯，在树梢，本来非常有趣，他就站到那里各处望。她也各处望，心却不在灯。

"素，你为甚不愉快？"

"……"她摇头。

"是不是病了？"

"……"她摇头。

"白天我看你极高兴，到晚上为什么就这样子？"

"……"仍然是摇头。

她没有想到这时的难受。她简直想逃走了。

但是他，虽然看得出她的不愉快，可不知道为什么。这好丈夫决不至于想到提起孩子就使她心上起一种骚扰。

他想变更一个方法，提起他们共同所有的孩子，谁知刚刚说出孩子两字，她仿佛触了电，一直冲下假山去了。

到山脚下，他把她追上了，他拦住了她。他的态度是沉重的，他的言语同态度一样。他说：

"为什么？什么事把我们的生活扰乱到这样了？我做错了什么事你听别人说到什么？我欺骗了你么？"

"不！"

"你只是不，要我怎么办？"

"要你么？"她想着，把话凝住。她故意作笑样子。

他迫她说明白。他说无论怎么都行，只要说明白。

她还是没有说明白了什么，她只告他完全是因为自己，若是他能离开她，或者让她独自回家，不要用温柔来虐待她，她到明天就把一切不快消失了。

这话听来自然免不了使他稍稍生气。但他到后仍然照她办，让她回去，答应他一个人去看电影，看完电影就不回家，到同事的家去住一晚。

他们走出公园，他预备送她回家她也不要。

"你去吧，我自己回去。你明白我的脾气，必定能够原谅我。"

说是原谅，那也只不过是无办法那么情形，待到目送任性的妻走去，他感觉到一种凄凉，叫街车到××电影场去了。

她回到家中就躺到床上去哭。

她哭的时间很久。她不需要什么，只肆无忌惮的流泪。直到小孩子在后房啼哭了，她才去看视小孩。

她笑，叹气，流泪，都不是另外人能知道的。

第二天，一夜不安宁的父亲，七点钟即回到家来，孩子正在母亲怀中吃奶。

孩子喊爸爸，爸爸看到母亲脸上有笑容，也笑了。

第二章

一

十八年以前，这母亲还只有八岁。在生长的×县，过的是平常中户人家儿女的生活。家中有爸妈，一个外祖母，一个未出嫁的姑母，两个弟妹，还有一个女佣人。

冬天，陪外祖母在火炉边烤火，得便又同弟妹悄悄的走到后院雪地去印罗汉。或者敲下缸中的冰，用草管吹一眼，将绳子穿过，提起当锣。或者在灶肚热灰中烧红薯，烧板栗。在这些日子中正事是纺车，把成条棉花纺细纱，一切学到大人作。春天来了，照本地人春天的娱乐，消磨了一个春天。夏天秋天全如此过去。她已经是八岁了。那时家中叫她大妹，因为在孩子中年纪顶大。这大妹那时知道一年四季，春夏秋冬，迎冬，过年，端午节，吃新，中秋节，重阳节，冬至节，腊八佛生日。各样佳节循序而来，每遇到这种日子，家里就做各样好东西吃，孩子们年纪就再长，对于这些事看来是顶容易记到也当然了。

她孩子时代过得并不很坏。

那年六月，本地天干无雨，田禾干成枯草。照中国内地半开化民族习惯，落雨的权柄操在天上玉皇与河中龙王手中。天上玉皇可以随意颁雨，河中龙王也能兴云作雨。不知何年何月，地方上居然有聪明人想得出这样好计策，有方法使玉皇落雨了。这方法又分软求与反激两种：软求为设坛打醮，全城封屠，善男信女派代表磕头，坛外摆斋素筵席七天，给众首事僧道吃，贴黄榜，升桅，燃天蜡，施食，以至于在行香时各家把所有宝物用托盘托出，满城走，象开展览会（行香中少不了观音一座），据说因此一来本地就风调雨顺国泰民安了。求雨的反激办法可就简便洒脱多了，只要十个本地顽皮的孩子同一只狗，一张凳，一副破烂锣鼓就行。他们把狗用草绳绑到椅上，把狗头上戴一杨柳圈，两三人抬着这体面的首领满街走，后面跟随了喧阗的锣鼓。孩子们全是赤膊，到各家门前讨雨，每家都把满瓢满桶的水往这一群孩子同高据首席的公狗浇去。天上玉皇见了这情形，似乎以为地下有革命行为，想推翻玉皇，有大阴谋在，所以就动怒落雨了。

至于使龙王落雨呢？办法不同了。这仍然是孩子们的事，因为本地方大人只知道磕头、吃斋、赚钱三件事。孩子们用草扎龙，或者五节，或者三节七节，大小看能力所在。把草龙扎成，仍然是用敲锣打鼓，先到河中请水，请了水，就到各家去讨雨。一面因为天热，这些平时成天泡到河中消遣的顽童，对于水的淋头淋身，也具有一种比打醮首事人还诚心的需求，所以各个人家都不能吝惜缸中的清水。他们有时还把龙舞到郊外四乡去，因为乡下人礼节除了款待他们的清水外还预备得有点心吃，所以草龙下乡成为一种必需的事。

六月无雨。五月已打过了清醮，檀香降香据说用了不少，当地还是每天赤日当空，毫无雨意。打过醮，当磕头的磕头，当吃斋的吃斋，还有那当赚钱的也并不放过好机会赚了一些钱，到后来还不落雨，当地官绅学各界便毫无办法了。孩子们明白了地方上有身分的人责任已尽，轮到他们头上来了，就出现了不少草龙。在白日汤汤的大街小弄上，各处皆不缺少热闹欢喜的声音。孩子们勇敢不凡，各具赴汤蹈火的气概，成天在街上来去。

街上各处全湿了。洒过水后的街，为天空太阳所晒，石板上发烟，行路人皆俨然有行雨初过的感觉。

属于南门城沿一街的草龙一条，各处走，到后到了本文那大妹的家中院子里停住了，孩子们同声嘶嚷，请赏雨。皮面为水所湿的鼓作声蓬蓬，孩子们无水不能出门。

孩子们全出来看。

"龙来了，要水。"

大妹同一个幼弟就重复跑进屋。

"龙来了，要水！"

"水来了！"

果然来了，女佣人提了水桶从厨房走来，大妹拿葫芦作成的小瓢，舀桶中的水，向院中龙身浇去。

"这是不行的，要大雨。"

"你们转，我浇一天。"

"要大雨，龙口干，这样不行！"

大妹稍稍生了气，喊张嫂，拿大瓢出来。张嫂用大瓢浇，大妹还是用小瓢。

浇了一桶不够，还要第二桶。

到后又是第三桶。

到后舞龙头的人，看出用小瓢浇水的是上月装观音的人了，这发现，使他惊讶。

"这是观音，这是观音，你们看！"

大家都认出大妹是观音了。大妹害了羞，把瓢摔到地下跑了。孩子们撒起赖来，非观音再浇水一桶不行。站到石磴上口含京八寸烟管的是大妹父亲，先是不做声，看，这时他见到这些孩子们太放肆了，就走到水桶边来把水桶提起，把半桶水倾到作龙头的那孩子头上去。

在本地方，称人为美人，不说象仙人，是只说够得装观音菩萨的。

大妹的确在那年五月清醮曾装过观音一次。

二

生长得标致苗条，是有理由给本地方老太太们以"太好看了只怕短寿"那样批评的方便的。但不消说，凡是老太太们说的话都是囫诞的话，见到了大妹，是无一个老太太不想把她娶过家来作媳妇的。

本地方小孩子，是也以把观音定作未婚妻为乐事的，所以在家娇养一点的孩子，遇到家中问他是不是愿意要观音做妻时，纵红脸走去，不愿答应，但心中已十分满意了。

过了十年，这观音便作成了一个老太太的媳妇，一个青年汉子的妻了，结婚情形一如本地风俗，杀猪挂红，摆席请客，两个吹唢呐的人穿破烂红彩衣服，歪戴起插有鸡毛的执事帽，坐到门外，睁着仿佛发了瘾的眼睛，在每一个客人进门时节都鼓胀了腮帮，吹他那一套庆升平欢迎调子。

大妹的丈夫呢，是当年舞草龙头那孩子，如今正赶中学毕业，把太太娶来，凑成双喜，结果使自己忙得不成样子，把家中人心中各塞满了幸福。款待客人，用了将近一千块钱，得了一堂屋红绸红纸喜幛喜对，来的客人不曾吃酒，无事作，就把赏鉴这礼物当消遣。

十年来国家换了无数坐朝的人，本地方也影响到了闹房比先前更坏的样子了。虽仿佛男女皆为新时代人物，当晚上，丈夫当年的同志，想起了往年的事，还是非逼到作新郎的仍然作草龙的头让新娘子泼茶到头上不可。这高雅的游戏还得了少数上了年纪而有童心平时以礼教自持的人的赞助。一切作过，客人应当感到无聊了，这观音才能同龙头对面坐下。观音坐在床边，大的新的木床，漆的颜色是朱红，在新人背后是叠到六层红绿颜色锦被。

她不害羞，不怕，是因为在数年前定下婚以后常常见到的缘故，他在联合中学念书，而她也在坤范女中上课。但她有一种拘束，她明白这不是一个平常日子。

他问她：

"倦了没有。"

她不做声。

"你今天真象观音。"

她不做声，笑。

"累死我了，一些讨厌东西。"

她又笑了。

"笑什么？"

她低低的说：

"我笑你作龙头那年，被爹把一桶清水倒到头上打发出门的事。"

"是正因为那天才有今天的。"

"那时你是一个小痞子。"

"你今天才真是观音。"

她不作声，他又说：

"观音下凡，你想我多快活。"

“我只怕因为成天在你面前，就是活观音也有使你厌烦的一天的。”

“蜡烛还燃，我可以赌咒。”

“可是今天还不是赌咒的日子，不许说这样话。”

“今夜只许说你真好看，我知道。”

“说谎话骗自己，同说谎话骗人是很少分别的。”

“我是在骗我自己么？我不承认！”

“凡是这时否认的另一时都会自然承认。”

他不说话了，心里有点微寒。

她看到他情形，心中好笑。

过一会，她自言自语说：

“一桶水还不够，一瓢水就痴了，还要赌咒！”

“我真不是了解女人的人。”

“不了解女人的人，不一定是不好的丈夫。”

这就轮到他笑了。

这丈夫，当真是缺少了解女人的天才，而在过后生活中不失其为好丈夫的。

新妇的美丽成为本地人品评女人谈话的标准。

能够在丈夫跟前做一个好妻的人，照例算不得一个家中好媳妇，所以他们结婚一年，丈夫在××升了一个会计学校，这观音也随了丈夫在××住下，与家中分开了。两方面家中都可以每年供给一点钱，所以他们到××后日子过得并不很窘。

因为没有小孩子累赘，她到××也进了一个女子中学读书，白天上学，晚上仍然回家来住在一处。可是到丈夫从会计学校毕业以后，不知何故她还只是中学三年级学生。丈夫旋即被那亲戚介绍到信托公司作职员，她率性就不再读书了。

生活的转向，是为了丈夫的事业。丈夫一有了事业，她一出了学校，便常常同到一些同事的太太们过从，照例这些太太们是除了养孩子管家以外，每天都得邀同伴四位打一点麻雀牌，她因此到了××数年以后，性情变成与一般太太们一样，把出嫁时聪敏女儿心情完全消失，成为过着平常日子也似乎非常幸福的妇人了。

丈夫虽有时也察觉到象结婚一年中妻的可爱处已无从找寻，但这是谁的过失？而且他，这在事业中只知道安定为人生幸福，每到月底便往公司会计股签名拿薪水回家的好丈夫，所需要的也就正是一个目下情形的主妇。她是正如应他的需要，把自己成为那样各处全不难发现的妇人型的妇人了。

本来是清瘦的她到后是稍稍显得肥胖了。

在平稳生活中过着日子的他们，所有可以间或稍稍扰乱到心上的只是缺少一个小孩。在××的几年中大事可以记下的是她的父亲死了，妹出嫁了，使她有时想起在远处生活的母亲因而流泪。不过纵有流泪的事在生活中搅扰，她没有办法可以使丈夫在某一时节不带笑的说"你真胖了"的。

三

某一年，家中还只是两个人。时间是冬天，××落雪，雪特别大，每天早上丈夫出门都得用皮领大衣蒙了颈上车，她在这样日子中只成天在家中炉子边烤火，因为天气太冷，出门打牌也不常有了。

在这样大冷天气的一个星期日，丈夫不办公，也不出门，两人围炉谈了一些小绅士所知道的范围以内的闲话。然他想要邀她到一个城南的××公园去玩，她也正有这样意思，就穿了她缝就不久的新狐皮外套，两人坐车到××公园去。

这次出门带了一个意外的欢喜回家，在园中看梅，他们遇见了一个人。这人是在当这夫妇结婚那一年吃过喜酒，把时间再回溯上去，又是某一年热天扎草龙求雨时舞过龙尾的。他们是老朋友。没有遇到他以前，这夫妇不知道他在什么地方去了，他却也没有听人说到这夫妇是在××。他才来×× 不久，还没有从别处打听到他们住在此处的消息，无意中，在公园却碰头了。

当时这夫妇是不认识他了的。他倒容易认得到这夫妇。因为他听到他们说话，看到他们的脸貌，还有一些痕迹可以找出这过去两人的轮廓，他冒失的打了招呼。

大海中的叶子，因为风也有飘在一处的时候。他们是同叶子一样晤了面聚在一起的。

当天这夫妇就把这客人款待到家中。客人原来是从哈尔滨一个机关派来往××，作为办事处代表的。各人道及一切，各人才知道过去近十年来的事情。在客人眼光中，主人夫妇，已仿佛完全不是印象中的夫妇了。然而对于她，客人当然是另外就感到一种亲昵又另外感到一种惆怅的，因为客人还是独身，在这一个家庭中当然有一点反省的惆怅，这惆怅又似乎只是主人所给，而从主妇方面作客，可以取回。

在客人面前，这作主人的处处显示好丈夫的风度，客人为此总有点不安。他虽然是同他们吃饭谈天，他想到一些事都据说是聪明人不应想的事。他依稀觉到这女人已没有保留在他印象中的完全，对于美人迟暮自不免兴一种感伤，但他若想想他自己，也到了一礼拜不修脸就不成样子的人，他就觉得未来生活渺茫，把自己安顿到一极可笑的故事的拟想上了。

那好丈夫在晚上把客人陪送到客人自己的住处回来后，还是同她谈客人小时的故事。因为这故事，一半是丈夫自己的，一半是她很高兴议论到的，所以她没有把他的兴味减少，还帮助了他一些记忆。

谈到草龙的故事，丈夫说出这样的话：

"当年他赌了咒，说不把你讨到家中不是人。我同他在路上还谈到这个话，他笑。他当真没有结婚，但当然不是为你。"

这话是附到被她浇水以后草龙出门时说的。在丈夫的感觉上，世界上完全是好人，朋友则是好人中的好人，说到这话，不过是间接证明这好朋友的可爱罢了。一个不懂爱情的人虽结婚多年，对于恋爱的知识，是正如药剂师对药瓶间的知识一样，知道药可以使人生死，却并不很分明医理知道某类病人所需药的分量的。

她呢，她听到丈夫的话也只有笑。使未来的生活陡临断崖，惊心怵目，她不能负多少责任。一个女子是在给与，她是在尽了丈夫所给她爱情的力保护自己，到后也给了她所能给的给丈夫这朋友了。

"他不应当说这种话，"在过后，她虽没有把自己所作的事责任推卸到丈夫所说的话上心思，但若他不曾说过前面那故事，她为保护自己，会比她所能做过的还见坚定。客人到后来其所以与她作了些任性的事，直到留下这污点——一个小小生命，仍然不是她一人的罪过！

四

好丈夫不在身边，家中只有客人同主妇，这是每天的事。

时间是春天。

春天的下午。在客厅中可以望到院中的丁香，还可以望到新绿的草木，也嗅得到土的芬芳气息。

似乎因为客人的缘故她比起往日来年青了许多。这青春的回复，是客人同丈夫皆已于无意中发见，而自己在一些琐碎事情上感到趣味也可以作这证明的。

客人每天来谈话，在家中等候那好丈夫从公司回来，一同在家中吃饭，或者一同到公园去消磨美丽动人的黄昏。

在女人心中客人所占的位置，从客人方面已觉得与"客"稍稍两样了。

但客人为受过高等教育的人，不缺作人的理智，热情的控制，有时说来真还可以使人佩服。象客人性格那样的男子，却并不是世俗所谓走冒险路径的男子。如果不是这好丈夫，他是不至于忽然失去这力量，可以在生活上始终保持一种可尊敬的谨纯印象给所遇到的一切人的。就是任何时候，这好丈夫，也就从不至于对这朋友人格有所疑惑，他没有想到这个朋友是做得出惊人事业的朋友。他见到朋友的拘谨，有时觉得很可怜，还劝过她应当在一种亲洽中把这朋友的拘谨除去才是。他这样说时不消说是见到她的窘态，还以为自己的话没有得到女人的了解，很可惜。他料想不到的是他们同时把他没有提及的也做到了。

因为单是两人谈话也成为每日的事，所以所有可以谈到的话在他们之间是无有不谈了。他们谈到生活，谈到各种各样的生活。他们谈到生活的意识，与社会意识，以及个人对生活的态度。他们把旁人的生活引为谈话的主题。他们有时又谈到婚姻在每一个人身上所有不同的意义。两人正因为似乎得到丈夫的信任，所以本来应稍存节制的地方也没做，到某一时候，两人才吃惊似的互相各自检察自己，所发现的却是单为了这苦痛的担负，各人皆没有否认这恋爱的勇气，终于不能自拔一同下沉到一个深渊中去了。

直到经过这孩气的行为顶点以后，两人再互相各自检察自己，又才觉得他都不可补救的破坏了一些东西，在生活上生出了一个见不到的鳞隙了，他们就带着悔恨，仍然更放肆的过了一个春天。

作女人的负荷照例是较男子为多，她在未得到以前就知所得的不是谅解，不是热情，将只是一些空虚。没有证实这空虚时，她曾用了各样的力救拔自己与罪恶分手，保全自己的灵魂。她这样作过，她其所以终于失败，还是她那丈夫。天下事再没有一个丈夫比缺少妒忌为害事了，他的大量只是推她与自己远开，与另一人接近。她当时只要丈夫能稍稍节制到自己，她就不至于同那朋友在这火边戏弄为火灼伤的情形中了。

当她把关于本身近月来所得到的影响告给那入幕之宾时，那人象是第一次才想到好丈夫。为好丈夫着想，他心中燃烧着惭愧。他没有话说，但慌张的地方终不能勉强掩饰。

她看到这情形稍稍生了一点气。

"做男子的人，有用处只是在第一次要女人顺从他作那呆事，到以后，本来是十分聪明的情人，也变成庸俗自私的汉子了。"假如她这样子说。

"你骂得对，我是无用处的。"他就将这样答应她。

"以我想呢，你如有胆量就把我带走。"她这样想到，可不说。

"我未尝不可以同你走去，但那好丈夫并不与你有理由分手，而且我敢说，你爱我只是一种游戏，不过一时兴趣。至于他，那是你们互相爱恋的人，他是使你在世界上知道幸福的丈夫。"这男子，他也这样想过的，他想的实在不错，他的思想虽有一时近于糊涂，如今可正确了。

全因为是人太聪明了，至少是到这个时候人忽然见出聪明的必须了。为了另一生命的存在，他们都在所经过的春天认了过失；他们都追悔，都全无主张，呼吸也非常窘迫那样沉默不语。

到后她就冷笑，他望到她笑却不问她。

他猜得出这冷笑意义。他感到破灭的悲哀，好象看得出起先是两人同时下沉，如今却两人皆停在悬空，相距渐远，再迟就不见了。他估计了一会，截然的向她说道：

"原谅我，这是我的过失。我缺少顽固，所以不能同你作那永远一处的打算。我这时觉悟了。你为我为他都好好保重。我要走了，于我们大家的利益着想，只有这样一个办法是完全办法。"

她思索这"完全"的意义。她没有说过一句把他留到下午的话。她用很凝静的眼光望到这个人的瘦脸，到后，返身把头伏到沙发靠背上去了。

他以为她是在流泪，重复用那已成习惯的爱抚去安慰她，没有话说，用手摩她的头发，她抬起头来仍然凝静望他。

"我的主张是你痛心的原由么？"男子说后自己也沉入了悲伤状态中。

女人说，"没有这种事。"她又在心上说，"你们男子，每一个男子都不缺少这种机智。"但她没有把这个近于讽刺的话说出，她走到窗边去看花，就说："谢了。一定的，结子缀在枝子是将来的事，也是眼前的事。"说了，很凄凉的叹着气。

那男子，仿佛想在这一句怨诽言语上加以自饰，他说："全是风。"

女人不应，也听到了。她只对于这话照样了一遍：

"全是风。"

两人于是哑静了许久。仿佛同在思索那另一时节的"风"。仿佛都明白风也成为过去了。

男子想走，不行，他知道自己如是走出，剩下的她必将用流泪的眼迎接从信托公司回家的好丈夫，他们的事必定反而复杂棘手。他就坐在那大椅上等候好丈夫回家，他一面思索，如何可以把两人间的间阻除去。但他不久仍然走了。

············

他离开 ×× 了。她能了解他。出于他意料以外的，是她竟在好丈夫面前如何把他行为近于露骨处加以遮掩，而她在丈夫面前，又从不流过眼泪一次。她明白忏悔完全是一种仍免不了孩气的行为。为了求一些爱她的人安宁，她尽她所能作伪的力把惭愧隐藏于心的一角，才是不贞的妻对于好丈夫所应做的事。

过一阵她告了好丈夫一个喜信，他陪她到一个医生处去检查，因这喜信得到医生的证实，丈夫的行为处处更使她看来可怜。

这未来的父亲对这未来的母亲说的话，商量到的事，以及在小孩子身上的作的空洞的计划，都使她只能用极难为情的苦笑作一陪衬。在痴呆与容忍两事上作一观察，这两个人皆在一种极伟大的生活中过了一些日子。

五

这孩子，赋了一个特殊名义活到世界上了。

她为了孩子，为了孩子的父亲，做她所应当做的，慢慢的把那过去的事情忘去，纵有时想起那人时也不至于十分难堪了。

稳定的事业，贤惠的妻，玉雪的儿子，使这父亲感觉到生存的幸福。凭这理由他就发起了胖。

第三章

一

母亲自从有了孩子以后，便把做母亲的职务折磨到自己，虽丈夫经济情形可以雇个奶妈，但她另有意义不愿意把孩子交给奶妈手中。

她从孩子还在腹中与那客人分手以后，便无那人的消息。那人似乎为了一种男子们所能做到的忏悔过着此后的日子，所以她，最合理的应取的手段，也就是把这男子忘掉一种事可做了。

她是借重孩子同孩子父亲，的确把过去的事已经渐渐忘却了的。一年来她做了母亲，凡是一个母亲必需的温柔慈爱在她全不缺少。她爱孩子，用完全的不折不扣的爱。她做的事总使那父亲高兴，使家庭空气良好，而自己也能从种种行为中找到一种新的依据。

把已作过的事当做苦恼的根源，而又时时从这源头挹取苦恼，这是近于太聪明了一点的妇人的事。至于这母亲，她并不是这种不知做人意义的人，所以纵有时把这个黗迹发现，但即刻也就用别一种东西掩盖过了。

就是孩子得到外祖母从远处寄来礼物，父亲从朋友处过夜那日子的第二天，父亲回家，当天放假，不办公，陪了母亲坐到客厅中逗孩子。这母亲就象完全忘了前一晚的事情那样，同孩子的父亲说到孩子的未来。

她是正因为父亲喜把孩子作说话主题，所以才这样作的。

母亲希冀孩子长大作军人。她的见解不是父亲明了的。她说：

"让他从军，习军事，当兵，都好。"

父亲奇怪这样提议。他反对。

"这为什么。我的儿子不是为那些军阀养的。"

"我是为他想出路。"

"出路是读书。我要尽我作父亲的力，使他受完全教育，有机会做较高尚的人。"

"你只觉得有知识是高尚。"

"为什么我们不能这样讲？"

"我近来心里总古怪，以为不当军人也得作工，一样可以多懂。"

"你要他多'懂'，也不一定是做工就对。你瞧他那神气，简直是我一个样子，将来只恐怕仍然还是做父亲的事，有好太太，享福！"

她很痛苦的说："享福！有好太太，儿子，完全的家庭，这是每一个男子都需要的。"她说完了就笑，她的笑，混合了讥讽怜悯的成分。她把本来还应说的"但不是每一个人都得到的"咽下去了。

那父亲见到母亲这样子，倒乐了，他说：

"素，你是在嫉妒我的幸福，你真是有小孩子趣味的女人。你想想，我为什么不应当在我生活上感到完全？我为什么不乐观？"

她心想"完全！"她只咬咬嘴唇。

他停了一会，自己干笑。他看到了她一点不高兴处，照规矩估计了一番，以为是猜对了，又自言自语的说道：

"他们羡慕我，你反而来嫉妒我，很有趣。"

她不做声。他望到她那不做声的样子，以为是因此使这母亲难过了，就更好笑，直到眼中出泪。这父亲是太忠诚了。他那胖，同他那由胖子而出发的憨处，都使女人感到一种说不分明的痛苦。

少年夫妇象六月的天气，因为热，变化多。母亲是本来想同他说一些关于孩子的话，希望遮去自己心上阴影的。一谈到孩子，那父亲言语同态度，都近于推她不得不回头望她所走过的路是怎样一条路。她又不愿自己这样在心上独自痛苦，她又不能使这痛苦与丈夫分担，她就问他昨天晚上怎么样，好让这父亲也有一个机会记到他自己完全中的微缺。

"我昨晚很痛苦，"他说，说时是一点也没有痛苦的意思了。"是因为你的脾气，我难受。我知道你是想起你的妈，在乡下，老了。寂寞的老人，想来是太可念了。你是那种想法，你所以哭，讨厌我，我很清楚！我知道你过一天会好，是不是？你是有时太任性了一点，可是我了解你，我不至于十分难过。我们孩子长大了，请想想，那外祖母多高兴。"

她说："我昨晚上哭了好久，正是想起妈。如今我不哭了，好了，我知道许多事哭是无用处的。"

"是的呀，我早就知道这个。同事中也常谈到这个。我以为爱烦恼只是自己以为是聪明人的情感，其实人再聪明一点呢，他是会明白，只有笑在生活中是必需的。"

说这话的他，是不曾在生活中言行矛盾过的。他过去这样，眼前这样，未来也没有不这样。不过什么时候他要真正知道了她，恐怕他就不能这样了。他这时对于自己所说起的真理，很起了感动，就用孩子的态度，睁目问孩子：

"奇，小痞子，你以为怎么样？"

小孩子见父亲作猫样子给他看，乐得发欢，随意乱叫。

"嗨，你是爸爸的同志。你瞧你那一副神气。你懂我的话。是的，我们应当笑，爸爸成天笑，妈也成天笑，宝宝就长大成人了。"他回头向母亲，"孩子明白，这小东西聪明得很，他一定明白。"

女人说，"是的，他一定明白，你也一定明白。总有那样一天……"

他听到她这话虽稍稍惊愕，但即刻又转向小孩子，同小孩子说："妈妈是因为你反而常常同我生气的，这个我可不明白！"

她承认了她同他说话的计划只有自己失败，她就哑了口，尽他用一些听来很可怜的蠢话逗孩子发笑。

这父亲看了孩子又看孩子的母亲，他的快乐的分量不是天秤可以称量得出的。

二

这母亲过的日子与许多心上负疚的妇人过的日子一样。她先是想用说话救济自己，以为这是各种方法中最好的方法。到后是因为一说话反而还给了那触着伤处的方便，她便成为凝静沉默寡于言笑的人了。

不过，故意的多言，与自然的沉默，这分野，在这好丈夫眼中是完全看不出其他意义的。他常常自谦似的说自己原是不了解女人的人，然而处处他有着那"孩子母亲只有我知道"的自信，这无害于事的自信，把这个人安顿到完全的幸福中，好象他除了感谢命运以外，便没有其他事情可做。

他说的"我知道你脾气"，为了拥护这一点，遇到她不说话，他也就不强到同她说话。他在她身旁挑逗孩子玩，说那与孩子一般的痴话，他的话又象只不过说给自己听听，说厌了，打了几个哈欠，照通常胖子的体裁就躺在沙发上睡了。

母亲望到这好人的甜睡的姿态，想起昨晚的失眠，又想起自己还是这样任性，就在心上责备自己。

她想他这时做的梦，必定是与日常生活一般感到完全的梦。不错的，他常是这样放肆的做了一些好梦的。他常常梦到有了五个孩子，本来在日里他在她面前解释孩子男女的数目时，他当说的还是男孩三个女孩两个，但做梦，却成为男孩四个女孩一个了。他又常常梦到成为公司的科长，加薪晋级，这应当是事实所许可的，所以醒来还曾拿这话同她说过，不谎不饰。

尽这父亲做梦下去，孩子不久也睡着了，只她清醒的守在这父子身边。她是永远清醒的人。虽然在白日里为娱悦自己她也仍然有她的梦，不过这梦都很少为未来的憧憬，只是故事的重现罢了。

她这时就梦到一个故事。在这客厅里只是自己一人，她正在等候一件命运所颁赐给她的衣裳，略略显得心焦。

人来了，一个不可缺少的角色，一个提到名字就心跳的人物，她用了近月以来在丈夫许可以外的热情款待了客人，使客人坐到丈夫现在所睡的沙发上去。

他们说话。似乎是她这样开始：

"昨天回去怎么样？"

"……"他用一个微笑作这追问的答语。

她没有得到满意的答复，稍稍有点不放心。她站起来走到壁间去检察那钟，就是现在还是每日任何时候也没有偷懒停止过下垂的摆的那个挂钟。她接着又看花瓶的花枝。他赞美了花。他在她面前说：

"今天的花比昨天好。"

她用着非恋人不懂的两重意义答道：

"今天的人与花相反。"

他笑，心想，"女人的聪明到底不是男子所及。"到后就故意说："这个话，使我不能补充和解释，我是窘倒了。"

她不相信，不承认。"什么也没有可以把你窘倒的事。被爱情绊脚的男子，是爬起以后就全无痛苦走上他自己的路的，你也是这样的人。"她就这样想到，筹对付这在诡诈中躲闪的男子。

他呢，似乎是男子中的男子。话的解释是说他完全象某一种人，暧昧的欲望推之向前，理性的绳索又拖之向后，他不用力袒护谁，就徘徊在这歧途，看风转帆。他永远是冷静的，同时又永远是糊涂的。他放弃了男子的权利，然而又处处不忘到女人的好处。他知道在某一情形下局面便成为惊心动魄的局面，但他怯于这风波，便不把自己作成不可少的人物。他有攫取的野心，可并不伸手。他想借重那好丈夫的友谊保护自己，但他同时也正就利用这友谊使自己与她走近危险的井边。

他们都知道的是各人都负着下沉的责任，各人都很苦闷，都想从敷衍中把时间延长，来一件意外事帮助他们与罪恶离开。

她看透自己也看透他人。她那时想起了好丈夫的说话，她问他。她说：

"我听说你赌过咒，要一个人作你的妻。"

他就红脸了，可不分辩，答应道：

"是的，有这样孩气事情。"

"我觉得不算孩气。"她那么说，给了他接下说话的机会。

"不算孩气也完了。"

"完了么？"

"完了。"

"……"她不说出口了，她向他笑。她用笑摇撼他的心，使他感到大海中波涛的汹涌，头目眩晕。

她有意这样作，凡是一个女子所取的手段她也取了，并不是她的过失。

他经这一笑便如中了伤的兽，只能用极可怜的眼光瞻望四方。他已作着近于下跃的姿势；还不乏希望救援，所以曾走到门前又返了身。

"我走不去了，你看到。"他意思象如此向她解说，他是笑非笑的走到她身边去。

她一瞥，急急到屋角一个圆椅上坐下了，她也有点忙乱。

他仍然向她走去。到后是坐到沙发上了，到后是人全糊涂了。

"你还要再孩气一点么？"

"是的，不孩气不行。"

他们就这样做了一些体裁极新的事情。

他们就放肆了一会。在较后一个时候神气丧沮的情形中互相摇头无语。

他应当等候那另外的他回来，也不等候，就走了。

她怎么样呢？要明白的她已经明白了。她把一些理合吝惜的东西在兴头中慷慨了。她有一种悭吝人第一次挥霍以后的痛快情绪。她似乎在一种勇敢行为中休息，还可隐约听到喝彩的余音。她到后，就想起了那另外的每日夹了大黑皮包到下午四点回来的人，伤起心来，强项不去，所以不顾一切恣肆的哭了。

…………

她的梦比孩子与孩子父亲先醒。

她走到孩子摇床边，望到孩子的安详的睡脸，把一滴忏悔的眼泪落到孩子的小手上，就忙用口把这眼泪吮去。

她清醒的守着这两个在她看来似乎不幸的父子。

三

一个平常的女子，常常陷到矛盾的自谴中，又常常为一些无益于生存的小事难受。她也是这样的女子。

她哭，她笑，她做一些看来似乎够荒唐的梦就吃惊，但当到把自己置身到那荒唐情境中时，又很感动的几乎还天真的扮演了那一角。她是没有可疵议的，因为世界上女子全是这样。她也没有特别使人可以称赞的地方，因为她对付事情并不与其他女子两样。许多妇人在环境中成为可作闲话的材料，这母亲，在她的环境中，也就把她成为这样一个故事的中心人物了。

第二天，她沉默得如佛。她正因为沉默反而得到清静，不说话，也就不再听到那做父亲的提到孩子的种种了。不说话，她只是不让这父亲提到孩子而已，她自己却没有把孩子放下。

她没想到将来，孩子那时长大成人了，对母亲的事微有所知，那便是……

她又这样想，"父亲会代为辩护这不可信的消息，"就笑。

哭，笑，心跳，红脸，在不可数的反复里，孩子是一天比一天长大了。

此集作成于一九二八年春

月下小景

《月下小景》集 1933 年 11 月曾由上海现代书
局出版，1936 年 5 月全书辑入《从文小说习
作选》。

原目收录小说作品：《〈月下小景〉题记》《月
下小景》《寻觅》《女人》《扇陀》等。

《月下小景》题记

　　这只是些故事，除《月下小景》外，全部分皆出自《法苑珠林》所引诸经。我因为教小说史，对于六朝志怪，唐人传奇，宋人白话小说，在形体结构方面如何发生长成加以注意，觉得提到这个问题的，有所说明，多不详尽，使人惑疑。我想多知道一些，曾从《真诰》、《法苑珠林》、《云笈七签》诸书中，把凡近于小说故事诸记载，掇辑抄出，分类排比，研究它们记载故事的各种方法，且将它们同时代或另一时代相类故事加以比较，因此明白了几个为一般人平时所疏忽的问题。另外又因为抄到佛经故事时，觉得这些带有教训意味的故事，篇幅不多，却常在短短篇章中，能组织极其动人的情节。主题所在，用近世眼光看来，与时代潮流未必相合。但故事取材，上自帝王，下及虫豸，故事布置，常常恣纵不可比方。只据支配材料的手段组织故事的格局而言，实在也可以作为谈"大众文学"、"童话教育文学"以及"幽默文学"者参考。我有个亲戚张小五，年纪方十四岁，就在家中同他的姐姐哥哥办杂志。几个年青小孩子，自己写作，自己钞印，自己装订，到后还自己阅读。又欢喜给人说故事，又欢喜逼人说故事。我想让他明白一二千年以前的人，说故事的已知道怎样去说故事，就把这些佛经记载，为他选出若干篇，加以改造，如今这本书，便是这故事一小部分。本书虽注明"辑自某经"，其实只可说是"就某经取材，重新处理"。不过时下风气，抄袭者每讳言抄袭，虽经明白揭发，犹复强词夺理，以饰其迹，其言虽辩，其丑弥增。张家小五是小孩子，既欢喜作文章，受好作品影响时机会必多，我的意思，却在告他："说故事时，若有出处，指明出处，并不丢人。"且希望他能将各故事对照，明白死去了的故事，如何可以变成活的，简单的故事，又如何可以使它成为完全的。中国人会写"小说"的仿佛已经有了很多人，但很少有人来写"故事"。在人弃我取意义下，这本书便付了印。

一九三四年七月廿五日青岛

月下小景
——新十日谈之序曲

　　初八的月亮圆了一半，很早就悬到天空中。傍了××省边境由南而北的横断山脉长岭脚下，有一些为人类所疏忽历史所遗忘的残余种族聚集的山寨。他们用另一种言语，用另一种习惯，用另一种梦，生活到这个世界一隅，已经有了许多年。当这松杉挺茂嘉树四合的山寨，以及寨前大地平原，整个为黄昏占领了以后，从山头那个青石碉堡向下望去，月光淡淡的洒满了各处，如一首富于光色和谐雅丽的诗歌。山寨中，树林角上，平田的一隅，各处有新收的稻草积，以及白木作成的谷仓。各处有火光，飘扬着快乐的火焰，且隐隐的听得着人语声，望得着火光附近有人影走动。官道上有马项铃清亮细碎的声音，有牛项下铜铎沉静庄严的声音。从田中回去的种田人，从乡场上回家的小商人，家中莫不有一个温和的脸儿等候在大门外，厨房中莫不预备得有热腾腾的饭菜与用瓦罐炖热的烧酒。

　　薄暮的空气极其温柔，微风摇荡大气中，有稻草香味，有烂熟了山果香味，有甲虫类气味，有泥土气味。一切在成熟，在开始结束一个夏天阳光雨露所及长养生成的一切。一切光景具有一种节日的欢乐情调。

　　柔软的白白月光，给位置在山岨上石头碉堡画出一个明明朗朗的轮廓，碉堡影子横卧在斜坡间，如同一个巨人的影子。碉堡缺口处，迎月光的一面，倚着本乡寨主的独生儿子傩佑；傩神所保佑的儿子，身体靠定石墙，眺望那半规新月，微笑着思索人生苦乐。

"……人实在值得活下去，因为一切那么有意思，人与人的战争，心与心的战争，到结果皆那么有意思。无怪乎本族人有英雄追赶日月的故事。因为日月若可以请求，要它们停顿在哪儿时，它们便停顿，那就更有意思了。"

这故事是这样的：第一个××人，用了他武力同智慧得到人世一切幸福时，他还觉得不足，贪婪的心同天赋的力，使他勇往直前去追赶日头，找寻月亮，想征服主管这些东西的神，勒迫它们在有爱情和幸福的人方面，把日子去得慢一点，在失去了爱心为忧愁失望所啮蚀的人方面，把日子又去得快一点。结果这贪婪的人虽追上了日头，因为日头的热所烤炙，在西方大泽中就渴死了。至于日月呢，虽知道了这是人类的欲望，却只是万物中之一的欲望，故不理会。因为神是正直的，不阿其所私的，人在世界上并不是唯一的主人，日月不单为人类而有。日头为了给一切生物的热和力，月亮却为了给一切虫类唱歌和休息，用这种歌声与银白光色安息劳碌的大地。日月虽仍然若无其事的照耀着整个世界，看着人类的忧乐，看着美丽的变成丑恶，又看着丑恶的称为美丽；但人类太进步了一点，比一切生物智慧较高，也比一切生物更不道德。既不能用严寒酷热来困苦人类，又不能不将日月照及人类，故同另一主宰人类心之创造的神，想出了一点方法，就是使此后快乐的人越觉得日子太短，使此后忧愁的人越觉得日子过长。人类既然凭感觉来生活，就在感觉上加给人类一种处罚。

这故事有作为月神与恶魔商量结果的传说，就因为恶魔是在夜间出世的。人都相信这是月亮作成的事，与日头毫无关系。凡一切人讨论光阴去得太快或太慢时，却常常那么诅咒："日子，滚你的去吧。"

痛恨日头而不憎恶月亮。土人的解释，则为人类性格中，慢慢的已经神性渐少，恶性渐多。另外就是月光较温柔，和平，给人以智慧的冷静的光，却不给人以坦白直率的热，因此普遍生物都欢喜月光，人类中却常常诅咒日头。约会恋人的，走夜路的，作夜工的，皆觉得月光比日光较好。在人类中讨厌月光的只是盗贼，本地土人中却无盗贼，也缺少这个名词。

这时节，这一个年纪还刚满二十一岁的寨主独生子，由于本身的健康，以及从另一方面所获得的幸福，对头上的月光正满意的会心微笑，似乎月光也正对了他微笑。傍近他身边，有一堆白色东西。这是一个女孩子，把她那长发散乱的美丽头颅，靠在这年青人的大腿上，把它当作枕头安静无声的睡着。女孩子一张小小的尖尖的白脸，似乎被月光漂过的大理石，又似乎月光本身。一头黑发，如同用冬天的黑夜作为材料，由盘据在山洞中的女妖亲手纺成的细纱。眼睛，鼻子，耳朵，同那一张产生幸福的泉源的小口，以及颊边微妙圆形的小涡，如本地人所说的藏吻之巢窝，无一处不见得是神所着意成就的工作。一微笑，一眼，一转侧，都有一种神性存乎其间。神同魔鬼合作创造了这样一个女人，也得用侍候神同对付魔鬼的两种方法来侍候她，才不委屈这个生物。

女人正安安静静的躺在他的身边，一堆白色衣裙遮盖到那个修长丰满柔软温香的身体，这身体在年轻人记忆中，仿佛是用白玉、奶酥、果子同香花调和削筑成就的东西。两人白日里来到这里，女孩子在日光下唱歌，在黄昏里和落日一同休息，现在又快要同新月一样苏醒了。

一派清光洒在两人身上，温柔的抚摩着睡眠者的全身，山坡下是一部草虫清音繁复的合奏。天上的那规新月，似乎在空中停顿着，长久还不移动。

幸福使这个孩子轻轻的叹息了。

他把头低下去，轻轻的吻了一下那用黑夜搓成的头发，接近那魔鬼手段所成就的东西。

远处有吹芦管的声音，有唱歌声音。身近旁有斑背萤，带了小小火把，沿了碉堡巡行，如同引导得有小仙人来参观这古堡的神气。

当地年青人中唱歌高手的傩佑，唯恐惊了女人，惊了萤火，轻轻的轻轻的唱：

> 龙应当藏在云里，
> 你应当藏在心里。

女孩子在迷胡梦里把头略略转动了一下，在梦里回答着：

> 我灵魂如一面旗帜，
> 你好听歌声如温柔的风。

他以为女孩子已醒了，但听下去，女人把头偏向月光又睡去了。于是又接着轻轻的唱道：

> 人人说我歌声有毒，
> 一首歌也不过如一升酒使人沉醉一天，
> 你那敷了蜂蜜的言语，
> 一个字也可以在我心上甜香一年。

女孩子仍然闭了眼睛在梦中答着：

> 不要冬天的风，不要海上的风，
> 这旗帜受不住狂暴大风。
> 请轻轻的吹，轻轻的吹；
> （吹春天的风，温柔的风，）
> 把花吹开，不要把花吹落。

小寨主明白了自己的歌声可作为女孩子灵魂安宁的摇篮，故又接着轻轻的唱道：

> 有翅膀鸟虽然可以飞上天空，
> 没有翅膀的我却可以飞入你的心里。
> 我不必问什么地方是天堂，
> 我业已坐在天堂门边。

女孩又唱：

> 身体要用极强健的臂膀搂抱，
> 灵魂要用极温柔的歌声搂抱。

寨主的独生子傩佑，想了一想，在脑中搜索话语，如同宝石商人在口袋中搜索宝石。口袋中充满了放光眩目的珠玉奇宝，却因为数量太多了一点，反而选不出那自以为极好的一粒，因此似乎受了一点儿窘。他觉得神只创造美和爱，却由人来创造赞誉这神工的言语。向美说一句话，为爱下一个注解，要适当合宜，不走失感觉所及的式样，不是一个平常人的能力所能企及。

"这女孩子值得用龙朱的爱情装饰她的身体，用龙朱的诗歌装饰她的人格。"他想到这里时，觉得有点惭愧了，口吃了，不敢再唱下去了。

歌声作了女孩子睡眠的摇篮，所以这女孩子才在半醒后重复入梦，歌声停止后，她也就惊醒了。

他见到女孩子醒来时，就装作自己还在睡眠，闭了眼睛。女孩从日头落下时睡到现在，精神已完全恢复过来，看男子还依靠石墙睡着，担心石头太冷，把白羊毛披肩搭到男子身上去后，傍了男子靠着。记起睡时满天的红霞，望到头上的新月，便轻轻的唱着，如母亲唱给小宝宝听的催眠歌。

睡时用明霞作被，
醒来用月儿点灯。

寨主独生子哧的笑了。

四只放光的眼睛互相瞅着，各安置一个微笑在嘴角上，微笑里却写着白日两个人的一切行为。两人似乎皆略略为先前一时那点回忆所羞了，就各自向身旁那一个紧紧的挤了一下，重新交换了一个微笑。两人发现了对方脸上的月光那么苍白，于是齐向天上所悬的半规新月望去。

远远的有一派角声与锣鼓声，为田户巫师禳土酬神所在处，两人追寻这快乐声音的方向，于是向山下远处望去。远处有一条河。

"没有船舶不能过河，没有爱情如何过这一生？"

"我不会在那条小河里沉溺，我只会在你这小口上沉溺。"

两人意思仍然写在一种微笑里，用的是那么暧昧神秘的符号，却使对面一个从这微笑里明明白白，毫不含胡。远处那条长河，在月光下蜿蜒如一条带子，白白的水光，薄薄的雾，增加了两人心上的温暖。

女孩子说到她梦里所听的歌声，以及自己所唱的歌，还以为他们两人都在梦里。经小寨主把刚才的情形说明白时，两人笑了许久。

女孩子天真如春风，快乐如小猫，长长的睡眠把白日的疲倦完全恢复过来，因此在月光下，显得如一尾鱼在急流清溪里，十分活泼。

只想说话。那些远无边际的，与梦无异的，年青情人在狂热中所能说的糊涂话蠢话，完全说到了。

小寨主说：

"不要说话，让我好在所有的言语里，找寻赞美你眉毛头发美丽处的言语！"

"说话呢，是不是就妨碍了你的诌谀？一个有天分的人，就是诌谀也显得不缺少天分！"

"神是不说话的。你不说话时象……"

"还是做人好！你的歌中也提到做人的好处！我们来活活泼泼的做人，这才有意思！"

"我以为你不说话就象何仙姑的亲姊妹了。我希望你比你那两个姐姐还稍呆笨一点。因为得呆笨一点，我的言语字汇里，才有可以形容你高贵处的文字。"

"可是，你曾同我说过，你也希望你那只猎狗敏捷一点。"

"我希望它灵活敏捷一点，为的是在山上找寻你比较方便，为我带信给你时也比较妥当一点。"

“希望我笨一点，是不是也如同你希望羚羊稍笨一样，好让你嗾使那只猎狗追我时，不至于使我逃脱？”

“好的音乐常常是复音，你不妨再说一句。”

“我记得到你也希望羚羊稍笨过。”

“羚羊稍笨一点，我的猎狗才可以赶上它，把它捉回来送你。你稍笨一点，我才有相当的话颂扬你！”

“你口中体面话够多了。你说说你那些感觉给我听听。说谎若比真实更美丽，我愿意听你的谎话。”

“你占领我心上的空间，如同黑夜占领地面一样。”

“月亮起来时，黑暗不是就只占领地面空间很小很小一部分了吗？”

“月亮照不到人心上的。”

“那我给你的应当也是黑暗了。”

“你给我的是光明，但是一种眩目的光明，如日头似的逼人熠耀。你使我糊涂。你使我卑陋。”

“其实你是透明的，从你选择谄谀时，证明你的心现在还是透明的。”

“清水里不能养鱼，透明的心也一定不能积存辞藻。”

“江中的水永远流不完，心中的话永远说不完。不要说了，一张口不完全是说话用的！”

两人为嘴唇找寻了另外一种用处，沉默了一会。两颗心同一的跳跃，望着做梦一般月下的长岭，大河，寨堡，田坪。芦笙声音似乎为月光所湿，音调更低郁沉重了一点。寨中的角楼，第二次擂了转更鼓。女孩子听到时，忽然记起了一件事。把小寨主那颗年青聪慧的头颅捧到手上，眼眉口鼻吻了好些次数，向小寨主摇摇头，无可奈何低低的叹了一声气，把两只手举起，跪在小寨主面前，来梳理头上散乱了的发辫，意思想站起来，预备要走了。

小寨主明白那意思了，就抱了女孩子，不许她站起身来。

"多少萤火虫还知道打了小小火炬游玩，你忙些什么？走到什么地方去？"

"一颗流星自有它来去的方向，我有我的去处。"

"宝贝应当收藏在宝库里，你应当收藏在爱你的那个人家里。"

"美的都用不着家：流星，落花，萤火，最会鸣叫的蓝头红嘴绿翅膀的王母鸟，也都没有家的。谁见过人蓄养凤凰？谁能束缚月光？"

"狮子应当有它的配偶，把你安顿到我家中去，神也十分同意！"

"神同意的人常常不同意。"

"我爸爸会答应我这件事，因为他爱我。"

"因为我爸爸也爱我，若知道了这件事，会把我照 ×× 族人规矩来处置。若我被绳子缚了抛到地眼里去时，那地方接连四十八根箩筐绳子还不能到底，死了做鬼也找不出路来看你，活着做梦也不能辨别方向。"

女孩子是不会说谎的，本族人的习气，女人同第一个男子恋爱，却只许同第二个男子结婚。若违反了这种规矩，常常把女子用一扇小石磨捆到背上，或者沉入潭里，或者抛到地窟窿里。习俗的来源极古，过去一个时节，应当同别的种族一样，有认处女为一种有邪气的东西，地方族长既较开明，巫师又因为多在节欲生活中生活，故执行初夜权的义务，就转为第一个男子的恋爱。第一个男子可以得到女人的贞洁，但因此就不能够永远得到她的爱情。若第一个男子娶了这女人，似乎对于男子也十分不幸。迷信在历史中渐次失去了它本来的意义，习俗却把古代规矩保持了下来。由于 × × 守法的天性，故年青男女在第一个恋人身上，也从不作那长远的梦。"好花不能长在，明月不能长圆，星子也不能永远放光，" × × 人歌唱恋爱，因此也多忧郁感伤气氛。常常有人在分手时感到"芝兰不易再开，欢乐不易再来"，两人悄悄逃走的。也有两人携了手，沉默无语一同跳到那些在地面张着大嘴，死去了万年的火山孔穴里去的。再不然，冒险的结了婚，到后被查出来时，就应当把女的向地狱里抛去那个办法了。

当地女孩子因为这方面的习俗无法除去，故一到成年，家庭即不大加以拘束，外乡人来到本地若喜悦了什么女子，使女子献身总十分容易。女孩子明理懂事一点的，一到了成年时，总把自己最初的贞操，稍加选择就付给了一个人，到后来再同自己钟情的男子结婚。男子中明理懂事的，业已爱上某个女子，若知道她还是处女，也将尽这女子先去找寻一个尽义务的爱人，再来同女子结婚。

但这些魔鬼习俗不是神所同意的。年青男女所作的事，常常与自然的神意合一，容易违反风俗习惯。女孩子总愿意把自己整个交付给一个所倾心的男孩子，男子到爱了某个女孩时，也总愿意把整个的自己换回整个的女子。风俗习惯下虽附加了一种严酷的法律，在这法律下牺牲的仍常常有人。

女孩子遇到了这寨主独生子，自从春天山坡上黄色棣棠花开放时，即被这男子温柔缠绵的歌声与超人壮丽华美的四肢所征服后，一直延长到秋天，还极纯洁的在一种节制的友谊中恋爱着。为了狂热的爱，且在这种有节制的爱情中，两人皆似乎不需要结婚，两人中谁也不想到照习惯先把贞操给一个人蹂躏后再来结婚。

但到了秋天，一切皆在成熟，悬在树上的果子落了地，谷米上了仓，秋鸡伏了卵，大自然为点缀了这大地一年来的忙碌，还在天空中涂抹了些无比华丽的色泽，使溪涧澄清，空气温暖而香甜，且装饰了遍地的黄花，以及在草木枝叶间敷上与云霞同样的眩目颜色。一切皆布置妥当以后，便应轮到人的事情了。

秋成熟了一切，也成熟了两个年青人的爱情。

两人同往常任何一天相似：在约定的中午以后，在这个青石砌成的古碉堡上见面了。两人共同采了无数野花铺到所坐的大青石板上，并肩的坐在那里。山坡上开遍了各样草花，各处是小小蝴蝶，似乎向每一朵花皆悄悄嘱咐了一句话。向山坡下望去，入目远近都异常恬静美丽。长岭上有割草人的歌声，村寨中有为新生小犊作栅栏的斧斤声，平田中有拾穗打禾人快乐的吵骂声。天空中白云缓缓的移，从从容容的流动，透蓝的天底，一阵候鸟在高空排成一线飞过去了，接着又是一阵。

两个年青人用山果山泉充了口腹的饥渴，用言语微笑喂着灵魂的饥渴。对日光所及的一切唱了上千首的歌，说了上万句的话。

日头向西掷去，两人对于生命感觉到一点点说不分明的缺处。黄昏将近以前，山坡下小牛的鸣声，使两人的心皆发了抖。

神的意思不能同习惯相合，在这时节已不许可人再为任何魔鬼作成的习俗加以行为的限制。理知即或是聪明的，理知也毫无用处。两人皆在忘我行为中，失去了一切节制约束行为的能力，各在新的形式下，得到了对方的力，得到了对方的爱，得到了把另一个灵魂互相交换移入自己心中深处的满足。到后来，于是两个人皆在战栗中昏迷了，暗哑了，沉默了，幸福把两个年青人在同一行为上皆弄得十分疲倦终于两人皆睡去了。

男子醒来稍早一点，在回忆幸福里浮沉，却忘了打算未来。女孩子则因为自身是女子，本能的不会忘却 ×× 人对于女子违反这习惯的赏罚，故醒来时，也并未打算到这寨主的独生子会要她同回家去。两人的年龄都还只适宜于生活在夏娃亚当所住的乐园里，不应当到这"必需思索明天"的世界中安顿。

但两人业已到了向所生长的一个地方一个种族的习惯负责时节了。

"爱难道是同世界离开的事吗？"新的思索使小寨主在月下沉默如石头。

女孩子见男子不说话了，知道这件事正在苦恼到他，就装成快乐的声音，轻轻的喊他，恳切的求他，在应当快乐时放快乐一点。

> ××人唱歌的圣手，
> 请你用歌声把天上那一片白云拨开。
> 月亮到应落时就让它落去，
> 现在还得悬在我们头上。

天上的确有一片薄云把月亮遮住了，一切皆朦胧了。两人的心皆比先前黯淡了一些。

寨主独生子说：

> 我不要日头，可不能没有你。
> 我不愿作帝称王，却愿为你作奴当差。

女孩子说：

"这世界只许结婚不许恋爱。"

"应当还有一个世界让我们去生存，我们远远的走，向日头出处远远的走。"

"你不要牛，不要马，不要果园，不要田土，不要狐皮褂子同虎皮坐褥吗？"

"有了你我什么也不要了。你是一切：是光，是热，是泉水，是果子，是宇宙的万有。为了同你接近，我应当同这个世界离开。"

两人就所知道的四方各处想了许久，想不出一个可以容纳两人的地方。南方有汉人的大国，汉人见了他们就当生番杀戮，他不敢向南方走。向西是通过长岭无尽的荒山，虎豹所据的地面，他不敢向西方走。向北是三十万本族人占据的地面，每一个村落皆保持同一魔鬼所颁的法律，对逃亡人可以随意处置。东边是日月所出的地方，日头既那么公正无私，照理说来日头所在处也一定和平正直了。

但一个故事在小寨主的记忆中活起来了，日头曾炙死了第一个××人，自从有这故事以后，××人谁也不敢向东追求习惯以外的生活。××人有一首历史极久的歌，那首歌把求生的人所不可少的欲望，真的生存意义却结束在死亡里，都以为若贪婪这"生"只有"死"才能得到。战胜命运只有死亡，克服一切惟死亡可以办到。最公平的世界不在地面，却在空中与地底；天堂地位有限，地下宽阔无边。地下宽阔公平的理由，在××人看来是相当可靠的，就因为从不听说死人愿意重生，且从不闻死人充满了地下。××人永生的观念，在每一个人心中皆坚实的存在。孤单的死，或因为恐怖不容易找寻他的爱人，有所疑惑，同时去死皆是很平常的事情。

寨主的独生子想到另外一个世界，快乐的微笑了。

他问女孩子，是不是愿意向那个只能走去不再回来的地方旅行。

女孩子想了一下，把头仰望那个新从云里出现的月亮。

水是各处可流的，

火是各处可烧的，

月亮是各处可照的，

爱情是各处可到的。

　　说了，就躺到小寨主的怀里，闭了眼睛，等候男子决定了死的接吻。寨主的独生子，把身上所佩的小刀取出，在镶了宝石的空心刀把上，从那小穴里取出如梧桐子大小的毒药，含放到口里去，让药融化了，就度送了一半到女孩子嘴里去。两人快乐的咽下了那点同命的药，微笑着，睡在业已枯萎了的野花铺就的石床上，等候药力发作。

　　月儿隐在云里去了。

一九三二年九月写于青岛

寻　觅

　　在这故事前面那个故事，是一个成衣匠说的，他让人知道在他那种环境里，贫穷与死亡如何折磨到他的生活。他为了寻找他那被人拐逃的年青妻子，如何旅行各处，又因什么信仰，还能那么硬朗结实的生活下去。他说，"我们若要活到这个世界上，且想让我们的儿子们也活到这个世界上，为了否认一些由于历史安排下来错误了的事情，应该在一分责任和一个理想上去死，当然毫不踌躇毫不怕！"成衣人把他一生悲惨的经验，结束到上面几句话里后，想起他那个饿死的儿子，就再也不说什么了。

　　他说过这故事以后，在场众人皆觉得悒郁不欢。这不幸故事，使每个人都回想到自己生活中那一份，于是火堆旁边，忽然便沉默无声了。成衣人看清楚了这种情形，十分抱歉似的，把那双为工作与疾病所磨坏的小小眼睛，向这边那边作了一度小心的溜望，拉拉他那件旧袄子，怯生生的说道：

　　"大爷，总爷，掌柜的，你们帮我个忙，替我说一个快乐好听的故事吧。不要为了我这个故事，把各人心窝子里那点兴头弄掉。不要因为我这种不幸的旅行，便把一切旅行看成一种灾难。来（他指定了一个人说），大爷，你年纪大，阅历多，不管怎么样，你说个故事。你说说你快乐的旅行也成。帮我一个忙，帮我一个忙。"

这被指定的人是一个穿着肮脏装束异样的瘦个子，脸上野草似的长着胡子，先前并不为任何人所注意，半夜来他只是闭了眼睛低下头在那里烤火，这时恰好刚把眼睛睁开，把头抬起，就被那成衣人指定了。他见成衣人用手向他戳点了两下，似乎自己生平根柢已被成衣人所看出，故微受惊吓模样，身体缩了一下。他好象有点吃惊，又好象在分辩，"怎么，你要我说我的旅行原因吗？你是这种意思吗？"他并不作声，神气之间却俨然在那么询问。

那成衣人口气甜甜的说：

"大爷，说一个，说一个。"

他微笑了一下，一时还似乎无勇气站起来，刚好把身体举起又复即刻坐下了。成衣人当真好象看准了他，知道在场众人只有他说出的经验，能使大家忘掉了旅行的辛苦，就催促他，请求他，且安慰他。成衣人说：

"大爷，你说一个，随便说一个。这里全是好人忠厚人，全眼巴巴的等着你，你会说，你不用怕，不用羞。"

这胡子倒并不怕谁，不为自己样子害羞，要他说，他也明白这时应该轮到他来说了。他把一只干瘪瘪的手伸出去，作出一个表示，安置了成衣人，就大大方方，说了下面的故事。某处地方有个家资百万的富翁，家中有十个坚固结实的仓库，仓库中分别收藏聚集了无数金银宝贝，衣料食物，并各种各样东西。家中有一百男奴、一百女奴。地窖中有一地窖的美酒。马厩中有打猎的马五十匹，驾车的马五十匹。花园中栽种了无数名花甘果，花树上有各种禽鸟，叫出种种声音。兽栏里畜养了各样野兽。鱼池里喂有古怪的金鱼，银鱼，五色异鱼。两夫妇将近四十岁时，方生养一个儿子，这个儿子的教育，自然周到万分。当那独生子年纪到十八岁时，父母因为他生长得过于美丽，以为必得一个标致无比的女人作为他的妻子，方不辜负这孩子一生。因此就聘请了国内精巧匠人，用黄金仿照本族古代典型美人的脸目身材，铸造了金像一躯，派人抬往国内各处地方去，金像下刻了一段文字，最重要的几句话是：

　　若有女人美丽如金像，自信上帝创造她时手续并不马虎的，就可以作××地方百万富翁独生子的妻子，享受那分遗产，以及由于两人青春富足可以得到的一切幸福。

　　恰好那时节另外某个地方，某个公爵的独生女儿，父母也因为女儿生长得过分美丽，成年时不肯随便嫁人，以为必得一个世界上顶美的男子，方配得到这个女儿的爱情，因此也聘请了聪明匠人，用白银仿照本族古代典型男性，铸一理想男子的大像，同时通告各处，以为这世界上若有男子完美若此，自信上帝创造他时并不草率，就可跑来××地方，向有爵位的某某独生女儿求婚。

　　双方得到了这个消息以后，且互相皆看到了那个标准造像，以为这份因缘非常合式凑巧，因此各聘请了有身分的媒妁，交换了几次意见，就议妥了两个年青人的婚姻。

　　为时不久，这年青男子娶了那美貌女人，同时还承袭了一个受人尊敬的爵位。从此一来，他便仿佛是人类中最幸福的人了。

　　但刚满半年以后，这幸福就有了缺口。原因是这样的：有一天本地起了大风，大风中吹来一条白色毯子，悬挂在庭院里大树上。把毯子取下看看，精致美妙，完全不象人工作成。派人拿向各处询问，无人能够说出它的名字，也无人明白它的出处。过不久，天上又起了大风，风中又吹来九色金蕊大花一朵。那花大如车轮，重只三两，香气中人，如喝蜜酒。旋又派人拿这花到各处询问，仍然毫无结果。又过一阵，第三次大风起时，却吹来一本古书。那书说到另外一个国家的一切情形，关于那条毯子，也可知道就是朱笛国人宫内所用的毯子，那朵大花，就是朱笛国王后宫花园萎落的花。

那本书还说朱笛国有五色奇花，大的如车轮大，小的如稗子小，大花轻如毛羽，小花重如水银，花朵皆长年开放，风吹香气，馥郁一国。那地方有马，日行千里。那地方有栗枣，皆大如人头，甘如蜜蔗。那地方有藕，色如白玉，巨如屋梁。那地方有草，各处丛生，摘断时流汁如奶，味道如蜜。那地方有各种雀鸟，声音柔美溜亮，胜过世上最好的歌喉。那地方富足异常，使用人力，毫无问题，故国王宫殿，全为本国人民乐意代为建筑，却仿天宫式样作成。那地方由于自然生产丰富，人民皆自重乐生，故无盗贼，也无牢狱。

朱笛国所有情形，既可从这本书知其大略，国土方向距离，又从那本古怪书籍后面一幅古代地图上依稀可以估计得出。故这三样东西，引起了年青人无数幻想。那年青人自从明白地面上还有一个这样国家后，一切日常生活便不大能引起他的兴味，日子再也过得不是幸福日子了。他总觉得还缺少些东西，他为这件事把性格也改变了不少。

为了要求满足自己的欲望，过不久，这年青人就独自悄悄的离开了家，携带了那三件东西，向那个古怪地方走去了。

他经过了无数苦难，跋涉了整整三年，方跑到一个城市。这城市照地图方向上看来，应当就是古朱笛国。他进到那个大城，傍近那个国王宫殿时，看看宫殿大门，全是刻花金属镶嵌而成，宫殿围墙，全是磨光白玉作成。他就请求守门官吏，入通消息，请他代为陈明，自己来到这里各种因缘。

因为国王旅行，多年不回，一切国事，皆由公主处置。门官禀告以后，为时不久年青人就用远国来宾身分，被一个御前侍从，领导进宫，谒见公主。

进宫中时，侍从在前带路，年青人在后面跟随，不久到一大门。刚近大门，就有两个异常活泼白脸长眉的女孩子，把门代为推开。两人从一白色厅堂过身，一切全用白银作成。过道一旁，见到一个女人，脸儿身材，俏俊少见，坐在白银榻上，纺取白银丝缕。年轻体面丫鬟十人，皆身穿白色丝质柔软长袍，在旁侍立。

年青人以为这是那公主了，就问侍从：

"这是第几公主？"

那领路侍从说：

"这是守门宫婢，不是公主。"

又走一阵，到第二道大门，仍然有人代为开门。进门以后，从一黄色厅堂过身，一切全用黄金作成。过道旁边，又见一个女人，神韵飞扬，较前尤美，坐在黄金榻上，拈取黄金微尘。左右丫环，计二十人，身穿黄色丝质柔软长袍，在旁侍立。

年青人以为先前不是公主，现在定是公主了，就问侍从：

"这是不是公主？"

领导侍从又说：

"这是守门宫婢，不是公主。"

又走一阵，到第三座大门，开门如前。进一紫色厅堂，一切全用紫玉砌成，过道旁边，一个身穿紫霞鲛绡衣服的女人，艳丽如仙，雅素如神，坐在紫琉璃榻上，割切紫玉薄片。左右丫环，计三十人，服装皆紫，质类难名，在旁侍立，静寂无声。

年青人刚欲开口，侍从就说，"我们赶快一点，公主在宫里等候业已很久。"

两人再继续走去，到一大厅，宽广可容三千舞伴对舞。只见地下各处皆是白獭海豹，静美可怜。各处且有冰块浮动，如北冰洋。那时正当大暑六月，厅中寒气尚极逼人。年青人先前还以为那是水池，不能通过，那御前侍从就告他这不碍事，可以大步走过，同时心想坚其信实，就从腕上脱取一只黄金嵌宝手镯，尽力掷去。宝镯触地，铿然有声，年青人方明白原来这是一个极大水池，上面盖有一片极大水晶，预备夏天作跳舞场所用。两人于是从上面走过，直到内殿。到内殿后，进见公主，只见公主坐在殿中百二十重金银帏帐里，用翡翠大盘贮香水浇手。殿中四隅有各种小巧香花，从上缓缓落下，有一秀气逼人的女孩，身穿绿色长袍，站在公主身旁，吹白玉笙，奏东方雅乐中《鹿鸣之章》，欢迎远客。有一极小白猿，偎依公主脚下，轻啸相和。

宾主问讯一阵以后，年青人听说朱笛国王离开本国，出外旅行，业已三年不归，就问公主，国王究竟为什么原因，抛下王位，向他处走去。

公主不及作声，那小小白猿就告给年青人国王出国旅行的理由。

"你若满足身边一切，你不会来这里。国王一人悄悄离开本国土地人民，不知去处，原因所在，也不外此。"

年青人如今亲眼见到这个国王豪华尊荣，正以为人类最好地方，莫过于此，谁知作国王的，还不满足，也居然离开王位，独自走去。他亟想从公主方面多知道些事情，故随即向公主问了一些话语。公主想起爸爸久无消息，不知去向，故虽身住宫中，处理国事，取精用宏，豪华盖世，但仍然毫无快乐可言。如今被远方来客一问，更觉悲哀，就潸然流泪不止，不能不安置来客到馆驿里，准备明天再见。

第二天年轻人重新被召入宫，却已见到国王。原来国王悄悄出外旅行三年，昨天又悄悄回到本国。公主见国王时，就禀告国王，有一远客，步行三年来到本国，故国王首先就召年青人入宫谈话。

见国王时，国王明白年青人旅行原因，与自己旅行原因，皆为同一动机，两人便觉十分契合。原来这国王旅行，也为一本古书而起。那书上记载一个名为白玉丹渊国的地方，人民如何生活，如何打发每个日子，万汇百物，莫不较之朱笛国中自然丰富。这朱笛国王，由于眼前一切，不能满足，对于远国文明，神往倾心，故毅然抛弃一切，根据书中所说方向，追寻而去。

年青人问国王旅行真正意思时，国王不即回答，就拿出那本古书，让年青人阅读。那本书第一页写了这样一行文字：

"白玉丹渊国散记"

以下就是那本书中所写的话语：

　　中国的西方是朱笛国，朱笛国的西方是白玉丹渊国。那里有一片土地，一个国家。那地方面积是正方形，宽广纵横各五千里。国境中有森林，河流，大山。各处皆有天然井泉，具有各种味道，味道甘美爽口，颜色则或透明如水晶，或色白如牛奶羊奶。那地方各处皆生小草，向右盘萦，细如头发，色如翡翠，清香如果子，柔软如毡毯。那地方平处用脚一踹时，就凹下三寸，把脚举起，地又无高无低，平复如掌。

　　那地方无荆棘，无沟坑，无杂草乱树，也无蚊虻蛇虫。那地方阴阳和柔，四时如春，百花常开，无冬无夏。

　　那地方人民身体相貌皆差不多，生活服用，也无分别。人人壮实活泼，如二十来岁。人人口齿皆洁白整齐，不害牙痛。头发极黑，光滑柔美，不长不短，不生垢腻。那地方有树名曲躬树，叶叶重叠，层次无数，天落雨时，从不漏湿，所有人民，皆在下面过夜。那地方又有香树，高大奇异，开花极香，花落结果，果实成熟时，就自行坠地，皮破裂开，里面皆种种用具，大小适用，以及各样颜色衣服，莫不美丽悦目。又有较小香树，高低略同平常橱柜相似，长年开花结果，果大如碗。其中有各式点心，各种美酒，也间或有古董玩器，十分精美雅致。那地人民一切需要皆可取给于地面树上，不开矿，不设工厂。那地方生产粮食，不必撒种，自生自熟，且无糠秕，色如玉花，味极厚重，又有清香。这种自然粮食既可取用不竭，又有自然锅釜，同发火宝珠。宝珠名为"焰光宝珠"，把自然粮食放入锅中，焰光宝珠安置锅下，饭煮熟时，珠也无光息热。凡想吃饭，见人坐席，就可加入恣意取用。主人不起，饭便不完，主人略起，饭就完事。吃完饭时，只须略挖地面，便可把一切餐具埋于地下，下次用时，再换新的。煮饭既不假樵火，不劳人工，吃后又不必洗盘碗，故方便洒脱，无可与比。

那地方共有四百个湖泊，皆如天然浴池，各个纵广或十里，或五里，或一里。池底坦平，其下平铺金砂和各种细碎宝石。四面有七重金属栏杆围绕，栏杆上各嵌七色宝石，入夜各放异光，不必再用灯烛。池水从地底渗出，从暗道流去，颜色透明，永不浑浊，温暖适如人意。即或久浸水中，也如在空气中。浮力又大，极深处全不溺人。那地方人民皆傍湖边住下，白日里无事可作时节，多在湖中划船。船皆沙棠香木作成，用轻金装饰一切，色线皆雅致不俗。各人乘船中流娱乐，唱歌奏乐，聚散各随己意。想入水游泳时，脱衣各放岸边。浴毕上岸，随意取衣，先出先著，后出后著，不必选认原来衣服，若想换一新衣，只须向近身处树边走去，摘一果实，把壳挤碎，就可按照自己意思，得一新衣。

那地方人民一切既由上帝代为铺排，不必费事，皆可自由娱乐，打发日子，每日浴后便常常从果树中选取管弦乐器，到鸟雀较多处去，与枝头雀鸟，合奏乐曲。若想换一地方时，雀鸟皆如人意，各自先行飞去等候。

那地方大小便时，脚下土地就自行裂开，成一小坑，完事以后，地又合拢。

那地方每到中夜，天空就有清净白云，带来甘雨，匀匀落下。落雨时如洒奶汁，草木皆知其甜。全国各处一得到这种雨水以后，空气便如用一奇异东西滤过一次，异常干净，地面则柔软润泽，毫无灰尘。落雨过后，天空净明浅蓝，大小星辰，错落有致，洁风把温柔澹和香气从各方送来，微吹人身，使人举体舒畅，无可仿佛，在睡梦中，皆含微笑。

那地方人民也有欲心，惟各有周期，不流于滥，欲心起时，男子爱一女人，只需熟视所爱女人，过一阵后，就离开女人，向曲躬树下跑去，若女人同时也正爱慕这个男子，必跟随身后走去。两人到树下后，若为血缘亲属，不应发生情欲，树不曲荫，便各自微笑散去。若非亲属，树在这时便低枝回护，枝叶曲荫，顷刻之间，就可成一天然帐幕，两人就在这帐幕里，经营短期共同生活，随意娱乐，毫无拘束，一天两天，或到七天，兴尽为止，然后各自分手。妇人怀妊七天以后就可分娩，生产时节，既不痛苦，也不麻烦。不问所生是男是女，皆可抱去安顿到四衢大道之旁，不再过问。小孩因为肌饿啼哭时，路人经过身旁，就伸出指头，尽小孩含吮，指尖就有极甜奶汁，使小孩饱足发育。过七天后，小孩长成，大小已与平常人无异，便各处走动，随意打发日子去了。

那地方无法律，无私产，无怨憎。

那地方也有死亡，遇死亡时，身旁之人，皆以为这人自然数尽，从不悲戚。既无亲属，也无教法，便从无倾家荡产埋葬死人习气。人死以前，这人便能明白，故自己就在水中洗涤全身，极其清洁，走到无人处躺下。气绝以后，即刻就有一只白色大鸟，飞来帮忙，把这死人收拾完事，不留踪影。

…………

朱笛国王就只为了这本书上所载一切情形，轻视了他的王位，抛下了他的亲属与臣民，离开了他的本国，旅行了三年，方才归来。

那年青人既明白了国王旅行的事情以后，就同国王说："何所为而去，我已明白；何所得而来，还请见告。"

那国王就为年青人说出他旅行前后的经验：

当我既然知道了地面上还有这样一个方便国家后，我就决心独自跑去，预备找寻这个古怪国土。我同你一样，整整走了三年，过了无数的大河，爬过无数的高山，经过无数危险，有一天我终于就走到那个地方了。

到那地方时，看看一切皆恰与那本书上所记载的相合。地面生长的奇树，浴池的华美，以及一切一切，无事无物不可以同书上相印证。可是只有一件事情完全不同，就是那地方无一个人不十分衰老，萎靡不振。到后一问，方知道原来这地方三年前大家还能极其幸福好好的过日子，当时却有一个人民，在睡梦中看到一本怪书。书中载了无数图画，最末一页方有这样一个极小的字，"死"。他自己也不知道为什么就认识这个字，且为什么懂到了这个字的意义。这人醒来很觉得惆怅，就做了一首赞美长生快乐的歌曲，各地唱去。从此一来，无人不感觉到死亡的可怕。由于死亡的意识占据到每个人心上，就无人再能够满足目前的生活。各人只想明白什么地方有不死的国土，什么方法可以不死，又无法去同安排这个世界的上帝接头，故三年来全国人民皆在忧愁中过去，一切生活皆不如意，各人脸上颜色也就衰老憔悴多了。

朱笛国王到白玉丹渊国时，恰正是那个国土有人想到别一处去，找寻大德先知，向他询问"上帝所思所在"的时节，众人眼见朱笛国王颜色那么快乐，众人自视却那么苦恼，以为最快乐的人，当然也就是了解神的意见最多的人，故在朱笛国王来到本国，告给他众人衰老忧愁原因以后，就询问国王：

"什么方法可以使人快乐？什么方法可以使人不死！"

国王按照他那自己一分旅行的经验，以及在本国国王位上，使用物力时那点无上魄力而成的观念，就回答说：

"照我想来，对于你目前生活觉得满足，莫去想象你们得不到的东西，你们就快乐了。至于什么方法使人不死，我现在可回答不出。不过我们身体既然由于人类生养出来，当然也可由于人类思索弄得明白。"

几句话使白玉丹渊国一部分人民得到了知足的快乐，一部分人民得到了研究的勇气。那朱笛国王却为了自己的快乐，与另外自己还不明白的秘密，因此回返本国了。

国王把他自己那分经验说毕以后，想起一个得上帝帮助力量较少的人，既然还能够多知道些活在地面上快乐的哲学，一个年青人有时也许比年老人知道得更多，就向年青人说：

"知足安分是一个使我们活到这世界上取得快乐的方法，我已经认识明白，为了快乐，我就回到本国来了。你现在明白了这个，你不久也应当回你中国了。我且问你，我们若不知足安分，是不是还有什么方法得到快乐？我们若非死不可，是不是还有什么方法能使我们全不怕死？你告给我，你告给我。"

那年青人想了半天，方开口说：

"不知足安分，也仍然可以得到快乐。就譬如我们旅行，我们为了要寻觅真理，追求我们的理想，搜索我们的过去幸福，不管这旅行用的是两只脚或一颗心，在路途中即或我们得不到什么快乐，但至少就可忘掉了我们所有的痛苦。至于生死的事，照我想来，既然向这世界极其幸福的人追寻不出究竟，或许向地面上那极不幸福的人找寻得出结果。"

这年青人回答了国王询问以后，就离开了那朱笛国。他回到了中国，却并不返家。由于他想明白，为什么我们常常怕死，有什么方法又可以使我们就不怕死。且以为年青人有时皆比年老人知道得多，极不幸福的人也许反明白什么是幸福。同时记起为了"有所寻觅而去旅行"的哲学，于是在全中国各处走去，一直漂泊了二十五年。

他的旅行并不完全失败，他在各样地方各种人堆里过了二十五年，因此有一天晚上，他当真得到了他所需要的东西。得到了这东西后，他预备回家去看他那美貌公爵妻子去了。

…………

那胡子把故事一气说完，到这时节，稍稍停顿了一下，向成衣人作了一个友谊的微笑。众人中有人就问他：

"这年青人究竟得到了些什么？你又同年青人有什么关系？如何知道他的事那么详细清楚？"

那胡子望望说话的一个，微笑着，在笑容里好象说了一句话："你要明白吗？你还不明白吗？"

另外也有人提出质问，那胡子于是便告给众人：

"那年青人旅行了二十五年，只是有一夜到一个深山中的旅店里，听到一个成衣匠说了一个故事，结尾时说了几句话。他寻觅了二十五年，也就正是想听听这样一种人说的这样话语。成衣匠说的不差。"胡子说到这里时，便向火堆前那个成衣匠低低的询问，"你不是……这样说过的吗？你说过的。"他走过去把成衣匠拉起，让大家明白他所说的成衣匠，就正是目前这个成衣匠。"我要说的那年青人所遇到的成衣匠就是他。他是一个男子，一个硬朗结实的男子。那年青人是谁，你们还要知道么？你们试去众人中找寻一下，不要只记着他三十年前的美丽风仪，他旅行了将近三十年，他应当老了，应当象我那么老了！"

原来这胡子就正是正当年纪轻轻的时节，为了有所寻觅，离开了新婚美丽妻子同所有财富，在各处旅行了将近三十年的那个年青人！

为张家小五辑自《长阿含经》、《树提伽经》、《起世经》

一九三三年四月作于青岛

女 人

    因为在上次那个故事中，提到金像与银像，就有两个人同时站起，说他们也有个故事，故事中也有个年青男子，由于金像银像，与一美貌女子结婚，到后觉得生存不幸，方去各处旅行。其中还有一个国王，也因有所寻觅，曾经离开王位，各处旅行。但故事中人物虽多相同，故事内容可完全两样，想问在座众人，能不能让他们有个机会把故事说出来。众人既然不想睡觉，目的就在用各种各样希奇故事打发这个长夜，岂有反对道理。两人刚说完时，当然便有无数掌声，从火堆四近而起，催促两人开口，鼓励两人说话。

    这两个人一老一少，装束虽显得十分褴褛，仪表可并不委琐庸俗。下面故事，就是这两个人共同说出的。某处地方有一个年青男子，某处地方又有一个年青女人，这两人各皆因为生来特别美丽，各人皆聘请了精巧匠人，用黄金白银铸了一躯理想情人的造像。像造成后，就派人抬去陈列到官路上，尽人观看，征求配偶。到后两人凭媒介绍，在极华贵庄严仪式中，订婚结婚。两人所有经过，皆同前面那个故事听提及的一对青年夫妇相似。这对年青人结婚以后，生活自然十分幸福。但时间不久，这年青人放下了本身各种幸福，独自远行异邦，乃为另一原因。

    那时有个国王，自命不凡，常常对镜自照，总以为自己美丽，超越今古。说实在话，从精神与外表各方面看来，这个国王也和世界上各处国王相差不多，全身成分，百分之五的聪明，百分之三的风雅，其余便完全是一个吃肉喝汤的肉架子。国王欢喜用他那仅有的三分风雅，说他所会说的几句话语：

"罗马皇帝凯撒，曾经用他的武力，征服过这个世界，驾驭过这个世界，我敬重他，但我却不想同这种野蛮军人竞争一日长处。我将用我的美来管领我的国家。上帝对我特别关切，所以我在这世界地面上，也比任何一个美男子还更美。"

那国家所有臣民，也同现在这世界上许多国中作臣民的一般，由于精神方面缺少一种名为"骨气"的成分，对主子的方法，按照习惯，皆认为各有随事阿谀的义务。各人得注意主上意思所在，常常捧场叫好。那国王既然并不想作凯撒，也不想作成吉思汗，为了不应戳穿这国王的糊涂自信，因此每次见国王对镜自照时，在朝众人，就异口同声承认国王美观，于世界中，应当占一首席，且用这类阿谀，换取赏赐无数。

这国王既有一批亲信大臣贡献颂祷，用阿谀作为每日营养，又有一个美貌王后，两人爱情也浓厚异常，故常自视为天下第一有福气人。

有一天从别处贡来一头白色鹦鹉。这明慧乖巧禽鸟，能说七十二种方国语言，记忆中保留了三千五百个希奇故事，见多识广、博学有才，得过文学博士学位，曾在五个国王宫廷中作过上等清客。这鹦鹉未来之前，早就知道了国王脾气，一见国王，便故意表示异常惊讶，异常惶恐。国王还以为它初来宫廷，当然不大习惯，就极力安慰它，告它不要害怕。以为如今来到宫廷，尽可自由方便，不会使它感受拘束。且因为明白这鹦鹉极懂人性，就问它吃惊理由，究为何事。

那鹦鹉熟视国王许久，方说出它的巧妙奉承：

"我见过无数贵人，就从来不曾见过一个国王，能比陛下像貌更美丽动人。所以一见陛下，不觉踉跄失仪。"

那国王笑着说：

"美丽使人倾心，固属自然，但阁下经验阅历，世所希有，难道也为我的仪表感到迷惑吗？"

鹦鹉明白计已得售，就说：

"在日光下头，无人眼睛不感到眩督。陛下美丽，同这一样。"

国王早已听说这鹦鹉见多识广，非同小可，在外国时已极出名，如今还为自己美丽所征服，故异常快乐。且以为鹦鹉应对审详，辞采温雅，即刻就对这个善于说谎的白鸟，厚有赏赐，且款待优渥，如礼大宾。

宫中女人，则因为聪明禽鸟，善说故事，且知道什么样子女人欢喜什么种类故事，便也对这鹦鹉，十分欢迎。国王每天指派一个宫女，照料这只鹦鹉，每个宫女，皆乐于得到这件差事。

有一天国王午睡未醒，侍候鹦鹉的宫女，恰恰是个刚刚成年的女子，就在廊下同鹦鹉闲谈。这韶年稚齿的宫女，还不明白人间男女恋爱是些什么，就请它说个关于男女的故事听听。这鹦鹉懂得到这宫女所欢喜的正是些什么，就轻轻的为官人说红叶题诗的故事。又说红叶题诗的故事虽美，已过了时，最合时的应当是那用金像银像找寻情人的故事。说这故事时，它告给这个宫女，那两人如何美丽，如何年青，真算得这世界上顶幸福的人。说故事时，宫女同鹦鹉皆当作国王正在午睡，不会醒觉，并且话语又说得极轻，以为绝不会为国王听去。谁知道这个国王，每天午睡，并非当真去睡，就为的是每天可以偷听鹦鹉说的故事。原来他的睡眠是故意装成的。如今听鹦鹉说世界上居然还有一个男子，比他美丽，比他幸福，不觉妒心顿生，十分难受。

当时他不发作，到第二天早朝时，这国王就询问殿前各位大臣：

"我问你们，我是不是这世界上顶美丽的男子？"

大臣皆照往常那种态度，恭恭敬敬的回答：

"陛下的的确确是这世界上顶美的国王。"

国王回头又问鹦鹉如前，鹦鹉也恭恭敬敬的回答：

"启禀陛下，您的的确确是这世界上顶美的国王。"

那个时节，国王手中正拿得有一面极贵重的青铜铸成嵌满宝石的镜子，气得手直发抖，把镜子奋力向阶石上摔碎以后，就指定两边大臣大骂：

"你们全是一群骗子，一群混蛋！你们好好说来，我究竟是不是这世界上最美的人？各说实话。若不说句诚实话语，我即刻割了你们的头颅悬到旗杆上去。"

朝臣眼见情形不妙，皆吓坏了，事情来得过于突兀，不知如何奏答。若再说谎，保不定头颅就得割下；若不说谎，则过去所说谎话，如何自圆其说？故一时皆发楞发呆，不知如何是好。

国王怒气冲冲的对鹦鹉说：

"你说实话。不说实话，你就也是一个骗子，我派人扯去你的毛羽，把你烤吃。"

那鹦鹉明白国王生气理由，必是昨天已把它向宫女所说金像银像故事听去。知道应当如何处置，方可使这国王和平，救出众人，救出自己。就从从容容答复国王道：

"陛下平时只问我们'我是不是这世界上最美丽的国王？'众人皆说是。照约翰·傩喜博士逻辑学的方法说来，众人毫无罪过。照我看来，世界国王，为数不多，陛下的确可说是这世界上最体面漂亮的国王。虽在另一地方，还有一个平民，也很美丽，但这人只是一个平民，如何能够相提并论？至于陛下若因这事便想把小臣烤吃，那真三生有幸，赴汤蹈火，所不敢辞。但国王应当找寻别的理由，不要以为由于这种罪过，使史官记载，不好下笔。"

国王由于平生骄傲，忽被中伤，原本十分愤怒，真想把身边这一群混蛋全体杀头。这时一听这只聪明鹦鹉解释，且引出学者名言为证，国王虽不明白约翰·傩喜博士究竟是什么人，但听鹦鹉言之成理，也就释然于怀，不再介意了。

到后他向鹦鹉问明白那年青美丽平民的住处，他就派遣了一个使臣，带了手草谕旨，即刻把那年青人召来见面。

使臣骑了日行六百里的驿马，赶到年青人家中，宣告国王的圣旨，把年青人请去。年青人离开他那体面夫人时，因为新婚远离，互相眷恋，难于分别，夫人再三嘱咐即早归家，免得挂念。且说，若不相信她的爱情，请他把门锁好，钥匙带走，回来时节再开那门。这年青人既然爱情浓厚，当然不会对于他的夫人有何相信不过处。年青人走到半路时，心想国王见召，必以为他聪明有才，请去商量国事，方记起临走过于匆忙，所有著作，也忘了带在身边，故同使臣商量妥当，赶忙回家取书。回到家中，却眼见那个貌美夫人，正同一个恋人骑马出游。年青人忿怒悒郁，无可自解，故抵国王都城时，业已憔悴消瘦，非复平时可比。使臣以为必是路上过于劳顿，象这样子，不大好见国王，故把这年青人，安置到本国迎宾馆里，让他休息三天，再去报到。

那年青人住处比邻，就是国王养马的御厩。初到那天晚上，听到隔壁有个女人同那马夫头子说话，马夫问那女人"怎么今天你又可以出来？"女人就说，"国王因为等候一个远客，独自在外住宿，故可悄悄出来相会。"再听一阵，年青人方明白原来这与马夫说话的，正是一国之尊的王后。年青人心中思量："一国王后，当国王给她一种方便机会时，她还利用机会，同一马夫恋爱，何况我的妻子？"因此心中一腔闷气，即刻不知去处，心胸既廓然无复滞积，休息三天以后，额头放光，脸色红润，神彩隽逸，更倍往昔。

进见国王时，国王业已听说年青人路途劳顿，萎靡不振，谁知一见颜色，精神焕发，不可仿佛。国王惊讶之至，就问年青人究因何事，忽然憔悴，又因何事，忽然充腴。年青人不想隐瞒国王，便把所见所闻一一禀告国王。

国王听说，心想："我们两人那么有权有势，多财多貌，自己女子还不能够信托，何况他人？"但又想："这世界上作女子的，既皆那么不可信托，何以许多动人诗歌，又皆特为女子而起？因此看来，则女子不是上帝，就是魔鬼，若不是有一分特别长处，就肯定是有一种特别魔力。或者另外一个阶级，另外一种女人，还值得人类讴歌值得人类崇拜？"为了这点不能解决的问题，两人就互相商量了一个办法，相约离开王位与财富，共同到这个宽广的世界上各处去旅行，旅行的目的，就只是到地面上去寻觅"女人被尊敬的真正理由"。

他们寻觅的结果如何，他们现在还不知道。他们虽然听人说到一个扇陀故事，已经明白女人的魔力，大半由于上帝所赋予的那一分自然长处。但这个世界，除生理方面，女人可以使一个候补仙人糊涂以外，女人是不是还有别种长处别样好处存在？他们相信必定还有一种东西存在，所以他们仍然还在继续旅行，寻觅那点真理。

这两个人是谁？不必说明，大家都清清楚楚，所以当两人把故事说到末了时，并无一人追究这故事的来源。

为张家小五哥辑自《杂比喻经》

一九三三年四月二十二日作于青岛

扇 陀

一个贩骡马的商人，正当着许多人的面前，说到他如何为妇人所虐待，有一天吃了点酒，用赶骡马的鞭子，去追赶他那个性格恶劣的妇人，加以重重的殴打，从此以后这妇人就变得如何贞节良善时，全屋子里的客人，莫不抚掌称快。其中有几个曾经被他太太折磨虐待过多年的，就各在心上有所划算，看看到了北京以后，如何去买一根鞭子，将来回家，也好如法炮制。

贩骡马商人稍稍把故事停顿了一下，享受那故事应得的奖励，等候掌声平息后，就用下面的话语，结束了他的故事：

"……大爷，弟兄，应当好好记着，不要放下你的鞭子！不要害怕她们，女人不是值得男子害怕的东西。不要尊敬她们。把她们看下贱一点，不要过分纵容她们。"

这商人很明显的，是由于自己一次意外的发明，把女人的能力，以及有关女人的种种优美品德——就是在下等社会中的女人尤不缺少的纯良节俭与诚实品德，都仿佛不大注意，话语也稍稍说得过分了。

那时节，在屋角隅那堆火旁，有四个向火的巡行商人，其中之一忽然站起来说话了。这人脸上胡须极乱，身上披了件向外反穿的厚重羊皮短袄，全身肿胀如同一头狗熊。站起身时他约束了下腰边的带子，用那为风日所炙、冰雪所凝结、带一点儿嘶哑发沙的嗓子，喊着屋中的主人，他意思似乎有几句话要说说。不必惑疑，这人对于前面那个故事，有一种抗议，有一分异议，大家皆一望而知。

这人半夜来从不作声，只沉默地坐在火边烤火，间或用木柴去搅动身前的火堆，使火中木柴重新爆着小小声音，火焰向上卷去时，就望着火焰微笑。他同他的伙伴，似乎都只会听其他客人故事，自己却不会说故事的。现在听人家说到女人如何只适宜用鞭子去抽打，说到女人除了说谎流泪以外，一切事业由于低能与体力缺陷，皆不会作好。还另外说到无数亵渎这世界上女人的言语。说话的却是一个马贩子！因此这商人便那么想：

"如果一切都是事实，女人全那么无能力，无价值，你只要管教得法，她又如何甘心为你作奴作婢，那过去由于恐惧，对女人发生的信仰，以及在这信仰上所牺牲的种种，岂不完全成为无意思的行为了吗？"

他想得心中有点难过起来，正由于他相信女人是世界上一种非凡的东西，一切奇迹皆为女人所保持，凡属乘云驾雾的仙人，水底山洞的妖怪，树上藏身的隐士，朝廷办事的大官，遇到了女人时节，也总得失败在她们手上，向她们认输投降。就由于这点信仰，他如今到了三十八岁的年龄，还不敢同女人接近。这信仰的来源，则为他二十年前跟随了他的爸爸在西藏经商，听到了一个故事的结果。故事中的一个女人，使他当时感受极深的印象，一直到如今，这印象还不能够为时间揩去。他相信女人降服男子的能力，在天下生物中应居首一位，业已相信了二十年，现在并且要来为这信仰说话了。

大家先料不到他也会有什么故事，现在看他站起身时，柴堆在他身旁卷着红红的火焰，火光照耀到这人的全身，有一种狗熊竖立时节的神气。一个生长城市读了几本书籍自以为善于"幽默"的小子，就乘机取笑这其貌不扬的商人，对众人说：

"弟兄弟兄，请放清静一点，听我说几句话。先前那位卖马的大老板，给我们说的故事，使我们十分开心。一切幸福皆应是孪生的姊妹，故我十分相信，从这位老板口中，也还可听出一个很好的故事。你们瞧（他说时充作耍狗熊的河南人神气，指点商人的脸庞同身上），这有趣的……不会说无趣的故事！"他把商人拉过那大火堆边去，要那商人站到一段木头上面，"来，朋友，你说你的。我相信你有说的。你不是预备要说你那位太太，她如何值得尊敬畏惧吗？你不是要说由于她们的神秘能力，当你长年出外经商时节，她在家中还能每一年为你生育一个圆头胖脸的孩子吗？你不是要说一个女人在身体方面有些部分和一个男子完全不同，觉得奇怪也就觉得应当畏惧吗？许多人都是这样对他太太发生信仰的。只是仍然请你说说，放大方一点来说。我们这里夜很长，应当有你从从容容说话的时间。"

这善于诙谐的城市中人，所估计的走了形式，这一下可把商人看错了。一会儿他就会明白他的嘲笑，是应从商人方面退回来，证明自己简陋无识的。

那商人怯生生的被人拉过去，站在那段木头上，听人说到许多莫名其妙的话语，轮到他说话时就说：

"不是，不是，我不说这个！我是个三十八岁了的男子，同阉鸡一样，还没有挨过一次女人。我觉得女人极可害怕，并且应当使我们害怕。我相信女子都有一种能力，不甚费事，就可以把男子变成一块泥土，或和泥土差不多的东西。不管你是什么样结实硬朗的家伙，到了她们的手中，就全不济事。我害怕女人，所以我现在年龄将近四十岁，财产分上有了十四匹骆驼，三千银钱的货物，还不敢随便花点钱娶一个老婆。"

众人听说都很奇怪，以为这人过去既并不被女人欺骗和虐待，天生成那么怕女人，倒真是罕见的事情。就有人说：

"告给我们你怕女人的道理，不要隐瞒一个字。"

这商人望望四方，看得出众人的意思，他明白他可以从从容容来说这个故事了，他微笑着。在心里说："是的，一个字我也不会隐瞒的，"就不慌不忙，覆述了下面那个在十七岁时听来的故事。过去很久时节，很远一个地方，有那么一个国家，地面不大不小。由于人民饮食适当，婚姻如期举行，加之帝王当时选择得人，地方十分平安，人民全很幸福。这国家国内有几条很大的河流，纵横贯通境内各处，气候又十分调和，地面就丰富异常。全国出产极多，农产物中五谷同水果，在世界上附近各个小国内极其出名。那地方气候好到这种样子，人民需要晴时天就大晴，需要水时天就落雨。凡生长到这个小国中的人民，都知道天不遗弃他们，他们也就全不自弃，人人自尊自爱，奉公守法，勤俭耐劳，诚实大方。凡属于人类中诸多良善品德，倘若在另一族类、另一国家业已发现过了的，这些真理的产品，在这小国人民性格上也十分完全，毫不短少。这国家名为波罗蒂长，在北方古代史上原有它一个位置。

波罗蒂长国中，有一个大山，高一百里，宽五百里，峰峦竞秀，嘉树四合，药草繁多，绝无人迹。这大山早为国家法律订下一条规定，不能随便住人，只许百兽任意蕃息。山中仅有一位博学鸿儒，隐居山洞，读书修道，冥坐绝欲，离开人世，业已多年。某年秋天，一个清晨，这隐士起身时节，正在用盘盂处置他的小便，看见有两只白鹿，正在洞外芳草平地，追逐跳跃，游戏解闷，中间有母鹿一匹，生长得秀美雅洁，和气亲人，眼光温柔，生平未见。这隐士当时，心中不知不觉，为之一动。小便完事以后，照例盘中小便，都应舍给山中鹿类，当作饮料。这母鹿十分欣悦，低头就盘，舐完盘中所有以后，就向山中走去。

为时不久，这母鹿居然怀了身孕，一到月满，就生出小鹿一只。所生小鹿，眉目口鼻，一切皆完全如人，仅仅头上长出一对小小肉角，两脚异常纤秀。这母鹿当它将生产时，因想起隐士洞边向阳背风，故跑近隐士所住洞边，在草地中生产。落下地后，母鹿看看，原来是一小孩！既不能带这小孩跳山跃涧，还不如交给隐士照料，故把小孩衔放隐士洞边，自己就跑去了。

隐士那时正在读书，忽然听到洞外有小孩子哭声，心中十分希奇。走出洞外一看，就见着这人鹿同生的孩子，身体极其细嫩，眼目紧闭，抱起细看，头脚尚有鹿形，眼目张开时节，流盼四顾，也如另一地方另一相熟眼目。隐士心中纳罕："小孩来处，必有一个原因！"从目光中隐士即刻明白小孩一定是母鹿所生，小孩爸爸，除了自己，也就没有别人了，故把小孩好好抱回洞里，细心调养。

隐士住在山中业已多年，读书有得，饮食皆极随便，不至害病。隐士既不吃人间烟火，因此小孩口渴，隐士就为收取草上露珠，当作饮料。小孩饥饿，隐士又为口嚼松子，当作饭食。小孩既教育有方，加之身上有母鹿血气，故从小就健康聪明，活泼美丽。到后年龄益长，隐士又十分耐烦，亲自教他一切学问，使他明白天地各种秘密，了然空中诸星，地面百物，如何与人类有关。又读习经典，用古圣先贤所想所说一切艰深事情，作为这小仙人精神粮食。隐士只差一事不说，就是女人，不说女人究竟如何，就因为对于女人，隐士也不十分明白。

这隐士到后道行完满，就离开本山，不知所往。那时节母鹿所生隐士所养的孩子，年纪业已二十一岁。因为教育得法，年纪虽小，就有各种智慧，百样神通，又生长得美壮聪明，无可仿佛，故诸天鬼神，莫不爱悦。隐士既已他去，这候补仙人，就依然住身山洞，修真养性，澹泊无为，不预人事。

一天，正在山中散步，半途忽遇大雨，这雨正为波罗蒂长国中所盼望的大雨。山中落了雨后，山水暴发，路上极滑，无意之中，使这候补仙人倾跌一跤，打破法宝一件，同时且把右脚扭伤。

这候补仙人心中不免嗔怒，以为自然阿谀人类，时候似乎还太早了点，只需请求，不费思索，就为他们落雨，自然尊严，不免失去。且这雨似乎有意同自己为难，就从头上脱下帽子，舀满一帽子清水，口中念出种种古怪咒语，咒罚波罗蒂长国境，此后不许落雨。这种咒语，乃从东方传来，十分灵验，不至十二年后，决不会半途失去效力。这候补仙人，既然法力无边，天上五龙诸神，皆尊敬畏怖，有所震慑，一经吩咐，不敢不从，故诅咒以后，波罗蒂长一国，从此当真就不降落点滴小雨。

天不落雨太久，河水井水，也渐渐干枯起来，五谷不生，百果萎悴，一连三年。三年不雨，国家渐起恐慌。国家渐贫，国库收入短少，不敷开支，人民男女老幼，无法可以生存。

波罗蒂长国王为人精明干练，负责爱民，用尽诸般方法求雨，皆无结果。他很明白，若长此以往，再不落雨，天旱过久，国家人民，皆得消灭。人民挨饿太久，心就糊涂焦躁，易于煽惑。若有一二在野人物，造谣生事，胡说八道，以为一切天灾及于本国，皆为政府办事不力，政体组织不妥，如欲落雨，必需革命。虽革命与落雨无关，由于人民挨饿过久，到后终不免发生革命。国家革命，就须流血，因此国王想不如即早推位让贤，省得发生内争。国王虽有让位之心，一时又觉无贤可让。眼见本国人民挨饿死去，无法救助，故忧愁烦恼，寝食皆废。

国王有一公主，按照国家法律，每天皆同平民女子往公共井边，用木制辘轳，长长绳缚，向深井中汲取地下泉水，灌溉田地，为国服务。公主白日在外，常与平民接近，常听平民因饥饿唱出各种怨而不怒的歌谣，一回宫中，又见国王异常沉闷，就为国王唱歌解闷。国王听歌，更觉难堪。公主就问国王："国王爸爸，如何可以救国？"且说若果救国还有办法，必得牺牲公主，自己愿为国牺牲。

国王就说：

"一切办法，皆已想尽，国家前途，实深危险，人民虽皆明白天灾不可幸免，但怨嗟歌谣，业已次第而生，若不即早设法，终究不免革命。发生革命，不拘谁胜谁负，一切秩序，不免破坏无余，政府救济，更多棘手，故思前想后，皆觉退位让贤较好。细想种种，一时又无贤可让，所以心中十分为难。"

公主就把在外所听风谣，种种国民事情，加以分析，建议国王：

"国王爸爸，一切既很烦心，不易一人解决，不如召集大官名臣，国内各党各派博学多通人物，同处一堂，商量办法。首先讨论天灾来源，其次筹措善后救济，或有结果。若这事实在由于国王专政而起，国王退位，就可以使上天落雨，谷果百物，滋生遍地，国王爸爸，就应即刻辞职。若一切另有原因，另有办法，讨论结果，国王爸爸就负责执行。"

国王心想：公主言之有理！就按照国法，召集全国公民代表会议，聚集全国公民代表，讨论波罗蒂长一国，应付这次空前天灾种种方策。

开会时节，国王主席，首先致辞，说明种种，希望代表随意发言，把这事情公开讨论。

当开会时，其中就有一个聪明公民，多闻博识，独明本国天旱理由，于是当众发言：

"国王陛下，大臣阁下有意负责救国，明白一切应从根本入手，故有今天大会，查我波罗蒂长国家，本极富足，有吃有喝，无有忧患，今已三年不雨，国困民贫，设若长此以往，当然不堪设想。根据公民所知，这次天灾，并非国王在位，或大臣徇私所致。只为本国宪法所定，国中那个供给禽兽蕃殖的名山，有一年青候补仙人，父亲生为隐士，母亲身是母鹿，神力无边，智慧空前。这候补仙人，平日研究学问，不管人事，安静自守，与世无逆。却当某某一天，因事上山，在半途中，天忽落雨，山路因雨路滑，故摔跌一跤，扭伤右脚。这候补仙人，右脚无端受伤，心怀嗔愤，追究原因，实为落雨所致，雨水下落，又实为本国人民盼望所致，因此诅咒天上，十二年中，不许落下点滴小雨。我波罗蒂长国家，三年不雨，原因在此。故欲盼望落雨，先应明白此事根本所在。"

国王听说本国雨不再落，只是这样一件事情，就说：

"治国惟贤，经典昭明，本国既有此等圣人，力能支配天地，管束阴阳，用为国王，对我人民，必能造福，朕必即刻退位，以让贤能。"

多数公民，皆不说话。

有一首相，在国内负责多年，明白治国不易。想使国家秩序井然，有条不紊，正赖政体巩固，权力集中。治国所需，不尽只在高深学理法力，经验能力，兼有并存，加以负责，才可弄好，听说国王就想让位，不敢赞同，便说：

"皇帝陛下让出王位，出于诚意，代表诸君，想当明白。国王意思极好，为国为民，诚为无可与比。不过一切打算，不合目前国家情形。任何国家施政，有不好处，国中人民，加以反对，诚可注意。若攻击批评，只是二三在野名流，虽想救国，不会做官，尚从未听说轻易让贤，把国家组织，陷入纷乱。何况仙人，平时清高澹泊，不问世事，沉静自得，有如木石，即有高尚理想，如何就可治国？并且事情既不过只是由于一摔而起，照本席主张，不如派员慰问，较为得体。本国对这年青仙人，若想表示尊敬，使他快乐，同他合作，免得或为他人利用，妨碍国家统一，不如取法他国，把这候补仙人，当成国内元老，一切事情，对他十分客气，遇事不能解决，就即刻命驾请教，总以哄得仙人欢喜，不发牢骚，国家前途，方有办法。"

另外有一陆军大臣，头脑简单，性情直率，国内军权，全在一人手中，生平拥护国王，信仰首相，故继续发言：

"皇帝陛下所说使人感动，首相阁下所说使人佩服。国王若想退位，好意不能为全国国民见谅。因为国民盼望国王帮忙，并且相信，这个时节，也只有国王可以帮忙。我国旱灾，既为仙人一摔而起，首相意见，本席首先赞同，若国家可以同这刁钻古怪合作，各种条件，皆应负责答应。若方法用尽，还不落雨，本席职责所在，向天赌咒，领率全国兵士，来与周旋，不怕一切，总得把这仙人神通打倒。"

陆军大臣所说，理直气壮，故全体公民代表，莫不动容，鼓掌称善。

其中有一公民，见事较多，知识开明，觉得打倒仙人，很不象话，就说：

"救灾方法还多，武力打倒仙人，本席以为不必。国家多上一个仙人，如同国家多有一个诗人一样，实为我波罗蒂长国中光荣。公民盼望，只是皇帝陛下代表我们公民全体，想出办法，能与仙人合作。若说武力周旋，效法他国，文人学者，捉来即刻把头割下，办法虽轻而易举，所作事情，实极愚蠢。我波罗蒂长国，国家虽小，不应愚蠢到如此地步，在历史上为我国王留一污点。政府若断然处置，公民可不能同意。"

另一公民，为了补充前说，又继续说：

"他国短处虽不足取法，他国长处又不可不注意：公民以为我们本国，不如仿照他国，设立一个国家学院或研究院，位置这种有德多能的仙人，让他读经习礼，不问国事。给他最大尊敬和够用薪水，不使他再挨饿受凉，也不使他由于过分孤寂，将脾气变坏，则一切问题，皆易解决！"

另一公民又说：

"仙人什么皆不缺少，不如封他一极大爵位，一定可以希望从此合作。"

发言公民极多，政府意思，就是让这些公民代表充分发表意见，大家决议以后，斟酌执行。但因过去政府太能负责，一切政策，不用平民担心，政府莫不办得极为妥当合理。政府太好，作公民的，就皆只会按照分定作事做人，因此一来，把一切民主国家公民监督政府的本能，也皆完完全全消失无余了。到时人人各自发抒意见，皆近空谈，不落边际。

还是首相发言提出办法，希望大家注意，这会议到后，才有眉目。

会议结果，就是政府公民全体同意，认为先得想方设法，把这候补仙人感情转换过来，不问条件，皆可商量。只要落雨三日。仙人若有任何苛刻条件提出，国王首相，应当代表国民，签字承认。

但这个古怪仙人并非其他国家知识阶级可比，（据说知识阶级，若为政府蔑视过久，喜发牢骚，诅咒政府，常有话说。只须政府当局稍稍懂事，应酬有方，就可无事。）生平性情孤僻，不慕荣利，威胁利诱，皆难就范。仙人住处，又在深山，不是租界可比，故首先问题，就是波罗蒂长国家政府，应用何种方法，方能接近这候补仙人，商谈一切。

因在会代表，并无人能同这仙人来往，最后方决定悬出赏格，召募一人，若有人来应募，能在一定时期与仙人晤面，或有方法恳求仙人，使咒语失去效率，或能请求仙人下山，来到国都开会，不论何人，皆加重赏。

会议散后，国王立刻执行决议，颁布赏格，张贴全国，各处通都大邑，四衢四门，无不有这赏格悬布。

"我国旱灾，不能免去，细查来由，皆是肉角仙人发气所致。为此布告国人：

> 凡有本领，能够想方设法，说服肉角仙人放弃咒语，使我波罗蒂长国能落大雨者，若想作官，国王听凭这人选择地面，与之分国而治；若想讨娶一房妻子，国王最美丽聪明公主，即刻下嫁。"

国民为重赏诱惑，目眩神驰，惟一闻仙人住处在大山之上，于是又各心怀畏怖，宝爱性命，不敢冒险应募。

那个时节，波罗蒂长国中，有一女子，名字叫做扇陀。这个女人，长得端正白皙，艳丽非凡；肌肤柔软，如酪如酥，言语清朗，如啭黄鹂。女人既然容华惊人，家中又有巨富千万。那天听到家下用人说到这种事情，并且好事家人，又凭空虚撰仙人种种骄傲佚事给扇陀听，又因国王赏格，中有公主作为奖赏一条，对于女人，有轻视意思，扇陀心中不平，因此来到王宫门前，应王征募。

众人一见，最先来此应募，却是一个女子，以为女人所长，非插花敷粉，就是扫地铺床，何足算数？故当时不甚措意，接待十分平常。

扇陀就同执事诸人说明来意：

"我的名字叫做扇陀，各位大老，谅不生疏，今应王募前来，请问各位：这个肉角大仙，究竟是人是鬼？"

众人皆知国中有扇陀。富甲全国，美如天女。今见来人神采耀目，口气不俗，不敢十分疏慢，就说：

"这个肉角仙人，无人见过，只是根据旧书传说：爸爸原是一隐士，母亲乃是一个白鹿，可说他是个人，也可说只是一兽。所知只此，更难详尽。"

扇陀听说，心中明白隐士所以逃避人间，正是怕被女人爱欲缠缚，不能脱身，故即早逃避。如今仙人既由隐士同畜牲生养，一切不难，因此向人宣言：

"若这仙人是鬼，我不负责。若这仙人是人，我有巧妙方法，可以降伏。今这大仙不止是人，灵魂骨血，杂有兽性，凡事容易，毫不困难。只请各位大老，代禀国王陛下，容我一见，我当亲向国王说出诸般方法，着手实行。"

扇陀宣言以后，诸官即刻携带这人入宫，引见国王，一一禀明来意。

扇陀所说，事情十分秘密。国王深知扇陀家中，确有巨富千万，相信种种并非出于骗诈，故当时就取一个金盘，装好各种珍奇金器，一翡翠盘，装满各种珠宝，一对龙角，装满珍珠和人间难得宝贝，送给扇陀，吩咐她照计行事。

扇陀既得国王信托，心中十分高兴，临行向王告辞，安慰老年国王，留下话语。扇陀说："国王陛下不必担忧。降伏仙人，一切有我！此去时日，必不甚久，国内土地，就可复得大雨！落雨以后，我还应当想一办法，将仙人当成一匹小鹿，骑跨回国！仙人来时，进见大王叩头称臣，也不甚难！"

国王当时似信非信。

扇陀拿了国王所给宝物，回家以后，即刻就派无数家人携带各种宝物，分头出发，向国内各处走去，征发五百辆华贵轿车，装载五百美女，又寻觅五百货车，装载各种用物。百凡各物齐备以后，即刻全体整队向大山进发，牛脚四千，踏土翻尘，牛角二千，巍巍数里。车中所有美女，莫不容态婉变，妩媚宜人，娴习礼仪，巧善辞令，虽肥瘦不一，却能各极其妙。货车所载，言语不可殚述：有各种大力美酒，色味皆与清水无异，吃喝少许，即可醉人。有各种欢喜丸子，皆用药草配合，捏成种种水果形式，加上彩绘，混淆果中，只须吃下一枚，就可使人狂乐，不知节制。有各种碗碟，各种织物。有凤翼排箫，碧玉竖箫，吹时发音，各如凤嘻。有紫玉笛，铜笛，磁笛，皆个性不同，与它性格相近女人吹时，即可把她心中一切，由七孔中发出。有五色玉磬，陨石磬，海中苔草石磬。有宝剑宝弓，车轮大小贝壳，金色径尺蝴蝶。有一切耳目所及与想象所及各种家具陈设，使人身心安舒，不可名言，它的来源，则多由巧匠仿照西王母宫尺寸式样作成的。

且说，这一行人众到达山中时节，女子扇陀，就发布命令，着手铺排一切，把车上所有全都卸下。吩咐木匠，在仙人住处不远，搭好草庵一座，外表务求朴素淡雅，不显伧俗。草庵完成，又令花匠整顿屋前屋后花草树木，配置恰当。花园完成，又令引水工人从山涧导水，使山泉绕屋流动不息，水中放下天鹅，鸳鸯，及种种美丽悦目鸟类。一切完了以后，扇陀就又令随来男子，速把大车挽去，离山十里，躲藏隐伏，莫再露面。

一切布置，全在一夜中完成，到天明时，各样规划，就已完全作得十分妥当了。

女子扇陀，约了其他美人，三五不等，或者身穿软草衣裙，半露白腿白臂，装成山鬼。或者身穿白色长衣，单薄透明，肌肤色泽，纤悉毕见。诸人或来往林中，采花捉蝶。或携手月下，微吟清歌。或傍溪涧，自由解衣沐裕。或上果树，摘果抛掷，相互游戏。种种作为，不可尽述。扇陀意思，只是在引起仙人注意，尽其注意，又若毫不因为仙人在此，就便妨碍种种行为。只因毫不理会仙人，才可以激动仙人，使这仙人爱欲，从淡漠中培养长大，不可节制。

这候补仙人，日常遍山游行，各处走去。到晚方回。任何一处，总可遇到女人。新来芳邻，初初并不为这仙人十分注意。由于山中兽类，无奇不有，尚以为这类动物，不过兽中一种，爱美善歌，自得其乐，虽有魔力，不为人害。但为时稍久，触目所见，皆觉美丽，就不免略略惊奇。由于习染，日觉希奇，为时不及一月，这候补仙人一见女人，就已露出呆相。如同一般男子见好女人时同样情形。

女人扇陀，估计为时还早，一切不忙。每同女伴到山中游散时节，明知树林叶底枝边，藏有那个男子，故作无见无闻，唱歌笑乐，携手舞踏，如天上人。所有乐器，各有女人掌持，随时奏乐，不问早晚。歌声清越，常常超过乐器声音，飘扬山谷，如凤凰鸣啸，仙人听来，不免心中作痒。

这候补仙人，既为鹿身，扇陀心中明白，故常于夜半时节，令人用桐木皮卷成哨管，吹作母鹿呼子声音，以便摇动这个候补仙人依恋之心。

月再圆时，扇陀心知一切业已成熟，机不可失，故把住处附近好好安排起来。每一女人，各因性格特点不同，位置也各不相同：长身玉立的放在水边，身材微胖的装作樵女，吹箫的坐在竹林中，呼笙的独坐高崖上，弹箜篌的把箜篌缚到腰带边，一面漫游一面弹着。手脚伶俐的在秋千架上飘扬，牙齿美的常常发笑。一切布置，皆出扇陀设计，务使各人都有机会充分见出长处，些微好处，尽为候补仙人见到，发生作用。

一切布置完全妥贴后，所等候的，就是仙人来此入网触罗。

因此在某一天，这仙人从扇陀屋边经过时，不免向门痴望，过后心中尚觉恋恋。一再回头。女人扇陀，就带领一十二个美中最美的年青女子，在仙人所去路上出现，故意装成初见仙人，十分惊讶，并且略带嗔怒，质问仙人：

"你这生人，来到我们住处，贼眉贼眼，各处窥觑不止，算是什么意思？"

候补仙人赶忙陪笑说道：

"这大山中，就只我为活人。我正纳罕，不知道你们从何处来，到何处去。我是本山主人，正想问讯你们首领，既已来到山中，如何不先问问这山应该归谁管业！"

女人扇陀听说，装成刚好明白的神气，忙向仙人道歉，且选择很多悦耳爽心谀语，贡献仙人。其余各人，也皆表示迎迓，制止仙人，不许走去。齐用柔和声音相劝，柔和目光相勾，柔和手臂相萦绕，好好歹歹，把仙人哄入屋中，好花异香，供奉仙人，殷勤体贴，如敬佛祖。

女人莫不言语温顺，恭敬熨贴，竞问仙人种种琐事，不许仙人有机会询问女人来处。为时不久，又将他带进另一精美小厅堂，坐近柔软床褥上面，屋中空气，温暖适中，香气袭人，似花非花，四处找寻，不知香从何来。年幼女人，扮成丫环，用玛瑙小盘，托出玉杯，杯中装满净酒，当作凉水，请仙人解渴。

这种净酒，颜色香味，既皆同水无异，惟力大性烈，不可仿佛，故仙人喝下以后，就说：

"水味道不恶！"

又有女人用小盘把欢喜丸送来，以为果品，请仙人随意取吃。仙人一吃，觉得爽口悦心，味美无穷，故又说道：

"百果色味佳美，一生少见。"

仙人吃药饮酒时节，女人全体围在近旁，故意向他微笑，露出编贝白齿。仙人饮食饱足以后，平时由于节食冥思而得种种智慧，因此一来，全已失去。血脉流转，又为美女微笑加速。故面对人，说出蠢话：

"有生以来，我从未得过如此好果好水！"说完以后，不免稍觉腼腆。

女人扇陀就说：

"这不足怪，我一心行善，从不口出怨言，故天佑我，长远能够得到这种净水好果。若你欢喜，当把这种东西，永远供奉，不敢吝惜。"

仙人读习经典极多，经典中提及的种种事情，无不明白。但因生平读书以外，不知其他事情，经典不载，通不明白。故这时女人说谎，就相信女人所说，不加疑惑。又见所有女人，莫不小腰白齿，宜笑宜嗔，肌革充盈，柔腻白皙，滑如酥酪，香如嘉果，故又问诸女人，如何各人就生长得如此体面，看来使人忘忧。

仙人说："我读七百种经，能反复背诵，经中无一言语，说到你们如此美丽原因。"

女人又即刻回答仙人：

"事为女人，本极平常，所以你那宝经大典，不用提及。其实说来，也极平常，我等日常皆以此百果充饥，喝此地泉解渴，故肥美如此，尚不自觉！"

仙人听说，信以为真，心中为女人种种好处，有所羡慕，欲望在心，故五官皆现呆相，虽不说话，女人扇陀，凡事明白。

为时少顷，女人转问仙人：

"你那洞中阴暗潮湿，如何可以住人？若不嫌弃，怎不在此试住一天？"

仙人想想，既一见如故，各不客气，要住也可住下，就无可不可的说：

"住下也行。"

女人见仙人业已答应住下，各皆欣悦异常。

女人与仙人共同吃喝，自己各吃白水杂果，却把净酒药丸，极力进劝这业已早为美丽变傻的仙人。杯盘杂果，莫不早就刻有暗中记号，故女人都不至于误服。仙人见女人殷勤进酒，即欲退辞，无话可说，只得尽量而饮，尽量而吃，直到半夜。在筵席上，女人令人奏乐，百乐齐奏，音调靡人，目眙手抚，在所不禁，仙人在崭新不二经验中，越显痴呆。女人扇陀，独与仙人极近，低声偎耳，问讯仙人：

"天气燠热，蒸人发汗，仙人是否有意共同洗澡？"

仙人无言，但微笑点头，表示事虽经典所不载，也并不怎样反对。

先是扇陀家中，有一宝重浴盆，面积大小，可容二十人，全身用象牙，云母，碧，以及各种珍珠玉石，杂宝错锦镶镂而成。盆在平常时节，可以摺叠，如同一个中等帐幕，分量不大，只须鹿车一部，就可带走。但这希奇浴盆，抖开以后，便可成一个椭圆形小小池子，贮满清水，即四十人沐浴，尚不至于嫌其过仄。盆中贮水既满，扇陀就与仙人共同入水，浮沉游戏。盆大人少，仙人以为不甚热闹，女人扇陀，复邀身体秀丽苗条女子十人，加入沐浴。盆中除去诸人以外，尚有天鹅，舒翼延颈，矫矫不凡。有金鲫，大头大尾。有小虾，有五色圆石。水有深有浅，温凉适中。

仙人入水以后，便与所有女人共在盆中牵手跳跃。女人手臂，莫不十分柔软，故一经接触，仙人心即动摇。为时不久，又与盆中女人，互相浇水为乐，且互相替洗。所有女人，奉令来此，莫不以身自炫，故不到一会，仙人欲心转生，对盆中女人，更露傻相。……神通既失，鬼神不友，波罗蒂长国境，即刻大雨三天三夜，不知休止。全国臣民，那时皆知他人战败，国家获福，故相互庆祝，等候美女扇陀回国，准备欢迎。国王心中记忆扇陀所言，不知结果如何，欣庆之余，仍极担心。

仙人既在扇陀住处，随缘恋爱，神通失去，仍然十分糊涂，毫不自觉。扇陀暗中嘱咐诸人，只为这仙人准备七日七夜饮食所需，七日以内，使这仙人欢乐酒色，沉醉忘归；七日以后，酒食皆尽，随用山中泉水，山中野果，供给仙人，味既不济，滋养功用，也皆不如稍前一时佳美。仙人习惯已成，俨如有瘾，故向女人需索日前一切。

诸女人中，就有人说：

"一切业已用尽，没有余存，今当同行，离这穷山荒地。一到我家园地，所有百物，不愁缺少，只愁过多，使人饱闷！"

仙人既已早把水果吃成嗜好，就同意即刻离开本山。

于是各人收拾行李，整顿器物，预备回国报功。为时不久，一行人众，就已同向波罗蒂长国都中央大道一直走去。

去城不远时节，美女扇陀，忽在车中倒下，如害大病，面容失色，呼痛叫天，不能自止。

仙人问故。美女扇陀装成十分痛苦，气息梗咽，轻声言语：

"我已发病，心肝如割，救治无方，恐将不久，即此死去！"

仙人追问病由，想使用神通援救女人。扇陀哽咽不悟，装成业已晕去样子，身旁另一女人，自谓与扇陀同乡，深明暴病由来，以为若照过去经验，除非得一公鹿，当成坐骑，缓步走去，可以痊愈。若尽彼在牛车上摇簸百里，恐此美人，未抵家门，就已断气多时了。

女人且说：

"病非公鹿稳步，不可救治，此时此地，何从得一公鹿？故美女扇陀，延命再活，已不可能。"

各人先时，早已商量完全，听及女人说后，认为消息恶极，皆用广袖遮脸，痛哭不已。

仙人既为母鹿生养，故亦善于模仿鹿类行动，便说：

"既非骑鹿不可救治，不如就请扇陀骑在我颈项上，我来试试，备位公鹿，或可使她舒适！"

女人说：

"所需是一公鹿，人恐不能胜任。"

仙人平时，因为出身不明，故极力避开同人谈说家世。这时因爱，忘去一切，故当着众人，自白过去，明证"本身虽人，衣冠楚楚，尚有兽性，可供驱策。若自充坐骑，可以使爱人复生，从此作鹿，驮扇陀终生，心亦甘美，永不翻悔"。

美女扇陀，当一行人等从大山动身进发时节，早先派遣一人，带去一信，禀告国王，信中写道："国王陛下，小女托天与王福佑，业已把仙人带回，明日可到国境，王可看我智能如何！"国王得信之后，就派卫队及各大臣，按时入朝，严整车骑，出城欢迎扇陀。

仙人到时，果如美女扇陀出国之前所说，被骑而来。且因所爱扇陀在其背上，谨慎小心，似比一切驯象良马，尚较稳定。

国王心中十分欢喜，又极纳罕。就问美女扇陀，用何法力，造成如许功绩。

美女扇陀，微笑不言，跳下仙人颈背，坐国王车，回转宫中，方告国王：

"使仙人如此，皆我方便力量，并不出奇，不过措置得法而已。如今这个仙人既已甘心情愿作奴当差，来到国中，正可仿照他国对待元老方法，特为选择一个极好住处安顿住下。百凡饮食起居所需，皆莫缺少，恭敬供养，如待嘉宾；任其满足五欲，用一切物质，折磨这业已入网的傻子，并且拜为名誉大臣，波罗蒂长国家，就可从此太平无事了。"

国王闻言，点头称是，一切照办。

从此以后，这肉角仙人，一切法力智慧，在女人面前，消灭无余。住城稍久，身转羸瘦，不知节制，终于死去。临死时节，且由于爱，以为所爱美女扇陀，既常心痛，非一健壮公鹿充作坐骑，就不能活，故弥留之际，还向天请求，心愿死后，即变一鹿长讨扇陀欢心。能为鹿身，即不为扇陀所骑，但只想象扇陀尚在背上，亦当有无量快乐。

这就是那个商人直到三十八岁不敢娶妻的理由。商人把故事说完时，大家笑乐不已。其中有一秀才，便即站起，表示自己见解：

"仙人变鹿，事不出奇，因本身能作美人坐骑，较之成仙，实为合算。至于美女扇陀之美，也无可怀疑，兄弟虽尚无眼福得见佳丽，即在耳聆故事之余，区区方寸之心，亦已愿作小鹿，希望将来，可备候补坐骑了。"

那善于诙谐的小丑，听到秀才所说，就轻轻的说："当秀才的老虎不怕，何况变为扇陀坐骑？"但因为他知道秀才脾气不易应付，故只把他的嘲笑，说给自己听听。

故事自从商人说出以后，不止这秀才愿作畜牲，即如那位先前说到"妇人只合鞭打"的男子，也觉得稍前一时，出言冒昧，俨然业已得罪扇陀，心中十分羞惭，悄悄的过屋角草堆里睡去了。

那商人把故事说完，走回自己火堆边去，走过屋主人坐处，主人拉着了他，且询问他"是不是还怕女人。"

商人说："世界之上，有此女人，不生畏怖，不成为人。"

言语极轻，故也不为秀才所闻，方不至被秀才骂为"俗物"。

为张家小五辑自《智度论》

一九三二年十月，于青岛

爱　欲

在金狼旅店中，一堆柴火光焰熊熊，围了这柴火坐卧的旅客，都想用动人奇异故事打发这个长夜。火光所不及的角隅里，睡了三个卖朱砂水银的商人。这些人各负了小小圆形铁筒，筒中贮藏了流动不定分量沉重的水银，与鲜赤如血美丽悦目的朱砂。水银多先装入猪尿脬里，朱砂则先用白绵纸裹好，再用青竹包藏，方入铁筒。这几个商人落店时，便把那圆形铁筒从肩上卸下，安顿在自己身边。当其他商人说到种种故事时，这三个商人各自沉默安静地听着。因为说故事的，大多数欢喜说女人的故事，不让自己的故事同女人离开，几个商人恰好皆各有一个故事，与女人大有关系，故互约好，且等待其他说故事的休息时，就一同来轮流把自己故事说出，供给大家听听开心。

到后机会果然就来了。

他们于是推出一个伙伴到火光中来，向躺卧蹲坐在火堆四围的旅客申明。他们共有三个人，愿意说出三个关于女人的不同故事，若各位许可他们，他们各人就把故事说出来；若不许可，他们就不必开口。

众旅客用热烈掌声欢迎三个说故事的人，催促三个人赶快把故事说出。

一　被刖刑者的爱

第一个站起说故事的，年纪大约三十来岁，人物仪表伟壮，声容可观。他那样子并不象个商人，却似乎是个王爷侯爵。他说话时那么温和，那么谦虚。他若不是一个代替帝王管领人类身体行为的督府，便应当是一个代替上帝管领人类心灵信仰的主教。但照他自己说来，则他只是一个平民，一个普通商人。他说明了他的身分后，便把故事接说下去。

我听过两个大兄说的女人的故事，且从这些故事中，使我明白了女人利用她那份属于自然派定的长处，降服过有道法的候补仙人，也哄骗过最聪明的贼人，并且两个女孩子都因为国王应付国事无从措置时，在那唯一的妙计上，显出良好的成绩。虽然其他一个故事，那公主吸引来了年轻贼人，还依旧被贼人占了便宜，远远逃去；但到后因为她给贼人养了儿子，且因长得美丽，终究使这个聪敏不凡盗贼，不至于为其他国家利用，好好归来，到底还依然在历史上留下一个记载，这记载就是："女人征服一切，事极容易。"世界上最难处置的，恐怕无过于仙人和盗贼，既然这两种人全得在女人面前低首下心，听候吩咐，其他也就不必说了。

但这种故事，只说明女人某一方面的长处，只说到女人征服男子的长处。并且这些故事在称扬女子时，同时就含了讥刺和轻视意见在内。既见得男性对于女子特别苛刻，也见得男子无法理解女子。

我预备说的，是一个女子在自然派定那分义务上，如何完成她所担负的"义务"。这正是义务。她的行为也许近于堕落，她的堕落却使说故事的人十分同情。她能选择，按照"自然"法则的意见去选择，毫不含糊，毫不畏缩。她象一个真正的人，因为她有"人的本性"。不过我又很愿意大家明白，女子固然走到各处去，用她的本身可以征服人，使一切男子失去名利的打算，转成脓包一团，可是同时她也就会在这方面被男子所征服，再也无从发展，无从挣扎。凡是她用来支配男子的那份长处，在某一时节，也正可以成为她的短处。说简单一点，便是她使人爱她，弄得人糊糊涂涂，可是她爱了人时，她也会糊糊涂涂。

下面是我要说的故事。

××族的部落，被上帝派定在一个同世界俨然相隔绝的地方。生育繁殖他们的种族，他们能够得到充足的日光，充足的饮食，充足的爱情，却不能够得到充足的知识。年纪过了三十以上的，只知道用反省把过去生活零碎的印象随意拼凑，同样又把一堆用旧了的文字照样拼凑，写成忧郁柔弱的诗歌。或从地下挖些东西出来，排比秩序，研究它当时价值与意义。或一事不作，花钱雇了一个善于烹调的厨子，每日把鸡鸭鱼肉，加上油盐酱醋，制成各式好菜好汤，供奉他肠胃的消化。一切都恰恰同中国一些上层阶级一样，显得生命空虚，又无聊又可怜。他们因为所在的地方，不如中国北京那么文明，不如上海那么繁华，所以玩古董，上公园，跳舞，看戏这类娱乐也得不到。每人虽那么活下去，可不明白活下去是些什么意义。每人皆图安静，只想变成一只乌龟，平安无事打发每个日子，把自己那点生命打发完结时，便硬僵僵的躺到地坑里去，让虫子把尸身吃掉，一切便算完事了。他们不想怎么样把大部分人的生命管束起来。好好支配到一个为大家谋幸福与光荣的行动上去。（一族中做主子的，就不知道如何组织社会，使用民力！）他们都在习惯观念中见得极其懒惰，极其懦怯。用为遮掩他们的思索与行为懒惰懦怯的，就是几本流传在那个种族中极久远极普遍的古书，那几本书同中国的圣经贤传文字不同，意思相近。书中精义，概括起来共只十六个字，就是：

生死自然。不必求生。清静无为。身心安泰。

那种族中中年人虽然记到这十六个深得中国老庄精义的格言，把日子从从容容对付下去。年轻人却常常觉得这一两千年前拘迂老家伙所表示的自然无为人生观，到如今已经全不适用，都以为那只是当时的人把"生""死"二字对立，自然产生的观念。如今的人，应当去生，去求生，方是道理。可是应当怎么样去求生，这就有了问题。

因此那地方便也产生了各种思想与行动的革命，也同样是统治阶级愚蠢的杀戮，也同样在某一时就有了若干名人与伟人乘时雀起，也同样照历史命运所安排的那种公式，糟蹋了那个民族无数精力和财富，但同时自然也就在那分牺牲中，孕育了未来光明的种子。

其中有年青兄弟两人，住在那个野蛮懒惰民族都会中，眼见到国内一切那么混乱，那么糟糕，心中打算着："为什么我们所住的国家那么乱？为什么别的国家又那么好？"

两兄弟那时业已结婚；少年夫妇，恩爱异常，家中境况又十分富裕，若果能够安分在家中住下，看看那个国家一些又怕事又欢喜生点小事的人写出的各样"幽默"文章，日子也就很可以过得下去了。可是这两兄弟却觉得这样下去并不好，以为在自己果园中，若不知道树上所结的果子酸到什么样子，且不明白如何可以把结果极酸的，生虫的，发育不完全的树木弄好的方法，最好还是赶快到别一个果园去看看。于是弟兄两人就决计徒步到各处去游学，希望从这个地球的另一处地方，多得到些有用的智慧同经验，对于国家将来能有些贡献。两人旅行计划商量妥当后，把家中财产交给一个老舅父掌管，带了些金块和银块，就预备一同上路。两个年轻人的美丽太太，因为爱恋丈夫，不愿住在家中享福，甘心相从，出外受苦，故出发时，共有四个人。

两兄弟明白本国文化多从东方得来，且听说西方民族，有和东方民族完全不同的做人观念与治国方法，故一行四人，乃取道西行，向日落处一直走去。

他们若想到西方的另一文明国家，必须取道一个寂无人烟不生水草的沙漠。同伴四人，为了寻求光明，到了沙漠边地时，对于沙漠中种种危险传说，皆以为不值得注意。几人把粮秣饮水准备充足以后，就直贯沙漠，向荒凉沙碛中走去。

他们原只预备了二十七天的粮食，可是走过了二十七天后，还不能通过这片不毛之地。虽然还有些淡水，主要食物却已剩不了多少。几人讨论到如何度过这些危险日子，却商量不出什么结果。这沙漠既找寻不出一点水草同生物，天空中并一只飞鸟也很少见到。白日里只是当头白白的太阳，灼炙得人肩背发痛，破皮流血。到晚上时，则不过一群浅白星子嵌在明蓝太空里而已。原来他们虽带了一张羊皮制成的地图，但为了只知按照地图的方向走去，反而把路走差了。

有一天晚上，几人所剩下的一点点饮料，看看也将完事了。各人又饥又渴，再不能向前走去，便皆僵僵的躺在沙碛上，仰望蓝空中星辰，寻觅几人所在地面的经度，且凭微弱星光，观察手中羊皮制就的地图。

两兄弟以为身边两个妇人皆倦极睡熟，故来商量此后的办法。

哥哥向弟弟说：

"你年轻些，可以多在这世界上活些日子，如今情形显然不成了，不如我自杀了，把肉供给你们生吃，这计策好不好？"

那弟弟听哥哥说到要自杀，就同他哥哥争持说：

"你年纪大些，事情也知道得多些，若能够到那边学得些知识，回国也一定多有一分用处。现在既然四个人不能够平安通过这片沙漠，必需牺牲一个人，作为粮食，不如把我牺牲，让我自杀。"

那哥哥说：

"这绝对不行，一切事情必需有个次序，作哥哥的大点，应当先让大的自杀。"

"若你自杀，我也不会活得下去。"

弟兄俩一面在互相争论，互相解释，那一边两妯娌却并未睡着，各人皆装成熟睡样子，默默的在窃听他们所讨论的事情。两个妇人都极爱丈夫，同丈夫十分要好，都不想便与丈夫遽然分离。听到后来两兄弟争论毫无结果，那嫂嫂就想：

"我们既然共同来到这种境遇中，若丈夫死了，我也得死。"

弟妇则想：

"既然不能两全，若把这弟兄两人任何一个死去，另一个也难独全。想想他们受困于此的原因，全为路中有我们两人，受女人累赘所致。我们既然无益有害，不如我们死了，弟兄两个还可希望共同逃出这死海，为国家做出一分事业。"

那嫂嫂因为爱她的丈夫，想在她丈夫死去时，随同死去；丈夫不死，故她也还不死。那弟妇则因为爱她的丈夫，明白谁应当死，谁必需活，就一声不响，睡到快要天明时，悄悄把自己手臂的动脉用碎磁割断，尽血流向一个木桶里去，等到另外三个人知道这件事情时，木桶中血已流满，自杀的一个业已不可救药了。

弟弟跪在沙地上检察她的头部同心房时，又伤心，又愤怒，问她：

"你这是做什么蠢事！"

那女人躺卧在他爱人身旁，星光下做出柔弱的微笑，好象对于自己的行为十分快乐，轻轻的说：

"我跟在你们身边，牵累了你们，觉得过意不去。如今既然吃的喝的什么都完了，你们的大事中途而止，岂不可惜？我想你们弟兄两个既然谁也不能让谁牺牲，事情又那么艰难，不如把无多用处的我牺牲了，救救你们离开这片沙漠较好，所以我就这样做了。我爱你！你若爱我，愿意听我的话，请把这木桶里的血，趁热三人赶快喝了，把我身体吃了，继续上路，做完你们应做的事情。我能够变成你们的力量，我死了也很快乐。"

说完时，她便请求男子允许她的请求，原谅她，同她接一个最后的吻。男子把一滴眼泪淌入她口中，她咽下那滴眼泪，不及接吻气便绝了。

三个人十分伤心，但为了安慰死去的灵魂，成全死者的志愿，记着几人远离家国的旅行，原因是在为国家寻觅出路，属于个人的悲哀，无论如何总得暂且放下不提。因此各人只得忍痛分喝了那桶热血。到后天明时，弟弟便背负了死者尸身，又依然照常上路了。

当天他们很幸福的遇到一队横贯沙漠的骆驼群，问及那些商人，方明白这沙漠区域常有变动，还必需七天方能通过这个荒凉地方，到一个属于文明古国的边镇。几人便用一些银块，换了些淡水，换了些粮食，且向商人雇了一匹骆驼，一个驼夫，把死尸同粮食用具驮着，继续通过这片沙碛。但走到第四天时，赶骆驼的人，乘半夜众人熟睡之际，拐带了那个死尸逃逸而去，从此毫无踪迹可寻。原来这赶骆驼的，属于一种异端外教，相信新近自杀的女尸，供奉起来，可以保佑人民，便把它带回部落，用香料制作女神去了。

三人知道这愚蠢行为的意义，沙漠中徒步决不能跟踪奔驰疾步的骆驼，好在粮食金钱依然如旧，无可如何，只好在当地竖立一枝木柱，上刻"凡能将一个白脸长身女人尸体送至××国者，可以得马蹄金十块，马蹄银十块"。把木柱竖好，几人重复上路。

走了三天，果然走到了一个商镇，但见黄色泥室，比次相接，驼粪堆积如山，骆驼万千，马匹无数。人民熙熙攘攘，很有秩序。走到一座客店，安置了行李以后，就好好的休息了三天。

休息过后，几人又各处参观了一番，正想重新上路，那弟弟却得了当地流行的不可救药的热病，不能起身。把当地的著名医生请来诊治时，方知病已无可治疗，当晚就死了。

临死时这弟弟还只嘱咐哥哥，应当以国家事情为重，不必因私人死亡忧戚。且希望哥哥不必在死者身上花钱，好留下些钱财，作旅行用。且希望哥嫂即早动身，免得传染。话说完时，便落了气。这哥嫂二人虽然十分伤心，一切办法自然皆照死者意愿作去，把死者处置妥当，就上了路。

剩下这一对夫妇，又取道向西旅行了大约半年光景。那男子因为担心国事，纪念死者，只想凝聚精力，作为旅行与研究旅行所得学问而用，因此对于那位同伴，夫妇之间某种所不可缺少的事情，自然就疏忽了些。女人虽极爱恋男子，甘苦与共，生死相依，终不免觉得缺少些东西。

有一天两人在路上碰到一个因为犯罪双足被刖去的丑陋乞丐，夫妇二人见了这人，十分怜悯，送他些钱后，那乞人看到这一对旅行的夫妇检阅羊皮地图，找寻方向，就问他们，想去什么地方，有什么事。两人把旅行目的如实告给了乞人。那乞人就说，他是西方××大国的人，知道那边一切，且知道向那大国走去的水陆路径，愿意引导他们。两人听说，自然极其高兴。于是夫妇二人轮流用一小车推动这乞人上路，向乞人所指点方向慢慢走去。

夫妇两人爱情虽笃，但因作丈夫的太不注意于男女事情，妇人后来，便居然同那刖足男子发生了恋爱。时间这样东西，既然还可造成地球，何况其他事情？这爱情也很自然，并不奇怪了。两人因这秘密恋爱，弄得十分糊涂，只想设计脱离那个丈夫。因此那刖足男子，便故意把旅行方向，弄斜一些，不让几人到达任何城池。有一天几人走近了一道河边，沿河走去，妇人见河岸边有一株大李子树，结实累累，就想出一个计策，请丈夫上树摘取些李子。丈夫因为河岸过于悬崄，稍稍迟疑，那妇人就说，这不碍事，若怕掉下，不妨把一根腰带，一端缚到树根，一端缚到腰身，纵或树枝不能胜任，摔下河中时，也仍然不会发生危险。丈夫相信了这个意见，如法作去，李树枝子脆弱，果然出了事情。女人取出剪子，悄悄的把那丝质腰带剪断，因此那个丈夫，即刻就堕入河中，为一股急促黄流卷去，不见踪影。

妇人眼见到自己丈夫堕入大河中为急流冲去以后，就坦然同那刖足男子成为夫妇，带了所有金银粮食重新上路了。

但这男子堕入河中，一时虽为洑流卷入河底，到后却又被洑流推开，载浮载沉，向下流漂去。后来迷迷糊糊漂流到了一个都市的税关船边，便为人捞起，搁在税关门外，却慢慢的活了。初下水时，这男子尚以为落水的原因，只是腰带太不结实，并不想到事出谋害。只因念念不忘妇人，故极力在水中挣扎，才不至于没顶。等到被人从水中捞起复活以后，检察系在身边那条断了的腰带，发现了剪刀痕迹，方才明白落水原因。但本身既已不至于果腹鱼鳖，目前要紧问题，还是如何应付生活，如何继续未完工作，为国效劳，方是道理。故不再想那个女人一切行为，忘了那个女人一切坏处。

这男子因为学识渊博，在那里不久就得到了一个位置。作事一年左右，又得到总督的信任，引为亲信。再过三年，总督死去，他就代替了那个位置，作了总督。

妇人虽对于这男子那么不好，他到了作总督时，却很想念到他的妇人，以为当时背弃，必因一时感情迷乱，冒昧作出蠢事，时间久些，必痛苦翻悔。他于是派人秘密打听，若有关于一个被刖足的男子，与一个美丽女人因事涉讼时，即刻报告前来，听候处治。

时间不久，那大城里就发现了一件希奇事情，一个曼妙端雅的妇人，挽了一辆小小车子，车中却坐了一个双脚刖去剩余只手的丑陋男子，各处向人求乞。有人问她因何事情，从何处来，关系怎样，妇人就说：废人是她的丈夫，原已被刖，因为欢喜游历，故两人各处旅行。有些金银，路上被人觊觎，抢劫而去。当贼人施行劫掠时，因男子手中尚有金子一块，不肯放下，故这只手就被贼徒砍去。路人见到那么美貌妇人，嫁了这种粗丑丈夫，已经觉得十分古怪，人既残废，尚能同甘共苦，各处谋生，不相抛弃，尤为罕见，因此各有施赠，并且传遍各处，远近皆知。事为总督所闻，即命令把那两个夫妇找来。总督一看，妇人就是自己爱妻，废人就是那个身受刖刑的废人，虽相隔数年，女人面貌犹依然异常端丽。刖足乞丐，则因足被刖，手又砍去一只，较之往昔，尤增丑陋。那总督便向妇人询问：

"这废人是不是你丈夫？"

妇人从从容容说：

"是我的丈夫。"

总督又问废人：

"你们什么时候结婚？在什么地方住家？"

废人不知如何说谎，那妇人便答：

"我们结婚业已多年，我们本来有家，到后各处旅行，路上遇了土匪，所有金宝概行掠去以后，就流落在外，不能回家了。"

总督说：

"你认识我不认识？"

那妇人怯怯看了一下，便着了一惊。又仔细的一看，方明白座上的总督，就正是数年前落水的丈夫。匆促中无话可说，只顾磕头。

总督很温和的向妇人说：

"你还认识得我，那好极了。你并没有错处。你并没有罪过。如今尽你意思作去，你自己看，想怎么样，你可以自己选择。你要和这个残废人同在一处，还是想离开他，你可以把你希望说出来。"

那妇人本来以为所犯的罪过非死不可，故预备一死。如今却见总督那么宽厚温和，想起一切过去，十分伤心。哭了一会，就说：

"为了把总督人格和恩惠扩大，我希望还能够活下去。我本应当即刻自杀，以谢过去那点罪过，但如今却只希望总督开恩，仍旧允许我同这废人在本境里共同乞讨过日子下去，因为这样，方见得你好处！"

总督说：

"好，你欢喜怎么样就怎么样，总之，如今你已自由了。"

此后这总督因为关心祖国事情，故把总督职务交给了另外一个人，所有的金钱，赠给了那个他极爱她，她却爱一残废人的女子，便离开那都市，回转本国去了。

故事到末了时，那商人说：

"我这故事意思是在告给你们女人的痴处，也并不下于男子。或者我的朋友还有更好的故事提到这个问题，我希望他的故事比我的更好。"

二 弹筝者的爱

第二个商人，有一张马蹄形的脸子，这商人麻脸跛脚，只剩下一只独眼，像貌朴野古怪，接下去说：

"女人常使男子发痴，作出种种呆事，呆事中最著名的一件，应当算扇陀迷惑山中仙人的传说。我并没有那么美丽架空的故事，但我却知道有个极其美丽的女人，被一个异常丑陋的男子所迷惑，做出比候补仙人还可笑的行为。"

这故事在后面。副官宋式发，年纪青青的死去时，留给他那妻子的，只是一个寡妇的名分，同一个未满周岁的小雏。这寡妇年龄既还只有二十岁，像貌又复窈窕宜人，自然容易引起年轻男子的注意。谁都希望关照这个未亡人，谁都愿意继续那个副官的义务和权利。因为许多人皆盼望挨近这个美貌妇人身边，想把这标致人儿随了副官埋葬在土中的心，用柔情从土中掏出，使尽了各种不同方法，一切还是枉然徒劳。愚蠢的诚实，聪明的狡猾，全动不了这个标致人儿的心。

她一见到这些齐集门前献媚发痴的人，总不大瞧得上眼，觉得又好笑又难受。以为男子全那么不济事，一见美貌红颜，就天生只想下跪。又以为男子中最好的一个已经死去了，自己的爱情，就也跟着死去了。

过了两年。

这未亡人还依然在月光下如仙，在日光下如神，使见到她的人目眩神迷，心惊骨战。爱她的人还依然极多，她也依然同从前一样，贞静沉默的在各种阿谀各种奉承中打发日子。

她自己以为她的心死了，她的心早已随同丈夫埋葬在土中去了。她自己不掏出来，别人是没有这分本领把它掏得出来的。

到后来，一些从前曾经用情欲的眼睛张望过这个妇人的，因爱生敬皆慢慢的离远了。为她唱歌的，声音皆慢慢的喑哑了。为她作诗的，早把这些诗篇抄给另外一个女子去了。

有一天，从别处来了一个弹筝人，常常扛了他那件古怪乐器，从这未亡人住处门前走过。那乐器上十三根铜弦，拨动时，每一条铜弦皆仿佛是一张发抖的嘴唇，轻轻的，甜蜜的靠近那个年轻妇人的心胸。听到这种声音时，她便不能再作其他什么事情，只把一双曾经为若干诗人嘴唇梦里游踪所至的纤美手掌，扶着那个白白的温润额头。一听到筝声，她的心就跳跃不止。

她爱了那个声音。

当她明白那声音是从一只粗糙的手抓出时，她爱了那只粗糙的手。当她明白那只粗糙的手是一个独眼，麻脸，跛足的人肢体一部分时，她爱了那个四肢五官残缺了的废人。她承认自己的心已被那个残废人的筝声从土中掏出来了。她喜欢听那筝声。久而久之，每天若不听听那筝声，简直就不能过日子了。

那弹筝人住处在一个公共井水边，她因此每天早晚必借故携了小孩来井边打水。她又不同他说什么。他也从不想到这个美丽妇人会如此丧魂失魄的在秘密中爱他。

如此过了很多日子。

有一天她又带了水瓶同小孩子来取水，一面取水，一面听那弹筝人的新曲。那曲子实在太动人了。当她把长绳络结在瓶颈上时，所络着的不是水瓶颈头，竟是那小雏的颈项。她一面为那筝声发痴，一面把自己小孩放下深井里去，浸入水中，待提起时，小孩子早已为水淹死了。

附近的人知道了这件事情时，大家跑来观看，却不明白为什么这妇人会把自己亲生小孩杀死。或以为鬼神作祟，或以为死去的副官十分寂寞，就把儿子接回地下去，假手自己母亲作出这事。又或以为那副官死后，因明白妇人过于美貌年轻，孀居独处，十分可怜，故促之把小孩子弄死，对旧人无所系恋，便可以任意改嫁。谈论纷纭，莫衷一是，却无一人想象得出这事真正原因。

那时弹筝人已不弹筝了，抱了他那神秘乐器，欹立在一株青桐树下。有人问他对于这希奇事情的意见：

"先生，一个女人像貌如此善良，为人如此贞静，会做出这种希奇古怪事情，你说，这是怎么的？"

那弹筝人说：

"我以为这女人一定是爱了一个男子。世界上既常有因受女人美丽诱惑而发昏的男子，也就应当有相同的女人。她必为一个魔鬼男子先骗去了灵魂，现在的行为，正是想把身体也交给这魔鬼的！"

"这魔鬼属于哪一类人？"

那弹筝人听到这样愚蠢的询问，有点生气了，斜睨了面前的人一眼，就闭了他那只独眼说道：

"你难道以为女子会爱一个象我这种样子的男子么？"

那人看看话不投机，说来无趣，便走开了。至于这弹筝人，当然是料不到妇人会为他发痴的。

到了晚上，弹筝人正独自一人闭着独眼在月下弹筝，妇人就披了一件寝衣走去找他。见到他时，同一堆絮一样，倒在他的身边。弹筝人听到这种声音，吃了一惊，睁开独眼，就看到一堆白色丝质物，一个美丽的头颅，一簇长长的黑发。弹筝人赶忙把这个晕了的人抱进屋中竹床上，借月光细细端详一下面目，原来这个女子就是日里溺死婴儿的妇人。再想敞开妇人那件衣服，让呼吸方便一点时，稍稍把那衣服一拉，就明白这妇人原来是一个光光的身体，除了寝衣什么也没着身！那弹筝人吓呆了，不知如何是好。

妇人等不及弹筝人逃走，就霍然坐起，把寝衣卸下，伸出两只白白的臂膊抱定那弹筝人颈项了。

她告给了他一切秘密，她让他在月光下明白她如何美丽。

但那弹筝的丑八怪，想起日里溺毙的婴孩，以为这是魔鬼的行为。因为害怕，终于弃却了女人同那件乐器，远远的逃走了。而她后来却缢死在那间小屋里。

三 一匹母鹿所生的女孩的爱

第三个商人像貌如一个王子，他说：

我的故事虽然所说到的还是女人。这女人同先前几个女人或者稍微不同一点。我的故事同扇陀故事起始大同小异，我要说到的女人，却似乎比扇陀更能干一些。但也有些地方与其余故事相同，因为这女人有所爱恋，到后便用身殉了爱。她爱得更希奇，说来你们就明白了。

和扇陀故事一样，同样是一个山中，山中有个隐居遁世的男子搭了一座小小茅棚，住在那里，修真养性，不问世事。这隐士小便时，有一只母鹿来舐了几次，这鹿到后来便生了一个女子，长大后像貌端正娴雅，美丽非常。这母鹿所生孩子一切如人，仅仅两只小脚，精巧纤细，仿佛鹿脚。隐士把女孩养育下来，十分细心，故女孩子心灵与身体两方面，都发展得极其完美正常。

女孩子大了一些，隐士因为自己是一个旧时代的人物，担心自己的顽固褊持处，会妨碍这女孩的感情接近自然，因此特别为女孩在较远处，找寻到一片草坪，前面绕有清泉，后面傍着大山，在那里造一简陋房子，让她住下。两方面大约距离三里左右，每天这女孩子走来探望隐士一次，跟随隐士请业受教。每次来到隐士住处读书问道，临行时，隐士必命令她环绕所住茅屋三周，凡经这个女孩足迹践履处，地面便现出无数莲瓣。

隐士从女孩脚迹上，明白这个女孩必有夙德，将来福气无边，故常为她说及若干故事，大都是另一时节另一国土女子，在患难中忍受折磨转祸为福故事。女孩听来，只知微笑，不能明白隐士意思。

有一天，国王因为国家大事无法解决，亲自跑来隐士住处领教，请求这个积德聚学的有道之人，指点一切困难问题。到了山中隐士住处之后，见到隐士茅屋周围，有莲花瓣儿痕迹，异常美丽，国王就问隐士：

"这是什么？"

隐士说："这是一个山中母鹿所生女孩的脚迹。"

国王说："山中女子，真有美丽如此的脚迹吗？"

"你不相信别人的，就应当相信你自己的。国王，那你以为这是谁的脚迹？"

"假如这个山中真有如此美丽脚迹的人，不管她是谁生的，我皆将把她讨作王后。"

"凡世界上居上位的皆欢喜说谎，皆善说谎。"

"我若说谎，见到这个女人以后，不把她娶作王后，天杀我头。你若说谎，无法证明这是女人的脚迹，我就割下你的头颅。"

隐士眼见到这个国王感情兴奋，大声说话，因为一切全是事实，当时只微笑颔首，不作别的话语。

时间不久，住在另外一个地方的女孩跑来了，一见隐士身边客人，从服饰仪表上看来，就明白这个人是历史上所称的国王，于是温文尔雅地与隐士和国王行了个礼。行礼完后，站在旁边不动。这女孩既然容貌异常，并且知书识礼，国王有所问时，应对周详，辞令端雅。国王十分中意，当场就向那个女孩求婚。他请求女孩许可，让他成为她的臣仆，把那戴了一顶镶珠嵌宝王冠的头，常常俯伏在她膝边。

女孩子那时年龄还只一十六岁，第一次见到陌生男子，且第一次听到一个国王向她陈述这种糊涂的意见，竟毫不觉得希奇。她即刻应允了这件事，她说：

"国王，既然你以为把王冠搁在我的膝下使你光荣幸福，你现在就可照你意思作去。"

那国王得了女人的爱情以后，就把女人用一匹白色大马，驮回本国官中。选择吉日良辰，举行婚礼。

结婚以后，这个女人被国王恩宠异常。一月以后，为国王孕了个小孩，将近一年，所孕小孩应分娩了，真忙坏那个国王。自从这山中女孩入宫后，专宠一宫，因此其他妃嫔，莫不心怀妒嫉。故当女孩生产落地一个极大肉球时，就有人暗中把王后所生产的肉球取去，换了一副猪肺。国王听说产妇业已分娩，走来询问，为其他妃嫔买通的收生妇人，就把那一堆猪肺呈上，禀告国王，这就是王后所生产的东西。国王听说有这种事情，十分愤怒，即刻派人把那王后押送出宫，恢复平民地位。

这女孩因为早年跟隐士学得忍受横逆方法，当时含冤莫白，只得忍痛出宫，出宫以后，就匿名藏姓，且用药水把自己像貌染黑，替大户人家做些杂务小事，打发日子。因为出自宫中，礼仪娴习，性情又好，故深得主人信任，生活也不十分困难。

那个国王，自然就爱了其余妃嫔，把山中母鹿所生的那个女子渐渐忘掉了。

当王后所生养的肉球下地时，隐藏了这肉球的先把它放在锅中，用烈火煮了三天三夜，估计烈火已把它煮烂了，就连同那口锅子，假称这是国王赏赐某某大臣的羊羔，设法运送出宫。出宫以后，就抬到大江边去，乘上特备的小船，摇到江中深处，把那东西全部倾入江中，方带了空锅回宫复命。

这肉球载浮载沉一直向下游流去，经过了七天七夜，流到另外一个地方，被一个打渔的老年人丝网捞着。渔人把网提起一看，原来是个极大肉球。把肉球用刀剖开，见到里面有一朵千瓣莲花，每一花瓣，各有一个具体而微非常之小的人，渔人极其惊吓，只听到那一千小人齐声说：

"快把我送进你们国王那边去，你就可得黄金千块，白银千块。"

渔人不敢隐瞒下去，即刻用丝网兜着那个肉球，面见国王，且把肉球呈上。那国王正无子息，把肉球弄开一看，果然希奇，因此就赏了渔人金银各一千块，渔人得了赏赐，回家去了，不用再提。这肉球中小人，却因为在日光空气和露水中慢慢长大，为时不久，就同平常小孩一般无二了。这个好心国王，于是凭空多了一千个儿子，上下远近，都认为这是国王积德，上天所赐。

这一千小孩到十六岁时，莫不文武双全，人世少见。到了二十岁时，这一千个儿子，便被国王命令，派遣到邻国去战征。各人骑了白马，穿戴上棕色皮类镂银甲胄，直到另一国家皇城下面挑战。凡个人应战的莫不即刻死去，凡部队应战莫不大败而归。这样一来，竟使城中那个国王，无计可施。

官家方面待到自己无计可施时，于是只得各处张贴上布告，招请平民贡献意见，且悬了极大赏格，找寻能够击退外敌的英雄。

山中母鹿所生的那个女人，知道这是自己的孩子，便穿了破旧衣服，走到国王处去，说她有退兵办法，请求国王许可尽她上城一试。得了许可，走上城去，那时城下一千战士正在跃马挺戈，辱骂挑战。但见城上大旗子下站了一个穿着褴褛像貌平常的妇人，觉得十分希奇，就各自勒马缰，注意妇人行为。

那女人开口说道：

"你们这些小东西，来到这里胡闹什么？我是你们的母亲，这里国王是你们的爸爸，还不赶快丢下刀枪，跳下白马？"

其中就有人说：

"你这疯婆子，你说你是我们的母亲，给我们一个证据看看。"

女人嘱咐各人站定，把嘴张开，便裸出双乳，用手将乳汁挤出，乳汁便向下射去，左边计分为五百道，右边也分为五百道。一千战士口中，莫不满含甜乳。这一千战士业已明白城上妇人当真是生身母亲，赶忙放下武器，投地便拜。

一切弄清楚以后，两国战事，自然就结束了。两个国王因为这一千太子生于此国，育于彼国，因此到后就共同议定，各人得到五百儿子。至于那个母亲，自然仍为这一千儿子的母亲，且仍然回转到王宫中作了王后。二十年来使这王后蒙受委屈的一干邪恶争宠嫔妃，因为当时还同谋煮过太子，便通统为国王按照国法一起捉来放到火中用胡椒火烧死了。

当初那个山中母鹿生养的女人，其所以能够在委屈中等待下去，一面因为受得是隐士薰陶，一面也正因为自信美丽，以为自己眉目发爪，身段肌肤，莫不是世所希少的东西，国王既为这分美丽倾倒于前，也必能使国王另外一时想起她来，爱情复燃于后。因此所遭受的，即或如何委屈，总能忍耐支持下去。如今却意料不到有了一千儿子，且正因为这一千儿子业已长大成人，能够恢复她原来那个地位。但同时却也明白，她其所以受人尊敬，只为了有这一群儿子。且明白如今已老，再也不能使那个国王把戴了嵌宝镶珠王冠的尊贵头颅，俯伏到她的脚边了。她明白这些失去的青春再也无从恢复时，觉得非常伤心。

她想了七天，想出了一个极好计策。同国王早餐时，就问国王说：

"亲爱的人，你还记不记得我在山中时节的样子？"

国王说：

"我怎么不记得？你那时真美丽如仙！"

"亲爱的人，你还记不记得你向我求婚时节的种种？"

"我记得十分清楚，我为你美丽如何糊涂。"

"亲爱的人，你还记不记得我们结婚以后出宫以前那些日子的快乐幸福生活？"

"同背诵我自己最得意的诗歌一样，最细微处也不容易忘记。你当时那么美丽，这种美丽影子，留在我心中，就再过二十年，也光明如天上日头，新鲜如树上果子！"

女人听到国王称赞她的过去美丽处，心中十分难受，沉默着，过一会儿就说：

"我被仇人陷害出宫，同你离开二十年，如今幸而又回到这宫中来了，一切事真料想不到。我从前那些仇人皆为你烧死了，现在却还有一个最大的仇人，就在你身边不远。我已把这个仇人找得。我不想你追问我这仇人姓甚名谁，我只请求你宣布她的死刑，要她自尽在你面前。若你爱过我，你就答应了我这个要求。"

国王说：

"我就照你意思做去，即刻把人带来。"

王后说，她当亲自去把那仇人带来。又说她不愿眼见到这仇人的面，请求国王，仇人一来，就宣布死刑，要那个人自杀，不必等她亲自见到这种残酷的事情。说后，王后就走了。

不到一会，果然就有个身穿青衣头蒙黑纱手脚自由的犯人在国王面前站定了。国王记起王后所说的话，就说：

"犯罪的人，你如今应该死了，你不必说话，不必作任何分辩，拿了这把宝剑自刎了吧。"

那黑衣人把剑接在手中，沉沉静静走下台阶，在院子中芙蓉树下用剑向脖子一抹，把血管割断，热血泛涌，便倒下了。国王遣人告给王后，仇人已死，请来检视，各处寻觅，皆无王后踪迹。等到后来国王知道自杀的一个"仇人"就是王后自己时，检察伤势，那王后业已断气多时了。

那王后自杀后，国王才明白她所说的仇人，原来就是她自己的衰老。她的意思同中国汉武帝的李夫人一样，那一个是临死时担心自己老丑不让国王见到，这一个是明白自己老丑，便自杀了。

为张家小五哥辑自《莲花太子经》

一九三三年七月十八日于青岛

猎人故事

有个善于猎取水鸟的人，因为听到另一个人，提及黑龙江地方的雉鸡，行为笨拙，一到了冬季天落大雪时，这些雉鸡就如何飞集到人家屋檐下去，尽人用手随便捕捉。对于鸟类笨拙的描写，形容，似乎太刻薄了一点，心中觉得有点不平。这猎人就当众宣布，他有一个关于鸟类的故事，并不与前面的相同。

大家看看，这是一个猎鸟的专家，又很有了一分年纪，经验既多，所说的自然真切动人，因此表示欢迎，希望他赶快说出来。

这猎人就说：

"这故事是应当公开的，可是不许谁来半途打岔，这得事先说定。"

大家异口同声应承了这个约束：

"好的。谁打岔，把谁赶出门外去。"

有人这时走到窗边看看，外面的雨，正同倾倒一样向下直落，谁也不愿意出去，谁也不会打岔！

我十六年前住在北京西苑，有志作一个猎人，还不曾猎取过一只麻雀。那时正当七月间，一个晚上，因为天气太热，恰恰和家中人为点小事，又吵了几句，心中闷闷不乐。家中不能住下，就独自在颐和园旁边长湖堤上散步。这长湖是旗人田顺儿向官家租下，归他管业，我们平时叫它作"租界"的。我在这堤上走了一阵，又独自在那石桥上坐下来，吸着我的长烟管，看天上密集的星子，让带了荷叶香味的凉风吹吹，觉得闷气渐消，心中十分舒服。走了一阵，坐了一阵，在家中受的闷气既渐渐儿散尽了，我想起应当回大坪里听瞎子说故事去了。正当站起身时，忽然从那边芦苇里过来了一个人。这人穿了一身青衣，颈项长长的，样子十分古怪。我先前还以为是一只雁鹅，到后我认清楚了他是一个人时，我想起这里常常有人悄悄儿捕鱼，所以看他从芦苇出来，也就不觉得希奇了。这人走近我身边以后就不动了。原来他想接一个火，吸一支烟。

接了火他还不即走开，站在那儿同我说了几句闲话。西苑我住了很多日子，还不曾见到这样一个有趣味的人。我们谈到"租界"的出产，以及别的本地一些小事。不知如何我们就又谈到了雁鹅，又谈到了生气，说到这两件事情时，那穿青衣的人就说：有个很好故事，欢喜不欢喜听下去？我正想听故事，有人为我说故事，岂有不欢喜道理。可是他先同我定下很苛刻的条件，两人事前说好，不许中途打岔，妨碍他的叙述。听不懂也不许打岔。若一打岔，无论如何就不再继续说下去。我当时自然满口答应。猎鸟的人先就得把沉默学会，才能打鸟，我不用提，自以为这件事顶容易办到。

这穿青衣的人就一面吸烟一面把故事说下去。

有那么一个池塘，池塘旁边长满了芦苇，池塘中有一汪清水。水里有鱼，有虾，有各样小虫。芦苇里有青蛙，有乌龟，有各种水鸟。那个夏天芦苇里一角，住了两只雁鹅同一个乌龟。这两样东西，本不同类，只因为同在一块地方，相处既久，常常见面，生活来源，又同样完全来自池塘，故他们正好象身住租界另外某种雅人相似，相互之间，在些小小机会上，就成了要好朋友。两方面既没有什么固定正当的职业，每天又闲着无事，聚在一块儿谈天消磨日子，机会自然就很多了。

他们既然能够谈得来，所谈到的，大概也不外乎艺术，哲学，社会问题，恋爱问题，以及其他种种日常琐事佚闻。不过他们从不拿笔，不写日记，不做新诗，故中外文学家辞典上没有姓名，大致也不加入什么"笔会"。

论性格他们极不相同。他们之间各有个性。譬如那两只雁鹅，教育相等，生活相似，经验阅历也差不多，观念可就不完全相同。雁鹅和乌龟，不同处自然更多了。好在他们都有知识，明白信仰自由的真谛，不十分固执己见。虽各有哲学，各有人生观，并不妨碍他们友谊的建立。

雁鹅在天赋上不算聪明，可是天生就一对带毛的翅膀，想到什么地方去时，同世界上有钱的人一样，都可以照自己愿望一翅飞去，不至于发生困难。性格虽并不如何聪明，所有见闻自然较宽。且从自己身分地位上看来，生活上的方便自由处，远非其他兽类，鱼类，虫类可比，故不免稍稍有点骄傲。由于自己可以在空中来去，所见较宽，在议论之间，不免常常轻视一切。对于乌龟的笨拙，窄狭，寒酸，迂腐，以及仿佛有理想而永远不落实际，不能飞却最欢喜谈飞行的乐趣，永远守在一个地方，却常常描写另一世界的美丽，这种书生似的傻处，觉得十分好笑。又因为明白在任何情形下乌龟不会生气，因此就常常称乌龟为"哲学家"、"理想主义者"，且加以小小嘲弄，占了点无损于人有益于己的小便宜。

至于那个乌龟呢，性格平易静默，澹泊自守，风度格调，不同流俗。生平足迹所经，十分有限，但博闻强记，读书明理。虽对于雁鹅那种自由有所企羡，但并不觉得必须为自己的天生缺点难过。这乌龟有乌龟的人生观，这人生观的来源，似乎由于多读古书，对老庄尤多心得。（老庄是两部怪书，不拘何种人，一读了他就可以使他承认现状，满意现状，保守现状，直至于死。）由于读书有得，故这乌龟在生活上一切打算，都够得上平稳无疵。天气热时，他只想在湿泥里爬爬，或过桥洞下阴凉处玩玩；天气比较寒冷时，太阳很好，他爬到石头上晒晒太阳；无太阳时，就缩了头颈休息在自己窠里。这乌龟生活虽极平凡，但能得到一分生活趣味，每一个日子似乎皆不轻易放过。每每默想到《庄子》书中所说："宁为庙堂文绣之牺牲乎？抑为泥涂曳尾之乌龟乎？"便俨然若有所得，以为远古哲人，对于这份生活，尚多羡慕意思，自己既是一个有生命的东西，生活结结实实，就觉得泰然坦然，精神中充满了一个哲人的快乐。

雁鹅不大了解"知足不辱"的哲学，因此以为乌龟是理想主义。乌龟依然记着古书上几句话，从不对于雁鹅的误解加以分辩。这乌龟仿佛有种高尚理想，故能对于生存卑贱处，不以为辱。其实这个乌龟对于比本身还大一点儿的理想，全用不着，他的理想就只在他的生活中。

有一次，他又被雁鹅称呼为理想家，且逼迫到要明白他的理想所归宿处。这乌龟无办法时，就说："我的理想只是：天气清朗时各处慢慢爬去，听听其他动物谈谈闲话。腹中需要一点儿柔软东西填填时，遇到什么可吃的，就随便抓来吃吃。玩倦了，看看天气也快要夜了，应当回家时，就赶快回家去睡觉。我的理想就是这样的，不折不扣，同世界上许多高等人的理想一样。"

乌龟说的话很实在，雁鹅却不大相信，这也是很自然的。这正同许多没有理想的人一样，由于他的朴质，由于他的无用，由于怕冒险，怕伤风，怕遇见生人，生活得简陋异常，却容易与哲人行为相混淆，常常被流俗所尊敬，反而以为是一个布衣哲学家。这种事在乌龟方面虽不常见，在人类可多极了。

照性情、生活、信仰三方面看来，这两只雁鹅同乌龟，不会成为朋友的。可是他们自己也不大清楚，不但成为朋友，且居然成为极好的朋友了。乌龟那种平庸迂腐，雁鹅心中有时也很难受；雁鹅那种膏粱子弟气息，乌龟也不能完全同意。不过这分友谊却是极可珍贵的，难得的，也不会为了这些小事有所妨害的。

他们还都是一个会里面的会员。那会也同人类的什么兄弟会一样，无所不包。他们之间常常用得是极亲昵的称呼，那个称呼为中国人从外国学来，他们又从人类学来的。

有一天，他们吃得饱饱的，无事可作，同在一个柳树桩上晒太阳谈天，一只雁鹅刚从他们自己那个会里，听过猫头鹰那个题为《有翅膀者生存之意义》的演说，复述猫头鹰的话语，给乌龟听听。说到"地球上一切文化同文明，莫不由于速度而产生，换而言之，也莫不由于金钱同翅膀而外生。人类虽有金钱，可无翅膀，故人类中就有许多人，成天只想生出翅膀。但翅膀为上帝独给鸟类的一分恩物，故报纸上载人类的飞机常常失事，就从不见到什么报纸，载登什么鸟类失事。由此可知鸟类为万物之灵，为上帝的嫡亲的儿女。至于其他……"

这雁鹅记起朋友是乌龟，不好再说下去了。为了不想给朋友难堪，他随即又很谦虚的说："老兄，照我想来，速度产生文明是无可否认的，因为他可以缩短空间距离。凡是有翅膀的东西，他本身自然重要一点，或者说自由一点。……我只说，比别的东西生活自由一点。这自由好象是很可贵的。"

乌龟最不满意把文明文化用速度来解释，一则由于自己行动呆滞，一则由于他读过许多中国古书，以为那种速度产生文明的议论，近于一种谎话，学术上站不住脚。他这时把眼睛望望天空，心中既对于翅膀的价值有所不平，平素又不大看得起新学，对于猫头鹰感情极坏，就好象当着猫头鹰面驳一样，盛气凌人地说：

"速度本身决不能产生文化或文明，恰恰相反，文明同文化都是在生活沉淀中产生。我以为世界上纵有更多生了两个翅膀的生物，可以自己各处远远的飞去，对于文明文化还是毫无关系。文明文化是一些有头脑的人决定的。是一些比较聪明的人，运用他们的聪明，加上三分凑巧产生的。要身体自由有什么用处，自由重在信仰与观念，换言之，重在无拘无束的思想自由！"

那雁鹅对于这种议论本来不大明白，见乌龟这样一说，更不明白了，就要求他朋友把"自由"说得浅近一点。

乌龟想想，"是的，我同你这种大少爷，应当说浅近一点的。"于是接着说：

"说浅近一点吗，我只问你，把自己安顿到一个陌生世界里去，一切都不让你习惯，关于气候，起居，饮食，一切毫不习惯；关于礼貌，服饰，一切全得摹仿那个世界的规矩，——你算是自由了吗？"

这样一来雁鹅懂了。雁鹅说：

"老兄，可是你若有那点自由，不是可以看到许多新地方，看到许多新东西了吗？你不是可以到他们博物馆看商周古物，到艺术馆看唐宋古瓷名画，到图书馆看宋元版本古书，再到大戏院去听第一流名脚唱歌扮戏，到大咖啡馆同那风姿绝世美人跳舞吗？只要有翅膀，又有钱，你不是可以各处游山玩水，把整个世界全跑尽吗？"

乌龟把头摇摇，很有道理的说：

"那不算数，那不算数。一只三万吨大海船在咸水里各处浮去，它由于缺少思想，每次周游环球，除了在龙骨上粘些水藻贝壳以外，什么也得不到。生活从外面进来，算不得生活。你纵无翅膀，不能用你的翅膀各处飞去，只要有钱，一只哈叭狗也可以周游全个地球！你试说，那一只有钱的哈叭狗，照着你所说到的一一生活过来，回来后他是不是还依然只是一只哈叭狗？"

雁鹅说：

"我并不以为这哈叭狗玩过了几个地方，就懂得艺术或哲学。我不那么说。可是我请你说浅近一点，不要净来作比喻。你同人说话，近来的'人'你作比喻他就不大懂，何况一只雁鹅？"

乌龟说：

"兄弟，总而言之，我以为我们单是有眼睛还不行。譬如一个筛子，有多少眼睛，它行吗？"

那雁鹅见到这乌龟又在作比喻了，就赶忙把头偏到一边去，不想再听。乌龟知道那是什么表示，就说：

"兄弟，兄弟，我不作比喻，不作比喻。我说的是我们不能靠眼睛来经验一切，应当用灵魂来体验生活，用思索来接近宇宙。宇宙这东西很宽很大，一个生物不管是一只鸟还是一个乌龟，从横的看来，原只占地面那么一个小点，小到不能形容，从纵的看来，我们的寿命同地球寿命比比，又显得如何可笑。因此生活得有意义，不应在身体上那点自由，应在善于生活。一个懂生活的人，即或把他关在笼子里，也能够生活得从从容容，他且能理解宇宙，认识宇宙，显得生命丰富充实。"

乌龟那么说着，是因为他不久以前正读过一本书，书上那么说着。

较小那只雁鹅，半天不说话，这时却挑出字眼儿说：

"关在笼子里？就只有同鸡鸭畜牲一样愚蠢的人，才常常被他们同伴关在笼子里。我是一只雁鹅，我就不愿意被人关在笼子里！"

那乌龟说：

"兄弟，人不常常关在木笼或细篾笼里，那是的，那是的。关在笼子里的人也不全是愚蠢的人。可是有些很聪明的人他自己可常常十分愿意关在另外一种笼子里，又窄又脏，沾沾自喜打发日子，那不是事实吗？"

"那是由于他们人生观不同，欢喜这样过日子！"

"可是那一个拘束他们生活关闭他们思想的笼子，算不算得一个笼子？"

说到这里，他们休息了一会，因为知道把话说远了点，三个朋友都明白"人类"的事应由人类去讨论。他们还知道，这个问题即或要他们人类自己来说，也永远模模糊糊，说不清楚，雁鹅同乌龟自然更不必来讨论它了，故当时便不再继续说"人"。他们在休息时各自喝了一点儿清水，润润喉咙，那只较小雁鹅，喝过了水时想起了各地方的水，他说：

"本地的水不如玉泉的好，玉泉的水不如北海的好，北海的水不如……"

他同许多人一样，有一种天性，凡事越远就越觉得好。他正想说出一个他自己也并没到过的极远地方的泉水名字，那是他从广告上看来的，因为记起乌龟顶不高兴从报纸上找寻知识，总以为凡是报纸上一再提起的事，多是假的或相反的，就不好意思再说下去了。

可是乌龟明白那句话的意思，就很蕴藉的笑笑，且引了两句格言，说明较远的未必就是较好的东西。他引用的自然仍旧是中国古代哲学家的格言。

那雁鹅对于老朋友引用"人"的格言，并不十分心服，心想"人自己尚用不着那个，对一个乌龟还有什么用处？"但一时也不再加分辩。

过了一会，不知何处抛来一个小小石子，正落在乌龟背上，雁鹅明白一定是什么人抛掷来的，故对于朋友这种无妄之灾，有所安慰，说了几句空话，且对于石头来源，加以种种猜测。可是乌龟却满不在乎，以为极其平常。雁鹅见他朋友满不在乎的神气，反而十分不平，就说：

"哲学家朋友，你不觉得这件事希奇吗？"

乌龟把头摇摇，把前脚爬爬，一面说：

"我以为也不十分希奇。"

雁鹅说：

"然而凭空来那么一下，你不觉得生气吗？"

乌龟想想，做了一个儒雅的微笑，解释这件事毫无生气的理由。

"我因为记起《庄子》上说的，虚舟触舷，飘风堕瓦，一切出于无心，都不应当生气，故不生气。"

因为说到不生气，其时两只雁鹅兴致正好，就把他朋友如人类中一切聪明朋友作弄老实朋友一样，好好的试验了一番，结果这乌龟还是永远保持到他那个读书人的风度。由于这些原因，他们的友谊此后似乎也就更进步了一点。话非本文，不必多提。

为时不久，这池塘里的水，忽然枯竭起来了，许多有翅膀的全搬家了。大家为了这件事忙着，各个按照自己经验所及，打算此后办法。两只雁鹅曾到过北京城里先前帝王用作花园的北海，知道那方面一切情形，明白北海风景不恶，有水有山，游玩的闲人虽多一点，不如这里池塘清静，可是若到那地方去生活，可保定毫无危险。那里来玩的，大多数是受过教育的人，只在那里吃吃东西，谈谈闲天，打发日子，决不会十分胡闹。不守规矩的，至多也只摘摘莲蓬，折点花草。雁鹅打量邀约乌龟过北海去住，便同他朋友来商量。

"老兄，我们的生活有了点儿问题，你注意不注意？这池子因为天旱，忽然涸竭起来了，我们生活，业已发生问题！若老守一方，必受大苦。同在一处，挨饿还是小事，恐怕本身还多危险。"

乌龟说：

"我记得汉朝大儒董仲舒说过：天若不雨，可用土龙求雨。北京地方，不少明白古书相信古书的人，应当试试用这方法求雨。它的来源极古，出于《山海经》，本于神农请雨书……"

雁鹅看到他的朋友又在引经据典，不知如何应付，且知道这事一引经据典，便不大容易说得清楚，因此摇摇头就走开了。

到了第二天又来说：

"老兄，这样生活可不行，水全涸了，芦苇也枯了。我担心他们不久会放火烧我们的芦苇。我担心会发生这样一件事情，火发时，我们有翅膀的还可展翅飞去，你是那么慢慢儿爬的，这可不成。你得即早设法，想个主意，才不失古君子明哲保身之道。"

乌龟因为昨天朋友不让他把话说完就走开，今天却又来说，心中不大乐意，就简简单单的向雁鹅说：

"兄弟，为时还早。"

说了把头缩缩，眼睛一闭，就不再开口了，雁鹅无法，又只好走开。

第三天，芦苇塘内果然起了大火，雁鹅不忍抛下他的朋友独自飞去，就来想法救他朋友。要这乌龟口衔一木，两只雁鹅各衔一头，预备把这乌龟带出危险区域，到北海去。这时乌龟明白事情十分紧急，不得不同意这两个朋友建议，就说，"一切照办，事不宜迟。"

他们把树枝寻觅得到以后，就教乌龟如法试试。临动身时，两只雁鹅且再三嘱咐：

"小心一点。不可说话！"

乌龟当时就说：

"我又不是小孩，难道悬在半空，还说话吗？我不开口，只请放心！"

两只雁鹅于是把木衔起，直向北海飞去。

他们经过西苑时节，西苑许多小孩，见半空中发生了这种希奇事情，皆抬起头来，向空中大笑大嚷：

"看雁鹅搬家，看乌龟出嫁！"

雁鹅心想："小孩子，遇芝麻大小事总得大声喊叫，不算回事，"仍然向东飞去，不管地下事情。乌龟也想："童妇之言，百无禁忌，"装作毫无所闻，不理不睬。

又飞一阵，到海甸时，又为小孩子看到，大声叫喊。一行仍然不理，向东飞去。

到了城中，又有小孩喊叫如前。这些小孩，全皆穿得十分整齐，还是正规小学生。

乌龟就想："乡下小孩不懂事情，见了我们搬家，大惊小怪，自不出奇。你们城中小孩，每天有姑妈教员为说故事，见多识广，也居然这样子大惊小怪！"正想说："你们教员，教你们些什么东西？纵是搬家出嫁，同你地下小孩有甚关系，也值得大惊小怪？"话一出口，身子就向下直掉。

…………

说到这里，那穿青衣的人，正预备说以下事情，那时手中烟卷已完事了，准备掉换一枝烟卷。我觉得这故事十分动人，不知道这乌龟究竟掉到什么地方，是死是活，替它十分担心，忘了先前约束，就插口问：

"以后呢？"

我可发誓，我只问那么一句，那穿青衣的人，就只为我插嘴说过那么一句话，即刻就生起气来了。他显出极不高兴的神气，向我说道：

"为什么问这种蠢话？以后的事谁清楚？我嘱咐不许打岔，你又打岔。看你意思，我说到末尾，你一定还会要问：那这故事，你既不是雁鹅，你又打哪儿来的？你别管我是雁鹅不是。我说故事，从来就不高兴人家这样质问！"

　　我就赶忙分辩，说明一切出于无心，请他原谅。这穿青衣的人只自顾自己把话说完以后，不管我所说的是什么，似乎依然还很不高兴我，把烟卷燃好，就向芦苇那边扬扬长长大模大样走去了。我看他走去时，还以为他不会那么认真，就很好笑的想着："你那种走路方法，倒真象一只雁鹅，或同雁鹅有点亲戚关系。"

　　可是他当真走了。我还很担心那个好脾气乌龟，想知道这读过许多中国旧书的乌龟，因为一时同小孩子生气，得到什么结果。又想知道这两只雁鹅，见到乌龟跌下以后，是不是还想得出方法援救这个朋友。我愿意这故事那么快乐有趣的结束，就是这乌龟虽然在半空中向下跌落，近地面时却恰恰掉在一个又暖和又体面正好空着的鸟巢里。那鸟巢里最好还应当有几本古书，尽它在那里读书，等候那两只雁鹅各处找寻，寻觅到第三天才终于发见了它。可是自己那么打算可不行，这结局得由那个穿青衣的人口中说出，我才能够放心。我于是赶忙追过去，请他慢走一点，为他道歉，且同他评理。

　　"朋友，朋友，你不应当为这点小事情生气！你不正说过那乌龟因为对城市中小孩子生不必生的气，从半空中就摔下去了吗？你若为一句话见怪，也不很合理！"

　　我一面那么说，一面心里又想："你若把故事为我说完事，你即或就是那两只雁鹅中任何一只，我下次见着你时，也不至于捉你。"

　　但这个人显然不愿意再继续我们的谈话，他头也不掉回，就消失在芦苇里去了。

　　我再走过去一点，傍近芦苇时，芦苇深处只听到勾格一声，接着是两只大翅膀扇着极大的风。举起一个黑色的东西，从我头上飞去。我原来正惊起一只大雁。我就大声喊叫那个说故事的朋友。等了许久，里面还无回答。芦苇静静的，一点儿声音也没有。再过去一看，芦苇并不多，芦苇尽处前面就是一片水。并没有什么捕鱼的人，绝对没有。我想想，这事古怪。

我很懊悔为什么不抓它一把，把这只大雁捉回家去，请求它把故事说完。请求不成，就饿它三五天，水也不让它喝，逼迫它把这故事说完。猎鸟人说到这里时，望望大家，怯怯的问：

"你们不觉得这只雁鹅很聪明吗？"接着又说："我因为相信那个穿青衣的人就是那只大雁，相信它会说故事，相信它下面还有故事，就只为了我要明白那个故事的结果，我才决定作一个猎人，全国各处去猎鸟。我把它们捉来时，好好的服侍它们，等候它们开口，看看过了十天半月，这一位还是不会说什么，就又把它放走了。你们别看我是一个猎鸟专家，我作了十六年的猎人，还不曾杀死过一只麻雀！为了找寻那会说故事的雁鹅，我把全国各省有雁鹅落脚的泽地都跑尽了。你们想想，若我找着了它，那不就很好了吗？"

这专家把故事说完时，他那么和气的望着众人，好象要人同情他的行为似的。"为了这只雁鹅，我各处找寻了十六年，"他是那么说的，你看看他那分样子，竟不能不相信这件事是当真的，不是凭空捏造的。

为张家小五辑自《五分律》
一九三三年初作

一个农夫的故事

那个中年猎户，把他为了一个未完故事，找寻雁鹅十六年的情形，前后原因说过后，旅馆中主人就说：

"美丽的常常是不实在的，天空中的虹同睡眠时的梦，都可为我们作证明。不管谁来说一句公平话，你们之中有相信雁鹅会变人的这种美丽故事吗？你们说，这故事是有的，那就得了。"

除了其中一个似通非通的读书人，以为猎人说的故事是在讽刺他以外，其余诸人都觉得这故事十分有味。但当主人把这个话问及众人时，由于谁也不知道说谎，故谁也不敢说他曾经在某个地方，也同样遇到过这种有人性的雁鹅同乌龟。可是当中却有个年青农人，身个儿长长的，肩膊宽宽的，脸庞黑黑的，带着微笑站起身来说：

"我并不见到过一只善变的鸟，可知道人类中有种善变的人。若这件事也可以为猎鸟人的故事作一个证明，我就把这故事说出来，请诸位公平裁判。"

许多人都希望把故事说出以后，再来评判是非，看看是不是用一个新的故事能代替那个猎人旧的故事。大家盼望他即刻把故事说出来，异口同声请他快说，且默默的坐下来听那故事。

农人于是说了下面一个故事：某个地方，有姊弟二人，姊姊早寡，丈夫死后只留下一个儿子。为时不久，她也得了小病死去。死去之后，这孤儿便同他舅父两人一同住下，打发每个日子。孤儿年纪到二十岁时，同他舅父两人都在京城一个衙门里办事。两人正直诚实，得人敬爱。只因为那个国家阶级制度过严，大凡身居上位，全是皇亲国戚，至于寒微世族，则本人即或如何多才多艺，如何勤慎守职，可无抬头升迁希望。那国家一时又还不会发生革命，因此两人在衙门里服务多日，地位尚极卑微。那时本国恰巧发生饥荒，挨饿人日益增加。京城内外，无数平民皆无食物可得，死亡日有所闻，情形很可怜悯。那国家读书人虽不少，却同别的国家读书人差不多，大都以为自己既已派定读书教书，有关政治问题，诸事自有各级官吏负责，不能越俎代庖。至于官吏，一般总是忙于开会，当然不会注意这类事情。舅甥两人见到这种情形，十分难受，知道国王大库藏里，收了许多稀奇宝物，毫无用处，许多金钱银钱，毫无用处，许多粮食，也毫无用处。两人就暗地商量：

"我们职务既那么卑微，国家现状又那么保守，照这样情形下去，想要出人一头，再来拯救平民，不知何年何月，方可办到。若等革命改变制度，更是缓不济急。如今库里宝物极多，别的有用东西更多，不如想办法取点到手，取得以后，分给京城各处穷人，这样作去，不算坏事。"

两人都觉得这事不妨试作一下，对于穷人多少有些好处。

对于多数别人有益，自己即或犯罪受罚，并不碍事。两人商量停当以后，就只等候机会来时，准备动手。

机会一来，两人就在库房外某处，挖一大洞，两人爬将进去，取出不少实用东西。

天亮以后，管库大臣发现了库旁有一大洞，直通内里，细加察看，就知道晚上业已有人从这地洞搬去东西不少。到各处探听，都说本城若干穷人住处，半夜深更，忽然有人从屋瓦上抛下不少布帛食物，钱财宝贝。那时只听到有人在门外说话，十分轻微。"国王知道你们为人正直，生活艰难，派我来赠给你们一些东西。事出国王好意，不必怀疑，收下就是。"开门一看，渺无一人。东西具在，当非做梦。一切东西既不知真实来源，故第二天天明以后，胆小怕事的人，以为横财之来，不能随意受用，就赶忙把夜来情形，禀告本街保甲，听候裁夺。有些人自然信以为真，充满对国王好心的感谢，就受用了。管库大臣得到报告，赶忙把一切原委禀告国王。国王听说，心中十分纳闷，不明究竟。以为这无名盗贼，既盗国库，又施平民，于法不可原谅，于理可难索解。当时就吩咐管库大臣："暂且不必声张，走露风声，且等数天，好好派人照料库中，到时一定还有人来偷取东西，见他来时，把他捉来见我。小心捉贼，莫令逃脱，更应小心，莫加伤害。"

舅甥二人，其一以为国王还不知道这事，必是管库官吏怕事，不敢禀闻，其一又以为国王当已知道这事，但知盗亦有道，故不追究。两人猜想虽不一致，结论皆同；稍过一阵，风声略平，便再冒险去库中偷盗，必使京城每个正直平民，皆得到些好处，方见公平。

为时不久，又去偷盗，到洞口时，外甥就说：

"舅父舅父，你年纪业已老迈，不大上劲。我看情形，也许里边有了防备，你先进去，若为卫兵所捕，无法逃脱，不如我先进去。我身体伶便如猴子，强壮如狮子，事情发生时，容易对付。"

那舅父说：

"你先进去，那怎么行？我既人老，应当先来牺牲，凡有危险，也应先试。"

"哪里有这种道理？若照人情，不管好坏，我应占先。"

"若照礼法，我是长辈，你无占先权利。"

但这种事既非礼法所奖励，也非人情所许可，致甥舅两人，到后便只好抽签决定。结果轮到舅父先入，那外甥便说：

"舅父舅父，我们所作事情，并非儿戏！若两人被捉，一同牵去杀头，各得同伴，还有意思。若不杀头，一同充军，路上也不寂寞。若一人被捉，一人逃亡，此后生活，未免无聊。故照我意思，我要发誓，决不与舅父因患难分手。"

舅父说："一切应看事情，斟酌轻重，再定方针。"

那舅父于是十分勇敢，探身进洞。刚一进洞，头尚在外，就已为两只冰冷的手，拦腰抱定，无从挣扎。且听人说："守了你们十天，如今可捉到手了！"外甥用手抱定舅父头颅不放，还想救出舅父。这舅父知道身入网罗，已无办法可以逃脱，恐为时稍缓，外甥也将被捉，同归于尽，两无裨益。这时要外甥走去，他又必不愿意单独走去，并且纵即走去，天发白后，人还可从他的像貌看出，原系甥舅两人同谋。这舅父为救外甥，临时想出一计，急告外甥说：

"伙计伙计，我如今已无希望了。我腰已被人用刀铡断，不会再活。两人同归于尽，实在无益。我已老去，我应死了。你还年轻，还可为那些穷人出力帮忙。如今不如把我头颅割下带走，省得为人认识，出做官吏的丑。此后你自己好好生活，不要为我牺牲难受。"

外甥听说，相信舅父腰身当真被人铡断，不能再活，不得不忍痛把他舅父头颅割下，就此走去。

天明以后，管库大臣又把一切情形禀告国王，且同时禀明盗贼之死，并非兵士罪过，只为贼人心虚，恐怕同伴受累，故牺牲自己，让同伴把头割去。还有伙伴一人，不知去向。国王又说不必声张，并且下一秘密命令，把这无名无头死尸，抬出库房，移放京城热闹大街上去，派人悄悄注意，凡有对死尸流涕致哀的，就是贼首盗魁，务必把他活活捉来，不能尽其逃脱。

这无名死者，当天果然就陈尸十字街头。国中人民，不知究竟，争来看这希奇死人，车马络绎，不知其数。这外甥听说，故意赶一大车，装满柴草，从城外来。车到尸边时节，正当车马拥挤满街，把鞭一挥，痛击马身数下，马一蹶蹄，就把车上柴草倾倒，半数柴草，在尸左右，半数柴草，直压尸身。计已得售，这年轻人便弃下车辆，从人丛中逃去。

天晚以后，大臣进见国王，又把这事禀告国王，且请示国王，那堆柴草，应当如何处置。国王又说："不必声张，做愚蠢事。只须好好伺候，为时不久，必有人来纵火，见人纵火，就为我捆定送来，我要亲自审问。"

大臣无言退下，如命转告守尸兵士，小心有人纵火。

这外甥明知尸边必有无数兵士，看守尸身，准备捉人，若冒昧前去，就得上当。因此特别雇请十个小孩，身穿红衣，手执火把，如还傩愿，各处游行。游行已惯，再到尸边，把火炬向柴草投去，向黑暗中逃脱，不再过问。小孩得钱，各个照样作去，手执火炬，跳舞踊跃，近尸边后，就把火炬向尸投去，尸上柴草皆燃，人多杂乱，依然无从捉人。

尸被火化以后，大臣又把这事禀明国王，国王又说："不必声张，这有办法。只须好好注意，再过三天，有谁来收骨灰，就是这人，一定为我捉来，不可再令漏网。"

这时守在骨灰边已换了一队精明勇敢的皇家兵士。这外甥知道皇家兵士爱喝好酒，便特别备了两坛好酒。这酒味道酽冽，醉人即倒。他自己则扮成一个卖酒老商人，到兵士处每日卖酒。为时不久，就同守备兵士要好结交，十分信托，愿意把酒赊给兵士了。兵士因守夜多日，十分疲倦，又因粮饷不多，不能畅饮，如今既可赊酒，不责偿于一时，就无所顾忌，尽量大喝。等到每人各皆醉倒，睡眠在地不省人事时，这外甥明白机会已到，便十分敏捷，用酒瓮装好骨灰，离开那个地方。

天明以后，兵士方知骨灰业经被那聪敏贼人偷去。大臣把这事第四次禀告国王时，国王仍然不许声张，心中打算："这贼狡慧不凡，一切办法，皆难捉到，应当想出另外一条巧妙计策，把他捉来！"

国王独自一人想了三天三夜，一个巧妙的设计被他安排出来了。

国王想出的计策，也同古代一般作国王的脑子所想出的相似，知道有若干种事情，任何方法无从解决时，就应当用女人出面解决。本国历史上照例有极大篇幅，记载了这类应用女人的方法。他知道捉这狡猾的贼人，如今又得应用这方法了。便把一位最美丽最年轻的公主，着意打扮起来，位置她在一个单独宫殿里。那小小宫殿，建筑在一条清澈见底的河边，除了公主同一群麋鹿在花园里过日子外，就似乎无一个其他生人。同时又用黄金为公主铸好四座极美丽的金像，用白石为基，安置到京城四隅公共广坪中去，使人人知道公主如何标致美丽。

国王这个公主，既美丽驰名，为国中第一美人，如今又只是一人独在临河别宫避暑，这外甥各处探听，皆属实情，就想乘夜到这公主住处去，见见公主。他早已知道国王意思，不过用公主作饵，想捕捉他，且知道沿河两岸及公主住处附近，莫不有兵士暗中放哨，准备拿人。他因此想出一个主意，抱一大竹，顺流由河中下行，且作出种种希奇古怪声音，让两岸听到。每度从公主宫殿前边过身时，他又从不傍岸。他的意思，只是故意惊扰哨兵，使沿岸哨兵为这古怪声音惊醒，但看看河中，又毫无所见。一连两月，所有哨兵皆以为作这声音的，非妖即怪，不如不理。且以为河上既有怪物，贼人不是傻子，自然也不会从河中上岸。从此以后，便对沿河一带，疏忽许多。

因此有一个晚上，这青年男子，便抱一段长竹，随水浮沉下流，流到公主独住宫殿前面时，冒险上了河岸。上岸以后，直向公主住处小小宫殿走去。

公主果然独身在她那睡房里，别无旁人。那时业已深夜，各处皆极安静，公主房中只一盏小小长明纱灯。那公主穿了一身白色睡衣，躺在床上还未睡眠，思想作爸爸的国王，出的主意真是不可解。她以为这样保护周密，即或有人爱她想她，哪里会有力量冒险跑来看她？她又想："如果有人来了，我让他吻我，还是一见他我就喊叫捉贼？"正想到这些事情时，忽然向河边那扇小门开了，走进来一个身穿黑衣的年青男子，在薄明灯光下，只看得出这男子有一双放光眼睛同一个挺拔俊美的身材。

年轻男子见到了公主，就走近公主身边，最谦卑的说明了来意，那分风度，那些言语，无一处不使公主中意。他告她，只为了爱，因此特意冒险来看看她。他明白她不讨厌，愿意给平民一点恩惠。他只需要在她脚下裙边接一个吻，即刻被缚，也死而无怨了。

那公主默默的看了站在面前的年青人好久，把头低下去了。她看得出那点真诚，看得出那点热情，她用一个羞怯的微笑鼓励了他的勇气。她鼓励他做一个男子，凡是一个男子在他情人面前做得出的事，他想做时，她似乎全不拒绝。

但当这年轻荒唐男子想同这个公主接吻时，公主虽极爱慕这个男子，却不忘记国王早先所嘱咐的一切，就紧紧的把这陌生男子衣角抓定，不再放松，尽他轻薄，也不说话。

年轻人见到公主行为，明白那是什么意思。

"美丽的人，怎么牵我衣角？你若爱我，怕我走去，不如捉我这双手臂。"他似乎很慷慨的把两只手臂递过去让公主捏着。

公主心想："衣角不如手臂，倒是真的，"就放下衣角，捉定手臂。

但那双手冷得蹊跷，同被冰水淋过的一样。

"你手怎么这样冰冷？"

"我手怎么不冷？我原是从水中冒险泅来的。现在已到秋天了，我全身都被河水浸透，全身都这样冰冷！"

"那不着凉了吗？"

"美丽的人，不会着凉。我见你以后，全身虽结了冰，心里可暖和得很，它不久就能把热血送到四肢的。"

公主把手捉定以后，即刻就大声喊叫，惊动卫兵。那年轻人见到这种变化，不出所料，依然毫不慌张，万分温柔的说："亲爱的，我是你的，你如今已把我捉住了，我不用想逃遁，我不挣扎。且让我到帘幕那边去，作为我刚来看你就被你捉住，省得他们对你问长问短。"公主答应了他的请求，隔了帘幕握定他两只手，等到众人赶来时，大家方才知道公主所捉的手，只是两只死人的僵手。原来年轻人早已预备了那么一着，让公主隔了帘幕握定那死人两只手后，自己却从从容容从水上逃走了。

天明以后，大臣又把这事一切经过禀明国王。

国王心想："这人可了不起，把女人作圈套，尚难捕捉，奇材异能，真正少见。"

当时就又用其他方法，设计擒拿，自然只是费事花钱，毫无结果。

公主怀孕十个月后，月满生一男孩，长得壮大端正，白皙如玉。周年以后，国王就令乳每怀抱小孩，向京城内外各处走去，且嘱咐这奶妈小心注意，在任何地方，有人若哄小孩，有父子情，就即刻把人缚好，押解回来。这奶妈抱了小孩在京城内外各处走去，逗引小孩皆为妇人女子，并无一个男子与这小孩有缘。到后一天，小孩饥饿，抱往卖烧饼处，购买烧饼充饥。这卖烧饼师傅，恰好就正是那个小孩父亲，父子情亲，一见小孩，不觉心生怜爱，逗引小孩发笑。小孩虽还不到两岁，由于父子血缘，互有引力，也显得十分欢喜，在饼师怀抱中，舒服异常。

天黑以后，奶妈把小孩抱还宫中，国王问她，是不是在京城内外，遇见几个可疑人物。奶妈便如实禀白：

"一个整天，并无什么男子与这小孩有缘。只有一个卖饼男子，见小孩后，同小孩十分投契。"

国王说：

"既有这事，为什么不照我命令把人捉来？"

"他饿了哭了，卖饼老板送个麦饼，哄他一声，不会是贼，怎么随便捉他？"

国王想想，话说得对，又让了这贼人一着，就告奶妈歇歇，明天再把小孩抱去，若遇饼师，即刻揪来。若遇别的可疑人物，也可揪来。"

第二天这奶妈又抱了孩子各处走去，城中既已走遍，以为不如出城走走，或者还会凑巧碰到。出城以后，上了一个离城三里的小坡，走得脚酸酸的，就在一块青石板上坐下歇憩，且捡树叶子哄小孩子玩。那时来了一个卖烧酒的男子，傍近身边，歇下了他的担子。奶妈眼见这人很有几分年纪，样子十分诚实，两人慢慢的说起话来，交换了一些意见，一些微笑。奶妈生平从不吃过一滴烧酒，对于酒味，毫无经验。那卖酒人把酒用竹溜子舀出，放在自己口边尝了那么一口，做出神往意迷的样子，称赞酒味。那点烧酒味道实在也还象个佳品，人在下风，空闻酒味，真正不易招架。

奶妈为上风烧酒气味所薰陶，把一双眼睛斜着觑了半天，到后却说：

"老板老板，你那竹桶里装的是什么，是不是香汤？"

卖酒人说：

"因为它香，可以说是香汤。但这东西另外还有一个名字，且为女人所不能说，大嫂你一定猜想得到。"

"我猜想，这名字一定是'酒'。我且问你，什么原因，女人就不能说酒喝酒？"

"女人怕事，对于规矩礼法，特别拥护，所以凡属任何一种东西，男子不许女人得到，女人就自己不敢伸手取它。这香汤名字虽然叫作烧酒，因为它香，而且好吃，男子担心你们平分享这点幸福，故用法律写定，本国女子，没有喝烧酒的权利，也没有说烧酒的权利。"

奶妈心想："法律上的确不许女人喝酒。"但她记起经书，她说："经书上说酒能乱性，所以不许女子入口。"

那男子不再说话，只当着奶妈面前喝了一大口烧酒，证明经书所说，荒唐不典，相信不得。实际上他喝的却是清水，因为他那酒桶，就有机关，又可储水，又可贮酒。

"你瞧，酒能乱性，我如今喝的又是什么！圣书同法律一样，对于女人，便显见得特别苛刻。你不相信这是好东西吗？"

那奶妈说：

"我不相信。"

那男子正想激动她的感情，就说：

"不要说谎骗人，也不要用谎话自欺，你相信法律，也相信圣书。"

奶妈由于赌气，心不服输，把一只手向卖酒人这方面伸出，不即缩回，把眼微闭，话说得有一点儿发急发恼：

"我来一杯，来一滴，我不相信那些用文字写的东西了，我要自己试试。"

卖酒人先不答应，他说他是个正派商人，在国王法律下谋生混日子，不敢担当引诱平民女子犯法的罪名。他还装成即刻要走的神气，站起身来。

奶妈到这时节真有些愤怒了，一把揪定他的酒担，逼那卖酒商人交出勺子，非喝一口烧酒，决不放他脱身。卖酒商人仿佛忍着委屈，递了一小盏烧酒到奶妈手中后，就站在一旁，假装极不高兴神气，背过身去，不再望着奶妈。他就知道这一盏酒，对于一个妇人，能够发生如何效果。一切情形，不出所料，顷刻之间，药性一发，这女人便醉倒了。卖酒人便把小孩接抱在手，让奶妈抱一酒瓮，留在路上。这个国家从此也就不再见到这个卖酒人了。

这年轻人得到了自己同公主所生小孩后，想法逃到了邻近国王处去。进见国王时，为人既仪表不俗，应对复慧辩有方，畅谈各事，莫不中肯。国王心中十分欢喜，便想封他一个爵位，只不知道何种爵位比较相宜。那时正当国家文武考试，这年轻人不愿无功受禄，就用另一姓名，秘密投考，已得第一，又戴好面具，手执标枪，骑一白马，去同一个极强梁的武士挑战，结果又把这武士打倒。国王知道这人智慧勇力，皆为本国第一，其时正无太子，就想立他作为太子。

那国王说："远处地方来的年轻人，我虽不大明白你的底细，我信托你。你的文彩是一匹豹子，你的勇敢象一只狮子，真是天下少有的生物。我这时没有儿子，这分产业同一群可靠的人民，全得交给一个最出色的英雄接手管业。如今想想把你当作儿子。你若答应，你想得一女人，这里五族共有七个美貌女子，尽你意思挑选。看谁中意，你就娶谁。"

那年轻人见国王待他十分诚实坦白，向他提议，不能不即刻答复，就禀告国王：

"国王好意，同日头一样公正光明，我不敢借口拒绝。作太子事，容易商量。关于女人，我心有所主，虽死不移。若国王对这事有意帮忙，请简派一个使臣，过我本国国王处，为我向他最小公主求婚。若得允许，我愿意在此住下，为王当差；若不允许，我得走路。"

这国王听说，当时就简派大使，携带无数珍奇礼物，为年青人向那国王公主求婚。先前那个国王，素闻邻国并无太子，心知必是那个贼人，就慨然应诺。但告使臣有一条件，必得履行，公主方可下嫁。这条件也并不算苛刻，只是应照礼法，到时必须太子自来迎亲，方可发遣。使臣回国覆命时，就详细禀告一切。

年轻人听到国王条件，心怀恐惧，以为若回国中，国王一见，必知虚实，发觉以后，定然捉牢不放。但一切既已定妥，若不前去，则又近于违礼，且俨然懦怯不前，将为人所轻视。便启请国王，商量迎亲办法，以为若往迎亲，必有五百骑士护卫，以壮观瞻。希望这五百骑士，人马衣服鞍辔，全用同一式样，同一颜色。

国王依言，即刻派定五百年轻骑士，各穿紫色衣甲，身骑白马，用银鞍金勒，王子也照样扮扎停当，二百五十个骑兵在前，二百五十个骑兵在后，迎亲王子，藏在其中，直向那年轻人本国走去。一行人马到地以后，五百零一个骑士，便集合排成一队，同在国王面前，向王敬礼。鹄立大坪中，听王训令。随行大臣禀告国王，太子已到，请见公主。

那国王一见骑士队伍，就知道贼在其中，毫无疑问。细心观察一阵过后，便骤马跑入迎亲队伍中间，捉出一人，并骑急驰而去。

年轻人既已被捉，心中便想，若未入宫，必有办法可以脱身。一旦入宫，欲再出宫门，事不容易。但他这时仍然毫不畏惧，深知命运正在祸福之间，生死决于一人。那时国王把他带入宫后，即疾趋公主花园，把他带见公主，任凭公主发落。公主尚未出见时，国王就向他说：

"小小坏蛋，你聪明千次，糊涂一回，前后计谋，巧捷无比，事到如今，还有话说么？"

年轻人说：

"诸事是我所作，我无话说。我只请求国王，当公主面，公平处置。若我所作所事，应受国法惩治，我不逃避。若我还有理由可以自由，我也愿意国王，不必请求，并不吝惜这点恩惠。"

公主正因想及小孩，不知小孩去处，心中发愁。出时眼泪莹然，斜睨这年轻男子，虽事隔两年，当时正值黑夜，面目不分，如今衣服改变，一望就知这人正是那夜冒犯入宫的巧贼。公主心中怨爱纠缠，默然无语。

国王一看已知情形，就说：

"年轻男子，你既愿得公主，公主现在已归你所有！"回头又向公主说："这贼聪明狡黠，天下无双，这次交你看守，好好把他捉牢，莫让这贼又想逃脱！"国王说完，自己就骑马跑去了。

到后这年轻男子，便当真为公主用爱情捉牢，不再逃走了。他既作了两国要人，两个国王死后，国土合并，作了国王。这个国王，就是一本极厚历史所说到的无忧国王。故事说毕，人人莫不欢悦异常。但其中有个研究历史的学者，以为故事虽空幻无方，益人智慧，大家欢喜，也极自然。惟这个善变的人，所有历史，既说已有一本极厚书籍说到，他想知道这书名称，版本，形式，希望说故事的人皆能一一说出，他方能承认事非虚构。因为他是一个历史学者，若不提"史"，他不过问，若提及史，他要证据。

那年轻农人，把一双为火光熏得微闭的眼睛，向历史学者又狡猾又粗野做了一个表示，他说：

"要问历史是不是，第一，我就认得那个王子。不要以为希奇，我还认得那个舅父。不要惊讶，我还认得那个公主同皇帝！"那历史学者茫然了。农人看到那学者神气十分好笑，且明白自己几句话已把这个历史学者引入了迷途，故显得快乐而且兴奋。他接着说："历史照例就是象我们这种人做出说出，却由你们来写下的。如今赶快拿出你的笔，赶快记下来，倘若你并没看过这本书，此后的人还以为你记下的就是那一本书了。你得好好记下来，同时莫忘记写上最后一行：'说这个故事的是一个青年农人。他说这个故事，并无其他原因，只为他正死去了一个极其顽固的舅父，预备去接受舅父那一笔遗产：四顷田，三只母牛，一栋房子，一个仓库。遗产中还有一个漂亮乖巧的女子，他的表妹。他心中正十分快乐，因此也就很慷慨的分给了众人一点快乐。'这是说谎，是的。这算罪过吗？你记下来呀，记下来就可以成为历史！"

大家直到这时方明白，原来一切故事全是这个年轻农人创造的，只有最后几句话十分真实。原来谁也不希望述说的是一段历史，一段真事，故这时反觉得更多喜悦。其中只有那个历史家十分生气，因为他觉得历史的尊严，不应当为农人捏造的故事所淆乱。但这也不过一会儿的事，即刻他又觉得快乐了。他虽不曾看过那么一本关于无忧王厚厚的书，他从农人的口中，却得到了一个假定的根据，他疑心另外一个地方，一定曾经有过这样一本厚厚的书。他不相信这故事纯粹出于农人自造，却疑心这是一个"历史的传说"，当真他就把这故事记到他一册厚厚的历史稿本上去了。

为张家小五辑自《生经》
一九三三年四月，于青岛

医　生

　　这世界上，有多少害病的人，就有多少人对于医生感到不大愉快。这也正是当然的道理。的的确确，这个世界上，由于他们那种无识，懒惰，狡猾，以及其他恶德，有很多医生，是应当充军或用其他同类方法来待遇的。有许多医生，应得的一份，就正是一个土匪一个拐骗所得的那一份。但这并不是一种普遍的情形。世界上各个小小角隅都有很好的医生，既不缺少一个软和的灵魂，又知道如何尽职，知识也十分够用。

　　可是凡在说故事上提到什么医生时，我们总常常想说，这是一个有法律保障的骗子。即或他不是骗子，但他的祖先，还是出于方士同巫师，混合了骗术与魔术精神，继续到这世界上存在的。许多性情和平的老妇人，一见到医生，就不大高兴。许多小孩子，晚上不梦到手执骷髅的妖魔，总常常梦到手执药瓶的医生。

　　因此那一批商人，留住在那个名为金狼旅店的客寓中，用故事消磨长夜的时节，就有一个从前曾作过兵士的，说了一个医生的故事，把这故事结束到极悲惨的死亡里。这兵士说："……这方法是那地方人处治盗匪的，恰恰也给这个骗子照样的布置了。"

　　把故事说完后，有赞成的，有否认的。各人如对别的其他事情一样，不外乎用自己一点点经验来判断一切。有些人遇到过很好的医生，就说凡是医生绝对不坏，有些人在某时曾吃过医生的亏的，就又说在十个医生之中不会有一个值得敬重的好东西。

其中有个毛毯商人却说："既然有人从医生故事上说过医生的恶德，也应当有人来从医生的故事上证明医生的美德。我们这里廿一个人，看看是不是有人记得到这样一个故事？"

大家都没有这种故事，故售毛毯商人又说："我倒有这样一个故事，请大家放安静一点，听我把故事说出来。"

大家自然即刻就安静下来了的，下面就是这个故事。医生罗福，为人和平正直，单身住家在离京都三百里左右一个地方，执行业务。平生只有一个女儿，嫁给京都一个读书人。因来都城看望女儿，就搁下事业，在京城住了些日子。有一天听人说，大觉寺有法师讲经，十分动人，全城男女，皆往听经。凡到过那法师身边的，莫不倾心佩服。故这医生，也就走去听听。听经以后，出庙门时还觉得那法师有一分魔力，名不虚传。那天法师讲的是牺牲精神，说到东方圣人当年如何为人类牺牲，也如何为畜类牺牲，在牺牲情形中，如何使生命显得十分美丽。这法师不谈牺牲果报，只谈牺牲美丽，因此极其为这医生钦服。出庙门后，医生就心想，一个人若能够为一个畜生也去受点苦，或许当真这痛苦也可以变成一分快乐。

这医生从一个穿珠人家门前过身，看到那个穿珠人手指为针戳伤，流血不止，正无办法，心生怜悯，照着乡下医生的慷慨精神，不必别人招呼，就赶忙走过去为这穿珠人止血，用药末带子，好好把这受伤人调理妥贴。那时穿珠人正为国王穿一珠饰，有一粒那大珍珠在盘盂内。这医生按照当时风气，身穿红衣，映于珠上，珍珠发红，光辉炫目，如大桑椹。穿珠人因医生好意替他照料伤处，十分感谢，就进屋里取一些点心，款待客人。那时有一只白鹅，见着珍珠，如大桑椹，不问一切，就把它一口吞下。若这鹅知道这是珠子，并不养人，除了人类很蠢，把它当成宝物以外，别的生物，皆无用处，就不至于吃下这东西了。穿珠人取了点心出来请客时节，记起宝珠，各处寻觅，皆不再见。这宝珠既为宫中拿出，值价自然非常贵重，穿珠人家中并不富裕，若真失去，如何可以赔偿？心想铺里并无别种罅穴，可以藏下这颗珠子，并且决无另一生人，把珠拿去，现在事情，不出这医生所作所为。就向医生询问：

"见我珠吗？"

医生就说："没有看见。"

医生说话虽极诚实，仍不能使穿珠人相信，故这穿珠人又告他这珠归谁所有，安置何处，手指盘盂，一一说给医生。

这医生见鹅吃珠时节，以为吃的只是一颗桑椹或草莓，不甚介意，今见穿珠人脸上流汗，心中发急，口说手比，心中清楚，这珠此时正在白鹅腹中。医生心想：我一说明，这鹅即刻就得杀去，方便取珠。当设一计策，莫使鹅死。但如何设计，方能保全这扁毛畜牲性命，倒很为难。因记起先前一时法师所说各种牺牲之美丽处，故决心不即说出，等候再过一时，鹅把珍珠从大便中排出以后，再来说明。鹅命虽小，若能救此小小性命，另一体念，当可证明。医生既作如此打算，故不说话。

那穿珠人，眼看医生沉默不语，疑心特增，便说：

"我这宝珠分明放在盘中，房中又分明只你一人，赶快退还，莫开玩笑。若不退还，一定得大家认真变脸，你会受苦。今天这事，不要以为一言不发，就可了事。今天事情，决不容易轻轻了事。"

医生心想："用自己痛苦，救别的生命，现在不说话，尽其生气，只望一时不即杀鹅，小小痛苦，不甚要紧。"

医生仍不说话，只是摇头，表示这珠并非自己拿去，且解衣脱鞋，尽穿珠人各处搜索。但穿珠人问及"不是你拿是谁拿去？"医生又不想说谎，就索性不答不理。

穿珠人越问越加生气，先尚看到医生神气忠厚实在，以为不象盗贼。现在看来，就觉得医生行为，实在有意装傻。

医生眼看穿珠人生气样子，知道结果必有苦吃。四向望望，无可怙恃。身如鹿獐，入围落网以后，便无法逃脱。但也不想逃脱，只是静待机会，等候吃亏。一面心想法师所说："生活本极平凡，实无多大趣味，使一人在平凡生活之中，能领会生命，认识生命，人格光辉炫目，达到圣境，节制，牺牲，必不可少。"于是端正衣服，从容坦白，仿佛一切业已派定，一切无可反抗，如今情形，只是准备挨打，不必再作其他希望。

穿珠人看到这个医生神气，就说：

"你既拿了我的珠子，不愿退还，作出这种神气，难道预备打架吗？"

医生微笑说：

"谁来同你打架？你说我把你珠宝偷去，我无话说。若说不偷，这宝珠又当真因我来到铺中失去。若说偷去，又退不出。我先前沉默，只是自己身心交战；现在准备，只是尽你处罚！"

穿珠人看到这医生疯疯颠颠，不可理喻，就说：

"不要装傻，装傻不行。绳子，鞭子，业已为你准备上，好，再不承认，就得动手！"

医生心中想起法师格言：

"身体如干柴，遇火即燃烧，希望不燃烧，全靠精神在。

牛马皆有身，身体不足贵。人称有价值，在能有理想！"

这医生既认为应为理想，尽身体忍受一切折磨，故虽明知穿珠人业已十分愤怒，鞭棒即刻就得加于身体，仍然微笑不答，默然玩味另一真理，一切全不在意。

穿珠人忍无可忍，就尽力鞭打这个医生。那时医生两手并头，皆已被缚，不能动弹，四向顾望，不知所逃。鞭子上身，沉重异常，流血被面，眼目难于睁开。轻轻的自言自语：

"为一只小鹅牺牲，虽似乎不必，但牺牲精神，自然极其高贵。一切牺牲，皆不自私。为人类牺牲自己，目前世界，已不容易遇到，我所遭遇，可以训练自己。每人生活，若皆只图不痛不痒，舒适安逸，大猪同人，并无分别。我的所为，只在学习来用自己精神，否认与猪同类。"

穿珠人打了医生一阵，看到医生头脸流血，毫不呻吟，询问医生：

"傻子，你有甚话说，只管说来。"

医生说：

"没有话说，说即更傻。只请不要单打头部。我这肩背各处，似乎比头稍稍结实，若不愿意一下把我打死，必须拷出结果，请打肩背。若这种行为，不至于使你疲倦，一两天内，你那宝珠仍然可望归回。"

穿珠人以为这医生倔强异常，直到这时，还说笑话，就大声辱骂，"不用多说空话，装傻装疯，以为因此一来就可让你逃走！"于是重新把手脚缚定于屋柱上，加倍鞭打。并且用绳急绞，因此这医生到后鼻孔口中，皆直喷血。

那时那只白鹅，见地下有血，各处流动，就来吃血，穿珠人把鹅嗾去，不久又复走来。引起瞋忿，就一鞭一脚，把鹅即刻打死。

医生听鹅在地下扑翅声音，眼睛不能看见，就问穿珠人道：

"我的朋友，你那白鹅，如今是死是活？"

穿珠人闷气在心，盛气而说：

"我鹅死活，不关你事。"

医生极力把眼睁开，见白鹅业已死去，就长叹了好些次数，悲泣不已，独自语言：

"担心你受苦，我为你牺牲，若早知你因此死去，也许我早说，主人为爱你，反不至于死去！"

穿珠人见状希奇，不知原因，就问医生：

"这鹅同你非亲非戚，它死同你有甚关系？自己挨打，不知痛苦，一只小鹅，使你伤心到这样子！"

医生说：

"我本为它牺牲，训练自己，想不到为它牺牲，反使它因此早死。我的行为稍稍奇特，因为我有理想。所想的好，做到的坏，愿心不满，所以极不快乐！"

穿珠人说：

"你想什么，你愿什么？"

医生就告这穿珠人一切事情经过。

那时穿珠人将信将疑，赶忙把鹅腹用刀剖开，就在白鹅嗉囊里，掏出那颗大珠。因鹅吃下不少鲜血，珠浴血中，红如血玉。穿珠人见到宝珠以后，想起医生行为，以及自己行为，就大声哭泣，爬伏医生脚下，向医生作种种忏悔，不知休止。

医生那时已证明牺牲的美丽处，不用穿珠人说话忏悔，也能原谅那种愚蠢卤莽行为，只十分客气同穿珠人说：

"一切过去，不必算数。劳驾老兄，替我把绳子解解，你这绳子缚得太紧太久了，我脚发木。让我坐坐，稍稍休息，喝杯热水，不会妨碍你工作吗？"

…………

　　这医生这样训练自己，方法倒不很坏。因这次牺牲，他自己也才认识自己生命的价值。因这个故事，所以说这故事的那一位，否认人家对医生的指摘，证明医生中有这样一个人，作过了这样一件事。且说，世界上只要有这样一个医生，也就可以把一切医生罪过赎去了。

　　这医生大家都承认他可爱，他可爱处，显然是他体念真理的精神。

为张家小五辑自《大庄严论》

一九三二年十月，于青岛

慷慨的王子

　　住宿在金狼旅店，用各种故事打发长夜的一群旅客中，有人说了一个悭吝人的故事。因那故事说来措词得体，形容尽致，把故事说完时，就得到许多人的赞美。这故事的粗俚处，恰恰同另一位描写诗人故事那点庄严处相对照，其一仿佛用工致笔墨绘的庙堂功臣图，其一仿佛用粗壮笔触作的社会讽刺画，各有动人的风格，各有长处。由于客人赞美的狂热，似乎稍稍逾越这故事价值以外，因此引起了一个珠宝商人的抗议。

　　这珠宝商人生活并不在市侩行业以外，他那眉毛、眼睛、鼻子、口，全个儿身段，以及他同人谈话时节那副带点虚伪做作，带点问价索价的探询神气，皆显见得这人是一个十足的市侩。大凡市侩也有市侩的品德，如同吃教饭人物一样，努力打扮他的外表，顾全面子，永远穿得干干净净。且照例可说聪明解事，一眼望去他知道对你的分寸，有势力的，他常常极其客气，不如他的，他在行动中做得出他比你高一等的样子。他那神气从一个有教养的人看来，常常觉得伧俗刺眼，但在一般人中，他却处处见得精明能干。

　　在长途旅行中，使一个有习好爱体面的人也常常容易马虎成为一个野人，一个囚犯。但这个珠宝商人一到旅店后，就在大木盆里洗了脸，洗了脚，取出一双绣花拖鞋穿上，拿出他假蜜蜡镂银的烟嘴来，一面吸美魔牌香烟，一面找人谈话。在旅客中这个人的行业仿佛高出别人一等，故虽同人谈话，却仍然不忘记自己的尊贵，因此有时正当他同人谈论到各种贵重金属的时价时，便会突然向人说道："八古寨的总爷嫁女，用三斤六两银子作成全副装饰，凤冠上大珠值五十两。"说完时，便用那双略带一点愁容的小小眼睛，瞅定对面那一个，看他知不知道这回事情。对面若是一个花纱商人，或一个飘乡卖卜看相的，这事当然无有不知的道理，就不妨把话继续讨论下去。对面那个若明白了这笔生意就正是这珠宝商人包办的，必定即刻显得客气起来，那自然话也就更多了。若果那一面是一个猎户，是一个烧炭人，平时只知道熏洞装阱，伐树烧山，完全不明白他说话的用意，那分明是两种身分，两个阶级，两样观念，谈话当然也就结束了。于是这珠宝商人便默默的来计算这一个月以来的一切支出收入，且让一个时间空间皆极久远了的传说，占据自己的心胸，温习那个传说，称赞那传说中的人物，且梦想他有一天终会遇到传说中那个王子，发一笔财，聊以自娱。

到金狼旅店的他，今夜里一共听了四个故事，每个故事皆十分平常，也居然得到许多赞美，因此心中不平，要来说说他心中那个传说给众人听听。

他站起身时，用一个乡下所不习见的派头，腰脊微曲，说话以前把脸掉向一旁轻轻的咳了一下，带点装模作样叫卖货物的神气；这神气在另一地方使人觉得好笑，在这里却见得高贵异常。

"人类中悭吝自私固然是一种天性，与之相反那种慷慨大方的品德，这世界上也未常没有。在中国地方，很多年以前，就有尧王让位给许由先生，许先生清高到这种样子，甚至于帝王位置也不屑一顾，以后还逃走到深山中的故事。虽然这些故事为读书人所欢喜说的，年代究竟远了一点，我们既不很清楚当时做帝王的权利义务，说来也不会相信。可是有个现成故事，就差不多同这个一样，那不同处不过尧王让的是一个王位，这人所让的是无数珠宝。"说到这里时，这珠宝商人稍稍停顿了一下，看看有多少人明白他是个珠宝商人。那时有个人正想到他自己名为"宝宝"的殇子，因此低低叹息了一声。商人望了那人一眼，接着便说："不要把王位放在珠宝上面，我敢断定在座诸君，就有轻视王位尊敬珠宝的人在内。不要以为把王位同珠宝并列，便觉得比拟不伦。我敢说，珠宝比王位应当更受人尊敬与爱重。诸君各处奔走，背乡离井，长途跋涉，寒暑不辞，目的并不是找寻王位，找寻的还是另外那个东西！"

那时节全个屋子里的人出气也很轻微，当珠宝商人把话略略停顿，在沉寂中让各人去反省王位与珠宝在自己生活中所产生的意义时，就只听到屋外的风声同屋中火堆旁的瓦罐水沸声。火堆中的火柴，间或爆起小小火星向某一方向散去时，便可听到一个人把脚匆剧缩开的细微声音。还有一匹灶马，在屋角某处叽叽振翅，但谁也不觉得这东西值得加以注意。

下面就是那珠宝商人所说的故事，为的是故事乃古时的故事，因此这故事也间或夹杂了一些较古的语言，这是记载这个故事的人，对于一些太不明了古文字的读者，应当交代一声请求原谅的。珠宝比王位可爱从各人心中可以证明。但还有一样东西比珠宝更难得，有人还并王位同珠宝去掉换的，这从下面故事可以证明。

过去时间很久，在中国北方偏西一点，有个国家，名叫叶波。国中有个大王，名叫温波。这个王年轻时节，各处打仗，不知休息，用武力把一切附属部落降伏以后，就在全国中心大都城住下，安富尊荣，打发日子。这国王年纪五十岁时，还无太子，因此按照东方民族作国王的风气，讨取民间女子两万，作为夫人。可是这国王虽有两万年青夫人，依然没有儿子，这事古怪。

叶波国王同其他地面上国王一样，聪明智慧，全部用到政务方面以后，处置自己私人事情，照例就见得不很高明。虽知道保境息民，抚育万类，可不知道用何聪明方法，就可得一儿子。本国太医进奉种种药方，服用皆无效验。自以为本人既是天子，一切由天作主，故到后这国王听人说及某处高山，有一天神，正直聪明，与人祸福灵应不爽时，就带了一千御林军，用七匹白色公鹿，牵引七辆花车，车中载有最美夫人七位，同往神庙求愿。

国王没有儿子，事不希奇，由于身住宫中，不常外出，气血不畅，当然无子。今既出门一跑，晒晒太阳，换换空气，筋骨劳动，脉络舒张，神庙停驾七天以后，七个夫人之中，就有一个怀了身孕。这夫人到十个月后，生一太子，名须大拿。

太子十六岁时节，读书明礼，武勇仁慈，气概昂藏，使人爱敬。太子年龄既已长大，国王就为他讨一媳妇，名叫金发曼坻，这金发曼坻，也是一个国王女儿。长得端正白皙，柔媚明慧。夫妇二人，爱情浓厚，结婚以来，就不见过一人眉毛皱蹙。两人皆只用微笑大笑打发每个日子，这金发曼坻到后为太子生育一男一女。

太子须大拿身住宫中既久，一切宫中礼节习气，莫不平板可笑，拘束既久，心实厌烦，幻想宫殿以外万千人民生活，必更美丽自然。因此就有一天，装扮成为一个平民，离开王宫，走出大城，广陌通衢，各处游观。未出宫前，以为宫外世界宽阔无涯，范围较大，所见所闻，必可开心。迨后全城各处一走，凡属人类种种生活，贫穷，聋瞽，瘖哑，疥疠，老耄，死亡，仅仅巡游一天，所有人事触目惊心各种景象，皆已一览无余。一天以内，便增加了这王子一种人生经验，把这种人生诸现象认识以后，心中大不快乐。

回宫当日，这王子就向国王请事：

"国王爸爸，我有一件事情想来说说，请先赦罪，方敢禀告。"

国王就说：

"赦你无罪，好好说来。"

太子向国王说明日里私自出宫不先禀告情形，接着说：

"想求国王爸爸答应一件事情，不知能不能够得到许可？"

"想要什么，可同我说。一切说来，容易商量。这国王宝座，同所有国土臣民，皆你将来所有，如何支配，你有权力。"

"既一切为我所有，我可处置，我想使我臣民，得我一点恩惠。我愿意手中持有国中库藏钥匙，派人从库中取出所有珍宝，放城门边同大街上，送给一切可怜臣民。这些宝物将尽人欢喜，随意拿去，决不令一个人心中不满。"

国王既已答应太子一切要求，必得如约照办。虽明白一国珠宝有限，臣民欲望无穷，太子所想所作，近于稚气。但自己年纪已老，只有这样一个太子，珍宝金银，皆不如太子可贵。且把无用珍宝舍给平民，为太子结好于下，也未为非计，故用下面话语，答复太子：

"亲爱的孩子，你想要做什么，尽管去做，钥匙在我这里，你就拿去，一切由你！"

太子听国王说话以后，赶忙向国王道谢。当晚无事。到第二天，就派人用各种大小车辆，把国内一切稀奇贵重宝物，从库藏中搬出。这些大小不等的车辆，装满了各样珍宝以后，皆停顿在城门边同大街闹市。不拘何人，心爱何物，若欲拿去，皆可随意挑选，不必说话，就可拿去。国王既富足异常，库中各物，堆积如山，每辆大车载运，皆如从大牛身上拔取一毛，所装虽多，所去无几。故这种空前绝后毫无限制的施舍，经过三天，本国臣民欲望业已满足，叶波国王库中所存，尚较其他国王富足。

那时节去叶波国不远，有一敌国，同叶波王平素意见不合，常常发生战争。听人传说叶波国太子种种布施故事，那个国王就集合全国大臣参谋顾问，开会商量。那不怀好意的国王说：

"叶波国出一傻子，慷慨好施，乐于为善，凡有所求，百凡不厌，各位大臣，谅有所闻。那国有一大象，灵异非凡，颜色白皙，如玉如雪。这象可在莲花上面行走，名须檀延，这象性格温和，极易驾驭，力量强大，长于战争。从前遇有战事发生，每次交锋，这宝象总常占上风。如今国王既老悖昏庸，一切惟傻子是听，若能乘此机会，设一计策，向那国中愚傻王子，把象讨来，从此以后，我国就可天下无敌日臻强盛了。各位大臣之中，有谁能告奋勇，装扮成为平民，去叶波国讨取这白色宝象，我有重赏。"

大臣中间，人人皆明白两国世仇，相互切齿，交往断绝，业已多日。都觉得事情不很容易，无人敢告奋勇，独任艰巨。

其中有八个小臣，平时由于位卑职小，并不为王重视，这时节却来同禀国王：

"国王陛下，亲王殿下，大臣阁下皆只宜于庙堂陈词，筹度国事。讨象事小，应当交给小人办理。我等八人在此，时间已久，无事可作，如今就为大王把象取来，只请颁发粮秣同其他必需用物，八人即便上路。"

国王闻言，心中欢喜，命令财政大臣把一切需要，如数供给八人，国王并且身当大臣面前宣言：

"若能把象取得，可得重赏！"

八人就连夜赶往叶波国，至太子宫门，求见太子。各人皆预先约好，化装成为跛脚，拿一拐杖，跷一右脚，向宫门回事小官说：

"有事想见太子，劳驾引见。"

太子听说八个跛脚男人，同一残废，同一服装，同一神气，齐集官门求见，心中稀奇，即刻令人引见。并且亲自迎出二门，为每人行礼，十分客气，异样亲切。八人一见太子，照预先约好办法，异口同声说道：

"我们八人皆从极远地方跑来，各想讨点东西回去。只因远远就已听说太子仁慈，想不至于吝啬恩惠。"

太子听说，满心欢喜，询问八人要的是些什么。并且为八人说明，国中名贵宝物，尚有若干种类，某某宝物，藏某库内，只问欢喜，无不相赠。

八个乔装跛人，同时向太子说明来意：

"我们八人，是八兄弟，家中富有，不可比方。小时作梦同到一处，见一大神，有所嘱咐。神说：'尔等八人，皆有福分，可骑白象，同上太清。白象神物，非凡象比，必须跛脚，方可得象。'第二天八人清早醒来，各人各把梦中所见所闻，互相印证，八人梦境，完全相同，大神所说，想亦不虚，因此互相商议，各人自用铁锤捶碎一脚，且从此背家离井，四方飘泊，希望与白象相遇。游行十年，备经寒暑，加之一脚上跷，一脚挂地，麻烦痛苦，不可言述。如今听说太子为人慷慨大方，从不拒绝别人请求，名声远播，八方皆知，天上地下，无不明白。且闻人说太子象厩，宝象成群，因此赶来进见太子，别无所求，只求把那一匹白色宝象，送给我们兄弟八人，让我们骑这宝象云游各处，以符梦兆，并可宣扬太子恩惠。"

太子闻言，信以为真，毫不迟疑，即刻就带领八人过象厩中，指点一切大小象名，听凭拣选。

"各位朋友，不必客气，象皆在此，只请注意，且看看这些大小白象，若有任何一象中意，即刻就可把它牵去。"

八人看看，并无须檀延白象在内，装作回想梦境，稍加迟疑，就摇头说：

"王子豪放，诚过所闻，惟象厩中所有各象，皆不如梦中白象美丽。我们八人冒昧请求，希望太子把恩惠放大，让我们看看那匹能在莲花上行走的白象。"

太子带八人往那宝象所在处，未近象厩以前，八人就同声惊讶，以为仿佛梦中到过此地。一见宝象，又装作更深惊异，以为一切皆与梦境符合。且故意询问王太子：

"这象名字叫须檀延，不知是不是？"

太子微笑点头。当时八人就想把象骑走，太子便说：

"这象可动不得，是我爸爸的象。国王爱象，如爱儿女，若遽送人，事理不合。不得国王许可，这象不能随便送人。"

八人十分失望，不再说话。

太子心想：

"象虽爸爸宝物，不能随便送人。可是我先前既已告人，百凡国王私财，大家欢喜，皆可任意携取，各随己便。如今八人皆为这白象折足，各处奔走，飘泊十年，也为这象。今若不把这象送八人，未免为德不卒，于心多愧。把象送人，纵为罪过，必须受罚，也不要紧！"

那么想过以后，为求恩惠如雪如日，一律平等，不私所爱起见，太子就命令左右，即刻把白象披上锦毯，加上金鞍，当宝象收拾停当牵出外面时，太子左手持水，洗八人手，右手牵象，送与八人。

八人得象，向天空为太子祝福，且称谢不已。

太子向八人说：

"我的朋友，你听我说。这象既已得到，请速上路，不要迟缓。若时间延宕，国王得知消息，派人追夺，我不负责！"

八人听说，知道时间不可稍缓须臾，又复道谢，就急急忙忙骑象走去。

叶波国中大臣，听说太子业已把国中唯一宝象送给敌国，皆极惊怖，即刻齐集宫门，禀告国王。国王闻禀，也觉得十分惊愕，不知所措。

大臣同在国王面前议论这事。

"国家存亡全靠一象，这象能敌六十大象、三百小象。太子慷慨，近于糊涂，不加思索，把象与人。国家把象失去以后，从此恐不太平！太子年纪太轻，不知事故，一切送人，库藏为空，惟一白象，复为敌有。若不加以惩罚，全国大位，或将断于一人。国王明察，应知此理。"

国王闻说，心中大不快乐。

当时开会讨论，大臣们皆以为白象重要，关系国家命运。白象既为太子送与敌国，国法所在，必将应得处罚，加于太子，方称公平。按照国法，失地丧师，以及有损国家权威种种过失，皆应处以死刑。其中有一大臣，独持异议，不欲雷同。那大臣说：

"国法成立，多由国王一人所手创。任何臣民，皆应守法。但因一象死一太子，目前虽为他国称赞叶波国人守法，此后恐为历史家所笑，以为国法乃贵畜而贱人，实不相宜。如今因为太子过分慷慨，影响国家，照本大臣主张，以为把太子放逐出国，住深山中十二年，使他惭愧反省，不知大家以为如何。"

大臣所说，极有道理，各个大臣皆无异议，国王即刻就照这位大臣所说，决定一切。

国王把太子叫来，同他说道：

"错事业已作成，不必辩论，今当受罚。即此宣布：你应过檀特山独住十二年，不能违令。"

便太子说：

"我行为若已逾越国王恩惠范围以外，应受惩罚，我不违令。只请爸爸允许，再让我布施七天，尽我微心，日子一到，我就动身出国。"

国王说：

"这可不行。你正因为人太大方，逾越人类慷慨范围以外，故把你充军放逐。既说一切如命，即刻上路，不必多说！"

太子禀白国王：

"国王爸爸既如此说，不敢违令。我自己还有些财宝，愿意散尽以后，离开本国，不敢再度荒唐，花费国家分文。"

那时国王两万夫人已知消息，一同来见国王，请求允许太子布施七天，再令出国。国王情面难却，因此不得不勉强答应。

七天以内，四方老幼，凡来携取宝物的，恣意攫取，从不干涉。七天过后，贫人变富，全国百姓，莫不怡悦，相向传言，赞述太子。

太子过金发曼坻处告辞，妃子闻言，万分惊异。"因何过错，便应放逐？"太子就一一告给曼坻，因为什么事情，违反国法，应被放逐，不可挽救。

金发曼坻表示自己意见：

"我们两人，异体同心，既作夫妇，岂能随便分离？鹿与母鹿，当然成双。如你被放逐，国家就可恢复强大，消灭危险，你应放逐，我亦同去。"

太子说：

"人在山中，虎狼成群，吃肉喝血，使人颤栗，你一女人，身躯柔弱，应在宫中，不便同去！"

妃答太子：

"帝王用幡信为旗帜，燎火用烟焰为旗帜，女人用丈夫为旗帜，我没有你，不能活下。希望你能许可，尽我依傍，不言离异，有福同享，有祸分当。若有人向你有所求乞，我当为你预备，人如求我，也尽你把我当一用物，任意施舍。我在身边，决不累你。"

太子心想，"若能如此，尚复何言，"就答应了妃子请求，约好同走。

太子与妃并两小儿，同过王后处辞行时，太子禀告王后："一切放心，不必惦念。希望常常劝谏国王，注意国事，莫用坏人。"

王后听说，悲泪潸然，不能自持，乃与身旁侍卫说：

"我非木石，又异钢铁，遇此大故，如何忍取？今只此子，由于干犯国法，必得远去，十二年后，方能回国，我心即是金石，经此打击，碎如糠粃！"

但因担心太子心中难堪，恐以母子之情，留连莫前，增加太子罪戾，故仍装饰笑靥，祝福儿孙，且以"长途旅行，增长见闻，回国之日，必多故事"打发一众上路。

国王两万夫人，每人皆把珍珠一颗，送给太子。三千大臣，各用珍宝，奉上太子。太子从宫中出城时节，就把一切珠宝，散与送行百姓，即时之间，已无存余。国中所有臣民，皆送太子出城，由于国法无私，故不敢如何说话，各人到后，便各垂泪而别。

太子儿女与其母金发曼坻共载一车，太子身充御者，拉马赶车，一行人众，向檀特山大路一直走去。

离城不远，正在树下休息，有一和尚过身，见太子拉车牲口，雄骏不凡，不由得不称羡：

"这马不坏，应属龙种，若我有这样牲口，就可骑往佛地，真是生平快乐事情。"

太子在旁听说，即刻把马匹从车辕上卸下，以马相赠，毫无吝色。

到上路时，让两小儿坐在车上，王妃后推，太子牵挽，重向大路走去。正向前走，又遇一巡行医生，见太子车辆精美异常，就自言自语说道：

"我正有牝马一匹，方以为人世实无车辆配那母马，这车轻捷坚致，恰与我马相称。"

太子听说，又毫无言语，把儿女抱下，即刻将车辆赠给医生。

又走不远，遇一穷人，衣服敝旧，容色枯槁。一见太子身服绣衣，光辉炫目，不觉心动，为之发痴。太子知道这人穷困，欲加援手，已无财物。这人当太子过身以后，便低声说：

"人类有生，烦恼重叠排次而来，若能得一柔软温暖衣服，当为平生第一幸事。"

太子听说，就返身回头，同穷人掉换衣服，一切停当以后，不言而行。另一穷人见及，赶来身后，如前所说，太子以妃衣服掉换，打发走路。转复前行，第三穷人，又近身边，太子脱两小儿衣服，抛于穷人面前，不必表示，即如其望。

太子既把钱财，粮食，马匹，车辆，衣服零件，一一分散给半路生人，各物罄尽以后，毫无悔心。在路途中，太子自负男孩，金发曼坻抱其幼女，步行跋涉，相随入山。

檀特山距离叶波国六千里，徒步而行，大不容易。去国既远，路途易迷，行大泽中，苦于饥渴。那时天帝大神，欲有所试，就在旷泽，变化城郭，大城巍巍，人屋繁庶，仗乐衣食，弥满城中。俟太子走过城边时，就有白脸女人，微须男人，衣冠整肃，出外迎迓。人各和颜悦色，异口同声：

"太子远来，道行苦顿，愿意留下在此，以相娱乐，盘旋数日，稍申诚敬。若蒙允许，不胜欢迎！"

妃见太子不言不语，且如无睹无闻，就说：

"道行已久，儿女饥疲，若能住下数日，稍稍休息，当无妨碍。"

太子说：

"这怎么行？这怎么好？国王把我徙住檀特山中，上路不用监察军士，就因相信我若不到檀特山中，决不休息。今若停顿此地，半途而止，违国王命，不敬不诚。不敬不诚，不如无生！"

妃不再说，即便出城。一出城后，为时俄顷，城郭就已消失。

继续前行，到檀特山，山下有水，江面宽阔，波涛汹涌，为水所阻，不可渡越。

妃同太子说：

"水大如此，使人担忧！既无船舶，不见津梁，不如且住，待至水减再渡。"

太子说：

"这可不成，国王命令，我当入山一十二年，若在此住，是为违法。"

原来这水也同先前城郭相同，同为天帝所变化，用试太子。太子于法，虽一人独处，心复念念不忘，不敢有贰，故这时水中就长一山，山旋暴长，以堰断水，便可搴衣渡过。太子夫妇儿女过河以后，太子心想："水既有异，性分善恶，杀死诸人畜，必不可免，"因此回顾水面，嘱咐水道：

太子功德不恶，精进容易。"

隐士话说完后，指点太子住处。太子即刻就把住处安排起来，与金发曼坻各作草屋，男女分开，各用水果为饮食，草木为床褥。结绳刻木，记下岁月，待十二年满，再作归计。

太子儿名为耶利，年方七岁，身穿草衣，随父出入。女名脂拿延，年只六岁，穿鹿皮衣，随母出入。

山中自从太子来后，禽兽尽皆欢喜，前来依附太子。丁洄之池，皆生泉水。树木枯槁，重复花叶。诸毒消灭，不为人害。甘果繁茂，取用不竭。太子每天无事可作，就领带儿子，常在水边同禽兽游戏。或抛一白石到极远处，令雀鸟竞先衔回。或引长绳，训练猿猴，使之分队拔河。金发曼坻则带领女儿，采花拾果，作种种妇女事情。或用石墨，绘画野牛花豹于洞壁中。或用石针，刻镂土版，仿象云物，毕尽其状。几人生活，美丽如诗，韵律清肃，和谐无方。

那个时节，拘留国有一退伍军人，年将四十，方娶一妇。妇人端正无比，如天上人。退伍军人却丑陋不堪，状如魔鬼，阔嘴长头，肩缩脚短，身上疥疬，如镂花钿。妇人厌恶，如避蛇蝎，但名分既定，蛇蝎缠绕，不可拒绝，妇人就心中诅咒，愿其早死。这体面妇人一日出外挑水，路逢恶少流氓，各唱俚歌，笑其丑婿。"生来好马，独驮痴汉，马亦柔顺，从不踢啮。"

妇人挑水回家以后，就同那军人说：

"我刚出去挑水，在大路上，迎头一群痞子，笑我骂我，使我难堪。赶快为我寻找奴婢，来做事情，我不外出，人不笑我！"

军人说：

"我的贫穷，日月洞烛，一钱不名，为你所见。我如今向什么地方得奴得婢？"

妇人说：

"不得奴婢，你别想我，我要走去，不愿再说！"

军人相貌残缺，爱情完美，一听这话，心中惶恐，脸上变色，手脚打颤。

妇人记起一个近年传说，就向军人说道：

"我常常听人说及叶波国王太子须大拿，为人大方，坐施太剧，被国王放逐檀特山中。有一男一女，尚在身边，你去向他把小孩讨来，不会不肯！"

军人说：

"身为王子，取来作奴作婢，惟你妇人，有这打算，若一军人，不愿与闻。"

妇人说：

"他们不来，我便走去。利害分明，凭你拣选。"

那退伍军人，不敢再作任何分辩，即刻向檀特山出发。到大水边，心想太子，刚一着想，河中就有一船，尽其渡过。这退伍军人遂入檀特山，在山中各处找寻须大拿太子所在处。路逢猎师，问太子住处，猎师指示方向以后，就忽然不见。

退伍军人按照方向，不久便走到太子住处。太子正在水边，训练一熊伴人姿势泅水。遥见军人，十分欢喜，即刻向前迎迓，握手为礼，且相慰劳，问所从来。

退伍军人说：

"我为拘留国人，离此不近，久闻太子为人大方，乐善好施，故远远跑来，想讨一件东西回去。"

太子诚诚实实的说：

"可惜得很，你来较迟，我虽愿意帮忙，惟这时节，一切已尽，无可相赠。"

退伍军人说：

"若无东西，把那两个小孩子送我，我便带去，作为奴婢，做点小事，未尝不好。"

太子不言。退伍军人再三反复申求，必得许可。太子便说："你既远远跑来，为的是这一件事，你的希望，必有结果。"

那时两个小孩，正在同一老虎游戏，太子把两人呼来，嘱咐他们：

"这军人因闻你爸爸大名，从远远跑来讨你，我已答应，可随前去。此后一切，应听军人，不可违拗。"

太子即拖两儿小手，交给军人。两个小孩不肯随去，跪在太子面前，向太子说：

"国王种子，为人奴婢，前代并无故事，此时此地，有何因缘不可避免？"

太子说：

"天下恩爱，皆有别离，一切无常，何可固守？今天事情，并不离奇，好好上路，不用多说！"

两个小孩又说：

"好，好，我去我去，一切如命。为我谢母，今便永诀，恨阻时空，不可面别！我们俩若因为宿世命运，今天之事，不可免避，但想母亲失去我等以后，不知如何忧愁劳苦，何由自遣！"

退伍军人说：

"太子太子，我有话说。承蒙十分慷慨，送我一儿一女，我今既老且惫，手足无力，若小孩不欢喜我，一离开你以后，就向他们母亲方面跑去，我怎么办？你既为人大方，不厌求索，我想请你把那两个小孩，好好缚定，再送把我。"

太子就反扭两小孩手臂，令退伍军人用藤蔓自行紧缚，且系令相连，不可分开，自己总持绳头，即便走去。两个小孩不肯走去，退伍军人就用皮鞭抽打各处，血流至地，亦不顾惜。太子目睹，心酸泪落，泪所堕处，地为之沸。小孩走后，太子同一切禽兽，送至山麓，不见人影，方复还山。

那时各种禽兽皆随太子还至两小儿平时游戏处，号呼自扑，示心哀痛。小孩到半路中，用绳缠绕一银杏树，自相纠缪，不肯即走，希望母亲赶来。退伍军人仍用皮鞭重重抽打不已，两小孩因母亲不来，不能忍受鞭笞，就说：

"不要再打，我们上路！"上路以后，仰天呼喊："山神树神，一切怜悯，我今远去，为人作奴作婢，不知所止，不见我母心实不甘，请为传话母亲，疾来相见一别！"

金发曼坻，时正在山中拾取成熟自落果实，负荷满筐，正想带回住处，忽然左足发痒，右眼跳动，两乳喷汁，如受吮吸，心中十分希奇，以为平时未曾经验，必有大变，方作预示。或者小孩有何危险发生，不能自免，正欲母亲加以援救。想到此时，即刻弃去果筐，走还住处。有一狮子，因知太子把儿女给人，实为心愿，恐妃一回住处，由于母子情爱，障碍太子善心，就故意在一极窄路上，当道蹲据，不让金发曼坻走过。

妃子就说：

"狮子狮子，不要拦我，愿让一路，使我过身！"

狮子当时把头摇摇，表示不行。到后估计退伍军人业已走去很远，无法追赶，方站起身来，令妃通过。妃还住处，见太子独自坐在水边，瞑目无视。水边林际，不见两儿。即往草屋求索，也不在内。

便回到太子身边，追问小孩去处。

妃子说：

"我们小孩，现在何处？"太子不应。妃子发急，又说："你听我说，不要装聋，我们小孩，现在何处？快同我说，告我住处，不要隐瞒，使我发狂！"

妃子如此再三催促太子，太子依然不应。妃极愁苦，不知计策，就自怨自责："太子不应，增加迷惑，或我有罪，故有这事！"

太子许久方说：

"拘留国来一穷军人，向我把两个儿女讨走，我已送他带去多时！"

金发曼坻听说这话，惊吓呆定，如中一雷，躄地倒下，如太山崩。在地宛转啼哭，不可休止。

太子劝促譬解，不生效验，太子因此想起故事一个，就向失去儿女那个母亲来说：

"你不要哭，且听我说，这有理由，你不分明。这事有因有果，并不出于意外。你念过大经七章没有？经中故事，就是我等两人另一时节故事。那时我为平民，名鞞多卫，你为女子，名曰陀罗。你手中持好花七朵，我手中持银钱五百，我想买你好花，献给佛爷，你不接钱，送我二花，求一心愿。你当时说：愿我后世，作你爱人，恩怜永生，如大江水。我当时就同你相约：能得你作夫人，为幸多多，但我先前业已许愿，愿我爱人，一切能随我意见，不相忤逆，随在布施，不生吝悔。你当时所说，为一'可'字。今天我把小孩送人，你来啼哭，扰乱我心，来世爱怜，恐已因此割断！"

曼坻听过故事，心开意解，认识过去，只因心爱太子，坚强如玉，既然相信从布施中，可以使两人世世为夫妇，故不再哭，含泪微笑，且告太子：

"一切布施，皆随所便。"

那时有一大神，见太子大方慷慨，到此地步，就变作一人，比先前一时那退伍军人还更丑陋，来到太子住处，向太子表示自己此来希望：

"常闻太子乐善好施，不逆人意，来此不为别事，只因我年老丑恶，无人婚娶，请把那美丽贞淑金发曼坻与我，不知太子意思如何？"

太子说：

"好，你的希望，不会落空。你既爱她，把她带去，你能快乐，我也快乐！"

金发曼坻那时正在太子身旁，就说：

"今你把我送人，谁再来服侍你？"

太子说：

"若不把你送人，还说什么平等？"

太子不许妃再说话，就牵妃手交给那古怪丑人。大神见太子舍施一切，毫不悔吝，为之赞叹不已，天地皆动。这大神所变丑人，就把曼坻拖去，行至七步，只复回头，重把曼坻交给太子，且说：

"不要给人，小心爱护！"

太子说：

"既已相赠，为何不取？"

那丑人说：

"我不是人，只是一神，因知慷慨，故来试试。你想什么，你要什么，凡能为力，无不遵命。"

曼坻即为行礼，且求三愿：一愿从前把小孩带去的退伍军人，仍然把小孩卖至叶波国中；二愿两个小孩不苦饥渴；三愿太子同妃，早得还国。那大神一一允许。又问太子，所愿何在。

太子说：

"愿令众生，皆得解脱，无生老病死之苦。"

大神说：

"这个希望，可大了点，所愿特尊，力所不及，且待将来，大家商量！"

话已说毕，忽然不见。

那时拘留国退伍军人，业已把两个小孩，带回家中，妇人一见，就在门前挡着，大骂退伍军人：

"你这坏人，心真残忍。这两小孩，皆国王种子，你竟毫无慈心，鞭打如此！今既全身溃烂，脓血成疮，放在家中，有何体面！赶快为我拖上街去，卖给别人，另找奴婢，不能再缓！"

军人唯唯听命，依然用藤缚执，牵上街衢，找寻主顾。军人心想居奇发财，取价不少，人嫌价贵货劣，莫不嗤之以鼻。辗转多日，乃引至叶波国。

既至叶波国中，行通衢中，叫卖求售。大臣人民认识是太子儿女，大王冢孙，举国惊奇，悲哀不已。诸臣民就问退伍军人，凭何因缘，得这小孩。退伍军人说："我非拐骗，实向其爸爸讨得！"有些人民，就想夺取，且想殴打军人，发泄悲愤。中有一懂事明理长者，在场制止众人卤莽行动，提议说道：

"这件事情，不能如此了事。目前情形，实为太子乐于成人之善，以至于此。今若强夺，违太子意，不如即此禀告国王，使王明白。王既公正，自当出钱购买。"

诸臣禀告国王，国王闻言，大惊失色，即刻下谕宣取退伍军人带领小孩入宫。王与王后，并二万夫人，及诸宫女从官，遥见两儿，萎悴异常，非复先前丰腴，莫不哽咽。

国王问询退伍军人：

"何从得到这两小孩？"

退伍军人说：

"我向太子求丐得到，所禀是实。"

国王即喊近两个小孩，把绳索解除，想同小孩拥抱接吻，小孩皆哭泣闪避，若有所忌，不肯就抱。

国王问退伍军人，应当出多少钱，方可买得这一男一女，退伍军人一时不知如何索价，未便作答，小孩同时便说：

"男值银钱一千，公牛一百头，女值金钱二千，母牛二百头。"

国王说：

"男子人类所尊重，如今何故男贱女贵？"

男孩便说：

"国王听说，未必近实。后宫彩女，与王无亲无戚，或出身微贱，或但婢使，王所爱幸，便得尊贵。今王独有一子，反放逐深山，毫不关心，所以明白显然，知必男贱女贵！"

国王听说，感动非常，悲哀号泣，如一妇人。且因王孙耶利慧颖杰出，爱之深切，就说：

"耶利耶利，我很对你父子不起。你已回国，为什么不让我抱你吻你？你生我气，还是怕这军人？"

小孩说：

"我不恨你，我不怕他。本是王孙，今为奴婢，安有奴婢受国王拥抱？故我不敢就王拥抱！"

国王闻言，倍增悲怆，即一切如其所言，照数付出金银牛物与退伍军人，再呼两儿，儿即就抱。王抱两孙，手摩小头，口吻各处创伤，问其种种经过。又问两孙：

"你爸爸妈妈，在山中住下，如何饮食，如何生活？"

两个小孩一一作答，具悉其事。国王即遣派一大臣，促迎太子。那大臣到山中时，把国王口谕，转告太子，并告一切近事，促太子回国。太子回答：

"国王放逐我远离家国，山中思过，一十二年为期，今犹三年，为守国法，年满当归！"

大臣回国如太子所说，禀启国王，国王用羊皮纸，亲自作一手书，又命一大臣，把手书带去，送给太子。那书信说：

"……一切过去，即应忘怀，你极聪明，岂不了解？去时当忍，来时亦忍，即便归来，不胜悬念！"

太子得信以后，向南作礼，致谢国王恕其已往罪过。便与金发曼坻，商量回国。

山中禽兽，闻太子夫妇将回本国，莫不跳跃宛转，自扑于地，号呼不止，诉陈慕思。泉水为之忽然涸竭，奇花异卉，因此萎谢。百鸟毁羽折翅，如有所丧。一切变异，皆为太子。

太子与妃同还本国，在半路中。先是太子出国前后情形，三年以来，为世传述，远近皆知，敌国怨家，设诈取象，种种经过，亦皆全在故事中间。心有所恶，赎罪无方，此时太子回国，敌国怨家，探知消息，即派遣大使，装饰所骗白象，金鞍银勒，锦毯绣披，用金瓶盛满金米，用银瓶盛满银米，等候在太子所经过大道中，以还太子，并具一谢过公文，恭敬而言：

"前骗白象，愚痴故耳。因我之事，太子放逐。故事传闻，心为内恶。赎罪无方，食息难处。今闻来还，欢喜踊跃。兹以宝象奉还太子，愿垂纳受，以除罪尤！"

太子告彼大使，请以所言转告：

"过去之事，疚心何益。譬如有人，设百味食，持上所爱，其人食之，吐呕在地，岂复香洁？今我布施，亦若吐呕，吐呕之物，终还不受！速乘象去，见汝国王，委屈使者，远劳相问。"

于是大使即骑象还归，白王一切，即因此象，两国敌怨，化为仁慈，且因此故，两国人民，皆感觉人不自私其所爱，牺牲之美，不可仿佛。

太子回国，国王骑象出迎，太子便与国王相见，各致相思，互相拥抱，相从还宫。国中人民，莫不欢喜，散花烧香，以待太子。

从此以后，国王便把库藏钥匙，交付太子，不再过问。太子恣意布施，更胜于前。

故事说完以后，在座诸人，莫不神往。赞美声音，不绝于耳。商人也扬扬自得，重新记起一个被大众所欢迎的名人风度，学作从容，向人微笑，把头向左向右，点而又点。

有一个身儿瘦瘦的乡下人，在故事中对于商人措词用字有所不满，对于屋中掌声有所不满，就说：

"各位先生，各位兄弟，请稍停停，听我说话。叶波国王太子，大方慷慨，施舍珍宝，前无古人，如此大方，的确不错。但从诸位对于这故事所给的掌声看来，诸位行为，正仿佛是预备与那王子媲美，所不同的，不过一为珍宝，一为掌声而已。照我意见说来，这个故事，既由那位老板，用古典文字叙述，我等只须由任何一人，起立大声说说：'佳哉，故事！'酬谢，就已相称，不烦如此拍掌。拍掌过久，若为另一敌国怨家，来求慈悲，诸位除掌声以外，还有什么？"

那时节山中正有老虎吼声，动摇山谷，众人闻声，皆为震慑。那人在火光下一面整理自己一件东西一面就说：

"各位先生，你们赞美王子行为，以为王子牺牲自己，人格高尚，远不可及。现在山头老虎，就正饥饿求食，谁能砍一手掌，丢向山涧喂虎没有？"

各人面面相觑，不作回答。那人就向众人留个微笑，匆匆促促，把门拉开，向黑暗中走去了。

大家皆以为这人必为珠宝商人说的故事所感化，梦想牺牲，发痴发狂，出门舍身饲虎的，因此互相议论不已。并且以为由于义侠，应当即刻出门援救这人，不能尽其为虎吃去。但所说虽多，却无一人胆敢出门。珠宝商人，则以为自己所说故事，居然如此有力，使人发生影响，舍身饲虎，故极自得。见众人议论之后，继以沉默，便造作一个谎话，以为被这故事感动而舍身饲虎的事情，数到这人，业已是第三个。众人皆愿意听听另外两个人牺牲的情形，愿意听听那个谎话。

店主人明白若自己再不说话，误会下去，行将使所有旅客，失去快乐，故赶忙站起，含笑告给众人，出门的人，为虎而去，虽是事实，但请放心，不必难过。原来那人是一个著名猎户。众人闻言，莫不爽然自失，珠宝商人，想再诌出另外那两次牺牲案件，一时也诌不出了，就装作疲倦，低头睡觉。因装睡熟，必得装成毫无知觉，故一只绣花拖鞋，分明为火烧去，也不在意。一个市侩能因遮掩羞辱，牺牲一双拖鞋，事不常见，故附记在此，为这故事作一结束。

为张小五辑自《太子须大拿经》

一九三三年一月，于青岛

阿黑小史

《阿黑小史》1933年3月由新时代书局初版。
原目收录小说作品:《油坊》《秋》《雨》《病》
《婚前》。现补入《〈阿黑小史〉序》。

《阿黑小史》序

若把心沉下来，则我能清清楚楚的看一切世界。冷眼作旁观人，于是所见到的便与自己离得渐远，与自己分离，仿佛更有希望近于所谓"艺术"了。这不过是我自己所感觉到的吧。其实我是无从把我自己来符合一种完整成熟的艺术典型的。由文句到篇章都还在摸索试探中取得逐渐进展，一个明眼人是看得出的。由此证明，有些人认为我"文法不通"，完全是一种事实。

这个小册子，便是我初步试用客观叙述方法写成而觉得合乎自己希望的。文字某些部分似乎更拙更怪，也极自然。不过我却正想在这单纯中将我的处理人事方法，索性转到我自己的一条路上去。其不及大家名家善于用美丽漂亮语汇长句，也许可以借此分别出我只是一个不折不扣真正"乡巴佬"，我原本不必在这个名称下加以否认的。其实我的思想、行为和衣服，仿佛全都不免与时髦违悖，这缺陷，虽明白也只有尽其继续下去，并不图设法补救，如今且近于有意来作乡巴佬了。

或者还有人，厌倦了热闹城市，厌倦了不诚实的眼泪与血，厌倦了体面绅士的"古典主义"，厌倦了新旧乔装的载道文学，这样人，读我这本书时，或能得到一点趣味。我心想这样人大致目前和未来总还不会缺少。因此作为小册子付印，至少也还可作为个人从事这个工作多方面探索寻觅的一个纪录。

一九二八年十月末序于上海

油 坊

　　若把江南地方当全国中心，有人不惮远，不怕荒僻，不嫌雨水瘴雾特别多，向南走，向西走，走三千里，可以到一个地方，是我在本文上所说的地方。这地方有一个油坊，以及一群我将提到的人物。

　　先说油坊。油坊是比人还古雅的，虽然这里的人也还学不到扯谎的事。

　　油坊在一个坡上，坡是泥土坡，象馒头，名字叫圆坳。同圆坳对立成为本村东西两险隘的是大坳。大坳也不过一土坡而已。大坳上有古时碉楼，用四方石头筑成，碉楼上生草生树，表明这世界用不着军事烽火已多年了。在坳碉上，善于打岩的人，一岩打过去，便可以打到圆坳油坊的旁边。原来这乡村，并不大。圆坳的油坊，从大坳方面望来，望这油坊屋顶与屋边，仿佛这东西是比碉楼还更古。其实油坊是新生后辈。碉楼是百年古物，油坊年纪不过一半而已。

　　虽说这地方平静，人人各安其生业，无匪患无兵灾，革命也不到这个地方来，然而五年前，曾经为另一个大县分上散兵骚扰过一次，给了地方人教训，因此若说村落是城池，这油坊，已似乎关隘模样的东西了。油坊是本村关隘，这话不错的。地方不忘记散兵的好处，增加了小心谨慎，练起保卫团是五年了。油坊的墙原本也是石头筑成，墙上打了眼，可以打枪，预备风声不好时，保卫团就来此放枪放炮。

实际上，地方不当冲，不会有匪，地方不富，兵不来。这时正三月，是油坊打油当忙的时候。山桃花已红满了村落，打桃花油时候已到，工人换班打油，还是忙，油坊日夜不停工，热闹极了。

虽然油坊忙，忙到不开交，从各处送来的桐子，还是源源不绝，桐子堆在油坊外面空坪简直是小山。

来送桐子的照例可以见到油坊主人，见到这个身上穿了满是油污邋遢衣衫的汉子，同他的帮手，忙到过斛上簿子，忙到吸烟，忙到说话，又忙到对年青女人亲热，谈养猪养鸡的事情，看来真是担心到他一到晚就会生病发烧。如果如此忙下去，这汉子每日吃饭睡觉有没有时间，也仿佛成了问题。然而成天这汉子还是忙。大概天生一个地方一个时间，有些人的精力就特别惊人，正如另一地方另一种人的懒惰一样。所以关心这主人的村中人，看到主人忙，也不过笑笑，随即就离了主人身边，到油坊中去了。

初到油坊才会觉得这是一个怪地方！单是那圆顶的屋，从屋顶透进的光，就使陌生人见了惊讶。这团光帮我们认识了油坊的内部一切，增加了它的神奇。

先从四围看，可以看到成千成万的油枯。油枯这东西，象饼子，象大钱，架空堆码高到油坊顶，绕屋全都是。其次是那屋正中一件东西；一个用石头在地面砌成的圆碾池，直径至少是三丈，占了全屋四分之一空间，三条黄牛绕大圈子打转，拖着那个薄薄的青砰石碾盘，碾盘是两个，一大一小。碾池里面是晒干了的桐子，桐子在碾池里，经碾盘来回的碾，便在一种轧轧声音下碎裂了。

把碾碎了的桐子末来处置，是两个年青人的事。他们是同在这屋里许多做硬功夫的人一样，上衣不穿，赤露了双膊。他们把一双强健有力的手，在空气中摆动，这样那样非常灵便的把桐子末用一大块方布包裹好，双手举起放到一个锅里去，这个锅，这时则正沸腾着一锅热水。锅的水面有凸起的铁网，桐末便在锅中上蒸，上面还有大的木盖。桐末在锅中，不久便蒸透了，蒸熟了。两个年青人，看到了火色，便赶快用大铁钳将那一大包桐子末取出，用铲铲取这原料到预先扎好的草兜里，分量在习惯下已不会相差很远，大小则有铁箍在。包好了，用脚踹，用大的木槌敲打，把这东西捶扁了，于是抬到榨上去受罪。

油榨在屋的一角，在较微暗的情形中，凭了一部分屋顶光同灶火光，大的粗的木柱纵横的罗列，铁的皮与铁的钉，发着青色的滑的反光，使人想起古代故事中说的处罚罪人的"人榨"的威严。当一些包以草束以铁业已成饼的东西，按一种秩序放到架上以后，打油人，赤着膊，腰边围了小豹之类的兽皮，挽着小小的发髻，把大小不等的木楔依次嵌进榨的空处去，便手扶了那根长长的悬空的槌，唱着简单而悠长的歌，訇的撒了手，尽油槌打了过去。

反复着，继续着，油槌声音随着悠长歌声荡漾到远处去。一面是屋正中的石碾盘，在三条黄牯牛的缓步下转动，一面是熊熊的发着哮吼的火与沸腾的蒸汽弥漫的水，一面便是这长约三丈的一段圆而且直的木在空中摇荡；于是那从各处远近村庄人家送来的小粒的桐子，便在这样行为下，变成稠粘的，黄色的，半透明的黄流，流进地下的油槽了。

这油坊，正如一个生物，嚣杂纷乱与伟大的谐调，使人认识这个整个的责任是如何重要。人物是从主人到赶牛小子，一共数目在二十以上。这二十余人在一个屋中，各因职务不同作着各样事情，在各不相同的工作上各人运用着各不相同的体力，又交换着谈话，表示心情的暇裕，这是一群还是一个，也仿佛不是用简单文字所能解释清楚。

但是，若我们离开这油坊，一里两里，我们所能知道这油坊是活的，是有着人一样的生命，而继续反复制作一种有用的事物的，将从什么地方来认识？一离远，我们就不能看到那如山堆的桐子仁，也看不到那形势奇怪的房子了。我们也不知那怪屋里是不是有三条牯牛拖了那大石磨盘打转。也不知灶中的火还发吼没有。也不知那里是空洞死静的还是一切全有生气的。是这样，我们只有一个办法，就是听那打油人唱歌，听那跟随歌声起落仿佛为歌声作拍的洪壮的声音。从这歌声，与油槌的打击的闷重声音上，我们就俨然看出油坊中一切来了。这歌声与打油声，有时二三里以外还可以听到，是山中庄严的音乐，庄严到比佛钟还使人感动，能给人气力，能给人静穆与和平。从这声音可以使人明白严冬的过去，一个新的年分的开始，因为打油是从二月开始。且可以知道这地方的平安无警，人人安居乐业，因为地方有了警戒是不能再打油的。

　　油坊是简单约略介绍过了。与这油坊有关系的，还有几个人。

　　要说的人，并不是怎样了不得的大人物，我们已经在每日报纸上，把一切历史上有意义的阔人要人脸貌、生活、思想、行为看厌了。对于这类人永远感生兴趣的，他不妨去作小官，设法同这些人接近。我说的人只是那些不逗人欢喜，生活平凡，行为简朴，思想单纯的乡下人。然而这类人，在许多人生活中，同学问这东西一样疏远的。

　　领略了油坊，就再来领略一个打油人生活，也不为无意义——我就告你们一个打油的一切吧。

　　这些打油人，成天守着那一段悬空的长木，执行着类乎刽子手的职务，手干摇动着，脚步转换着，腰儿勾着扶了那油槌走来走去，他们可不知那一天所作的事，出了油出了汗以外还出了什么。每天到了换班时节，就回家。人一离开了打油槌，歌也便离开口边了。一天的疲劳，使他觉得非喝一杯极浓的高粱酒不可，他于是乎就走快一点。到了家，把脚一洗，把酒一喝，或者在灶边编编草鞋，或者到别家打一点小牌。有家庭的就同妻女坐到院坝小木板凳上谈谈天，到了八点听到岩上起了更就睡。睡，是一直到第二天五更才作兴醒的。醒来了，天还不大亮，就又到上工时候了。

一个打油匠生活，不过如此如此罢了。不过照例这职业是一种专门职业，所以工作所得，较之小乡村中其他事业也独多，四季中有一季工作便可以对付一年生活，因此这类人在本乡中地位也等于绅士，似乎比考秀才教书还合算。

可是这类人，在本地方真是如何稀少的人物啊！

天黑了，在高空中打团的鹰之类也渐渐的归林了，各处人家的炊烟已由白色变成紫色了，什么地方有妇人尖锐声音拖着悠长的调子喊着阿牛阿狗的孩子小名回家吃饭了，这时圆坳的油坊停工了，从油坊中走出了一个人。这个人，行步匆匆象逃难，原来后面还有一个小子在追赶。这被追赶的人跟跟跄跄的滑着跑着在极其熟习的下坡路上走着，那追赶他的小子赶不上，就在后面喊他。

"四伯，四伯，慢走一点，你不同我爹喝一杯，他老人家要生气了。"

他回转头望那追赶他的人黑的轮廓，随走随大声的说：

"不，道谢了。明天来。五明，告诉你爹，我明天来。"

"那不成，今天炖得有狗肉！"

"你多吃一块好了。五明小子你可以多吃一块，再不然帮我留一点明早我来吃。"

"那他要生气！"

"不会的。告你爹，我有点小事，要到西村张裁缝家去。"

说着这样话的这个四伯，人已走下圆坳了，再回头望声音所来处的五明，所望到的是轮廓模糊的一团，天是真黑了。

他不管五明同五明爹，放弃了狗肉同高粱酒，一定要急于回家，是因为念着家中的女儿。这中年汉子，惟一的女儿阿黑，正有病发烧，躺在床不能起来，等他回家安慰的。他的家，去油坊上半里路，已属于另外一个村庄了，所以走到家时已经是五筒丝烟的时候了。快到了家，望到家中却不见灯光，这汉子心就有点紧。老老远，他就大声喊女儿的名字。他心想，或者女儿连起床点灯的气力也没有了。不听到么，这汉子就更加心急。假若是，一进门，所看到的是一个死人，那这汉子也不必活了。他急剧的又忧愁的走到了自己家门前，用手去开那栅栏门。关在院中的小猪，见有人来，以为是喂料的阿黑来了，就群集到那边来。

他暂时就不开门，因为听到屋的左边有人走动的声音。

"阿黑，阿黑，是你吗？"

"爹，不是我。"

故意说不是她的阿黑，却跑过来到她爹的身边了，手上拿的是一些仿佛竹管子一样的东西。爹见了阿黑是又欢喜又有点埋怨的。

"怎么灯也不点，我喊你又不应？"

"饭已早煮好了。灯我忘记了。我没听见你喊我，我到后面园里去了。"

作父亲的用手摸过额角以后，阿黑把门一开，先就跑进屋里去了，不久这小瓦屋中有了灯光。

又不久，在一盏小小的清油灯下，这中年父亲同女儿坐在一张小方桌边吃晚饭了。

吃着饭，望到女儿脸还发红，病显然没好，父亲把饭吃过一碗也不再添。阿黑是十七八岁的人了，知道父亲发痴的理由，就说："一点儿病已全好了，这时人并不吃亏。"

"我要你规规矩矩睡睡，又不听我说。"

"我睡了半天，因为到夜了天气真好，天上有霞，所以起来看，就便到后园去砍竹子，砍来好让五明作箫。"

"我担心你不好，所以才赶忙回来。不然今天五明留我吃狗肉，我哪里就来。"

"爹你想吃狗肉我们明天自己炖一腿。"

"你哪里会炖狗肉？"

"怎么不会？我可以问五明去。弄狗肉吃就是脏一点，费事一点。爹你买来拿到油坊去，要烧火人帮烙好刮好，我必定会办到好吃。"

"等你病好了再说吧。"

"我好了，实在好了。"

"发烧要不得！"

"发烧吃一点狗肉，以火攻火，会好得快一点。"

乖巧的阿黑，并不想狗肉吃，但见到父亲对于狗肉的倾心，所以说自己来炖。但不久，不必亲自动手，五明从油坊送了一大碗狗肉来了。被他爹说了一阵怪他不把四伯留下，五明退思补过，所以赶忙送了一大青花海碗红焖狗肉来。虽说是来送狗肉，其实还是为另外一样东西，比四伯对狗肉似乎还感到可爱。五明为什么送狗肉一定要亲自来，如同做大事一样，不管天晴落雨，不管早夜，这理由只有阿黑心中明白！

"五明，你坐。"阿黑让他坐，推了一个小板凳过去。

"我站站也成。"

"坐，这孩子，总是不听话。"

"阿黑姐，我听你的话，不要生气！"

于是五明坐下了。他坐到阿黑身边驯服到象一只猫。坐在一张白木板凳上的五明，看灯光下的阿黑吃饭，看四伯喝酒夹狗肉吃。若说四伯的鼻子是为酒糟红，使人见了仿佛要醉，那么阿黑的小小的鼻子，可不知是为什么如此逗人爱了。

"五明，再喝一杯，陪四伯喝。"

"我爹不准我喝酒。"

"好个孝子，可以上传。"

"我只听人说过孝女上传的故事，姐，你是传上的。"

"我是说你假，你以为你真是孝子吗？你爹不许你作许多事，似乎都背了爹作过了，陪四伯吃杯酒就怕爹骂，装得真象！"

"冤枉死我了，我装了些什么？"

四伯见五明被女儿逼急了，发着笑，动着那大的酒糟鼻，说阿黑应当让五明。

"爹，你不知道他，人虽小，顶会扯谎。"

大约是五明这小子的确在阿黑面前扯过不少的谎，证据被阿黑拿到手上了，所以五明虽一面嚷着冤枉了人，一面却对阿黑瞪眼，意思是告饶。

"五明，你对我瞪眼睛做什么鬼？我不明白。"说了就纵声笑。五明直急了，大声嚷：

"是，阿黑姐，你这时不明白，到后我要你明白呀！"

"五明你不要听阿黑的话，她是顶爱窘人的，不理她好了。"

"阿黑，"这汉子又对女儿说，"够了。"

"好，我不说了，不然有一个人眼中会又有猫儿尿。"

五明气突突的说：“是的，猫儿尿，有一个人有时也欢喜吃人家的猫儿尿！”

“那是情形太可怜了。”

“那这时就是可笑”——说着，碗也不要，五明抽身走了。阿黑追出去，喊小子。

“五明，五明，拿碗去！要哭就在灯下哭，也好让人看见！”

走去的五明不做声，也不跑，却慢慢走去。

阿黑心中过意不去，就跟到后面走。

“五明，回来，我不说了。回来坐坐，我有竹子，你帮我做箫。”

五明心有点动，就更慢走了点。

“你不回来，那以后就……什么也完了。”

五明听到这话，不得不停了脚步。他停顿在大路边，等候赶他的阿黑。阿黑到了身边，牵着这小子的手，往回走。这小子泪眼婆娑，仍然进到了阿黑的堂屋，站在那里对着四伯勉强作苦笑。

“坐，当真就要哭了，真不害羞。”

五明咬牙齿，不作声。四伯看了过意不去，帮五明的忙，说阿黑：

“阿黑，你就忘记你被毛朱伯笑你的情形了。让五明点吧，女人家不可太逞强。”

“爹你袒护他。”

“怎么袒护他？你大点，应当让他一点才对。”

“爹以为他真象是老实人，非让他不可。爹你不知道，有个时候他才真不老实！”

“什么时候？”作父亲的似乎不相信。

“什么时候么？多咧多！”阿黑说到这话，想起五明平素不老实的故事来，就笑了。

阿黑说五明不是老实人，这也不是十分冤枉的。但当真若是不老实人，阿黑这时也无资格打趣五明了。说五明不老实者，是五明这小子，人虽小，却懂得许多事，学了不少乖，一得便，就想在阿黑身上撒野，那种时节五明决不能说是老实的，即或是不缺少流猫儿尿的机会。然而到底不中用，所以不规矩到最后，还是被恐吓收兵回营，仍然是一个在长者面前的老实人。这真可以说，既然想不老实，又始终作不到，那就只有尽阿黑调谑一个办法了。

五明心中想的是报仇方法，却想到明天的机会去了。其实他不知不觉用了他的可怜模样已报仇了。因为模样可怜，使这打油人有与东家作亲家的意思，因了他的无用，阿黑对这被虐待者也心中十分如意了。

五明不作声，看到阿黑把碗中狗肉倒到土钵中去，看到阿黑洗碗，看到阿黑……到后是把碗交到五明手上，另外塞了一把干栗子在五明手中，五明这小子才笑。

借口说怕院坝中猪包围，五明要阿黑送出大门，出了大门却握了阿黑的手不放，意思还要在黑暗中亲一个嘴，算抵销适间被窘的账。把阿黑手扯定，五明也觉得阿黑是在发烧了。

"姐，干吗，手这么热？"

"我有病，发烧。"

"怎不吃药？"

"一点儿小病。"

"一点儿，你说的！你的全是一点儿，打趣人家也是，自己的事也是。病了不吃药那怎么行。"

"今天早睡点，吃点姜，发发汗明早就好了。"

"你真使人担心！"

"鬼，我不要你假装关切，我自己会比你明白点。"

"你明白，是呀，什么事你都明白，什么事你都能干，我说的就是假关切，我又是鬼……"

五明小子又借此撒起赖来，他又要哭了。

听到呜咽，阿黑心软了，抱了五明用嘴烫五明的嘴，仿佛喂五明一片糖。

五明挣脱身，一气跑过一条田塍去了。

秋

　　到了七月间，田中禾苗的穗已垂了头，成黄色，各处忙打谷子了。

　　这时油坊歇息了，代替了油坊打油声音的是各处田中打禾的声音。用一二百铜钱，同到老酸菜与臭牛肉雇来的每个打禾人，一天亮起来到了田中，腰边的镰刀象小锯子，下田后，把腰一勾，齐人高的禾苗，在风快的行动中，全只剩下一小桩，禾的束全卧在田中了。

　　在割禾人后面，推着大的四方木桶的打禾人，拿了卧在地上的禾把在手，高高的举起快快的打下，把禾在桶的边沿上痛击，于是已成熟的谷粒，完全落到桶中了。

　　打禾的日子是热闹的日子，庄稼人心中有丰收上仓的欢喜，一面有一年到头的耕作快到了休息时候的舒畅，所有人，全是笑脸!

　　慢慢的，各个山坡各个村落各个人家门前的大树下，把稻草堆成高到怕人的巨堆，显见的是谷子已上仓了。这稻草的堆积，各处可见到，浅黄的颜色，伏在叶已落去了的各种大树下，远看便象一个庞大兽物。有些人家还将这草堆作屋，就在草堆上起居，以便照料那些山谷中晚熟的黍类薯类。地方没有盗贼，他们怕的是野猪，野猪到秋天就多起来了。

　　这个时候五明家油坊既停了工，五明无可玩，五明不能再成天守

192

到碾子看牛推磨了，牛也不需要放出去吃草了，就是常上山去捡柴。捡柴不一定是家中要靠到这个卖钱，也不是烧火乏柴，五明的家中剩余的油松柴，就不知有几千几万。五明捡柴，一天捡回来的只是一捆小枯枝，一捆花，一捆山上野红果。这小子，出大门，佩了镰刀，佩了烟管，还佩了一支短笛，这三样东西只有笛子合用。他上山，就是上山在西风中吹笛子给人听！

把笛子一吹，一匹鹿就跑来了。笛子还是继续吹，鹿就呆在小子身边睡下，听笛子声音醉人。来的这匹鹿有一双小小的脚，一个长长的腰，一张黑黑的脸同一个红红的嘴。来的是阿黑。

阿黑的爹这时不打油，用那起着厚的胼胝的扶油槌的手在乡约家抹纸牌去了。阿黑成天背了竹笼上山去，名义也是上山捡柴扒草，不拘在什么地方，远虽远，她听得出五明笛子的声音。把笛子一吹，阿黑就象一匹小花鹿跑到猎人这边来了。照例是来了就骂，骂五明坏鬼，也不容易明白这"坏"意义究竟是什么。大约就因为五明吹了笛，唱着歌，唱到有些地方，阿黑虽然心欢喜，正因为欢喜，就骂起"五明坏鬼"来了。阿黑身上并不黑，黑的只是脸，五明唱歌唱到——

"娇妹生得白又白，情哥生得黑又黑。黑墨写在白纸上，你看合色不合色？"

阿黑就骂人。使阿黑骂人，也只怪得是五明有嘴。野猪有一张大的嘴巴，可以不用劲就把田中大红薯从土里掘出，吃薯充饥。五明嘴不大，却乖劣不过，唱歌以外不单是时时刻刻须用嘴吮阿黑的脸，还时时刻刻想用嘴吮阿黑的一身。且嗜好不良，怪脾气顶多，还有许多说不出的铺排，全似乎要口包办，都有使阿黑骂他的理由。一面骂是骂，一面要作的还是积习不改，无怪乎阿黑一见面就先骂"五明坏鬼"了。

五明又怪又坏，心肝肉圆子的把阿黑哄着引到幽僻一点稻草堆下去，且别出心裁，把草堆中部的草拖出，挖空成小屋，就在这小屋中，陪阿黑谈天说地，显得又谄媚又温柔。有时话说得不大得体，使一个人生了气想走路，五明因为要挽留阿黑，就设法把阿黑一件什么东西藏到稻草堆的顶上去，非到阿黑真有生气样子时不退。

阿黑人虽年纪比五明大，知道许多事情，知道秋天来了，天气冷，"着凉"也是应当小心注意；可是就因为五明是"坏鬼"脾气坏，心坏，嗜好的养成虽日子不多也是无可救药。纵有时阿黑一面说着"不行""不行"，到头仍然还是投降，已经也有过极多例子了。

天气是当真一天一天冷下来了。中秋快到，纵成天是大太阳挂到天空，早晚是仍然有寒气侵人，非衣夹袄不可了。在这样的天气下，阿黑还一听到五明笛子就赶过去，这要说是五明罪过也似乎说不过去！

八月初四是本地山神的生日，人家在这一天都应当用鸡用肉用高粱酒为神做生。五明的干爹，那个头缠红帕子作长毛装扮的老师傅，被本地当事人请来帮山神献寿谢神祝福，一来就住到亲家油坊里。来到油坊的老师傅，同油坊老板换着烟管吃烟，坐到那碾子的横轴上谈话，问老板的一切财运，打油匠阿黑的爹也来了。

打油匠是听到油坊中一个长工说是老师傅已来，所以放下了纸牌跑来看老师傅的。见了面，话是这样谈下去：

"油匠，您好！"

"托福。师傅，到秋天来，你财运好！"

"我财运也好，别的运气也好，妈个东西，上前天，到黄砦上做法事，半夜里主人说夜太长，请师傅打牌玩，就架场动手。到后作师傅的又作了宝官庄家，一连几轮庄，撒十遇天骡，足足六十吊，散了饷。事情真做不得，法事不但是空做，还倒贴。钱输够了天也不亮，主人倒先睡着了。"

"亲家，老庚，你那个事是外行，小心是上了当。"油坊老板说，喊老师傅做亲家又喊老庚，因为他们又是同年。

师傅说："当可不上。运气坏是无办法。这一年运气象都不大好。"

师傅说到运气不好，就用力吸烟，若果烟气能象运气一样，用口可以吸进放出，那这位老师傅一准赢到不亦乐乎了。

他吸着烟，仰望着油坊窗顶，那窗顶上有一只蝙蝠倒挂在一条橡皮上。

"亲家，这东西会作怪，上了年纪就成精。"

"什么东西？"老板因为同样抬头，却见到两条烟尘的带子。

"我说檐老鼠，你瞧，真象个妖精。"

"成了妖就请亲家捉它。"

"成了妖我恐怕也捉不到，我的法子倒似乎只能同神讲生意，不能同妖论本事！"

"我不信这东西成妖精。"

"不信呀，那不成。"师傅说，记起了一个他也并不曾亲眼见到的故事，信口开河说，"真有妖。老虎峒的第二层，上面有斗篷大的檐老鼠，能做人说话，又能呼风唤雨，是得了天书成形的东西。幸好是它修炼它自己，不惹人，人也不惹它，不然可了不得。"

为证明妖精存在起见，老师傅不惜在两个朋友面前说出丢脸的话，他说他有时还得为妖精作揖，因为妖精成了道也象招安了的土匪一样，不把他当成副爷款待可不行。他又说怎么就可以知道妖精是有根基的东西，又说怎么同妖精讲和的方法。总之这老东西在亲家面前只是一个喝酒的同志，穿上法衣才是另外一个老师傅！其实，他做着捉鬼降妖的事已有二三十年，却没有遇到一次鬼。他遇到的倒是在人中不缺少鬼的本领的，同他赌博，把他打觔斗唱神歌得来的几个钱全数掏去。他同生人说打鬼的法力如何大，同亲家老朋友又说妖是如何凶，可是两面说的全是鬼话，连他自己也不明白自己法力究竟比赌术精明多少。

这个人，实在可以说是好人，缺少城中法师势利习气，唱神歌跳舞磕头全非常认真，又不贪财，又不虐待他的徒弟。可是若当真有鬼有妖，花了钱的他就得去替人降伏。他的道法，究竟与他的赌术哪样高明一点，真是难说的事！

谈到鬼，谈到妖，老师傅记起上几月为阿黑姑娘捉鬼的事，就问打油匠女儿近来身体怎样。

打油匠说，"近来人全好了，或者是天气交了秋，还发了点胖。"

关于肥瘦，渊博多闻的老师傅，又举出若干例，来说明鬼打去以后病人发胖的理由，且同时不嫌矛盾，又说是有些人被鬼缠身反而发胖，颜色充实。

那老板听到这两种不同的话，就打老师傅的趣，说，"亲家，那莫非这时阿黑丫头还是有鬼缠到身上！"

老师傅似乎不得不承认这话，点着头笑，老师傅笑着，接过打油匠递来的烟管，吸着烟，五明同阿黑来了。阿黑站到门外边，不进来，五明就走到老师傅面前去喊干爷，又回头喊四伯。

打油人说，"五明，你有什么得意处，这样笑。"

"四伯，人笑不好么？"

"我记到你小时爱哭。"

"我才不哭！"

"如今不会哭了，只淘气。"作父亲的说了这样话，五明就想走。

"走哪儿去？又跑？"

"爹，阿黑大姐在外面等我，她不肯进来。"

"阿黑丫头，来哎！"老板一面喊一面走出去找阿黑，五明也跟着跑了出去。

五明的爹站到门外四望，望不到阿黑。一个大的稻草堆把阿黑隐藏了。五明清白，就走到草堆后面去。

"姐，你躲到这里做什么？我干爹同四伯他们在谈话，要你进去！"

"我不去。"

"听我爹喊你。"

的确那老板是在喊着的，因为见到另一个背竹笼的女人下坡去，以为那走去的是阿黑了，他就大声喊。

五明说，"姐，你去吧。"

"不。"

"你听，还在喊！"

"我不耐烦去见那包红帕子老鬼。"

为什么阿黑不愿意见包红帕子老鬼？不消说，是听到五明说过那人要为五明做媒的缘故了。阿黑怕一见那老东西，又说起这事，所以不敢这时进油坊。五明是非要阿黑去油坊玩玩不可，见阿黑坚持，就走出草堆，向他父亲大声喊，告阿黑在草堆后面。

阿黑不得不出来见五明的爹了。五明的爹要她进去，说她爹也在里面，她不好意思不进油坊去。同时进油坊，阿黑对五明鼓眼睛，作生气神气，这小子这时只装不看见。

见到阿黑几乎不认识的是那老法师。他见到阿黑身后是五明，就明白阿黑其所以肥与五明其所以跳跃活泼的理由了。老东西对五明独做着会心的微笑。老法师的模样给阿黑见到，使阿黑脸上发烧。

"爹，我以为你到萧家打牌去了。"

"打牌又输了我一吊二，我听到师傅到了，就放手。可是正要起身，被团总扯着不许走，再来一牌，却来了一个回笼子青花翻三层台，里外里还赢了一吊七百几。"

"爹你看买不买那王家的脚猪？"

"你看有病不有。"

"病是不会，脚是有一只了，我不知好不好。"

"我看不要它，下一场要油坊中人去新场买一对花猪好。"

"花猪不行，要黑的，配成一个样子。"

"那就是。"

阿黑无话可说了，放下了背笼，从背笼中取出许多带球野栗子同甜萝卜来，又取出野红果来，分散给众人，用着女人的媚笑说请老师傅尝尝。五明正爬上油榨，想验看油槽里有无蝙蝠屎，见到阿黑在俵分东西，跳下地，就不客气的抢。

老师傅冷冷的看着阿黑的言语态度，觉得干儿子的媳妇再也找不出第二个了。又望望这两个作父亲的人，也似乎正是一对亲家，他在心中就想起作媒第一句的话来了。他先问五明，说，

"五明小子，过来我问你。"

五明就走过干爹这边来。

老师傅附了五明的耳说，"记不记到我以前说的那话。"

五明说，"记不到。"

"记不到，老子告你，你要不要那个人做媳妇？说实话。"

五明不答，用手掩两耳，又对阿黑做鬼样子，使阿黑注意这一边人说话情景。

"不说我就告你爹，说你坏得很。"

"干爹你冤枉人。"

"我冤枉你什么？我老人家，鬼的事都知道许多，岂有不明白人事的道理。告我实在话，若欢喜要干爹帮忙，就同我说，不然打油匠总有一天会用油槌打碎你的狗头。"

"我不作什么哪个敢打我？"

"我就要打你，"老师傅这时可高声了，他说，"亲家，我以前同你说那事怎样了？"

"怎么样？干爹这样担心干吗。"

"不担心吗？你这作爹的可不对。我告你小孩子是已经会拜堂了的人，再不设法将来会捣乱。"

五明的爹望五明笑，五明就向阿黑使眼色，要她同到出去，省得被窘。

阿黑对她爹说，"爹，我去了。今天回不回家吃饭？"

五明的爹就说："不回去吃了，在这里陪师傅。"

"爹不回去我不煮饭了，早上剩得有现饭。"阿黑一面说，一面把背笼放到肩上，又向五明的爹与老师傅说，"伯伯，师傅，请坐。我走了。无事回头到家里吃茶。"

五明望到阿黑走，不好意思追出去。阿黑走后干爹才对打油人说道："四哥，你阿黑丫头越发长得好看了。"

"你说哪里话，这丫头真不懂事。一天只想玩，只想上天去。我预备把她嫁到一远乡里去，有阿婆阿公，有妯娌弟妹，才管教得成人，不然就只好嫁当兵人去。"

五明听阿黑的爹的话心中就一跳。老师傅可为五明代问出打油人的意见了，那老师傅说，"哥，你当真舍得嫁黑丫头到远乡去吗？"

　　打油人不答，就哈哈笑。人打哈哈笑，显然是自己所说的话是一句笑话，阿黑不能远嫁也分明从话中得到证明了。进一步的问话是阿黑究竟有了人家没有，那打油人说还没有。他又说，媒人是上过门有好几次了，因为只这一个女儿，不能太妈虎，一面问阿黑，阿黑也不愿，所以事情还谈不到。

　　五明的爹说，"人是不小了，也不要太妈虎，总之这是命，命好的先不好往后会好。命坏的好也会变坏。"

　　"哥，你说得是，我是做一半儿主，一半让丫头自己；她欢喜我总不反对。我不想家私，只要儿郎子弟好，过些年我老了，骨头松了，再不能作什么时，可以搭他们吃一口闲饭，有酒送我喝，有牌送我打，就算享福了。"

　　"哥，把事情包送我办好了，我为你找女婿。——亲家，你也不必理五明小子的事，给我这做干爹的一手包办。——你们就打一个亲家好不好？"

　　五明的爹笑，阿黑的爹也笑。两人显然是都承认这提议有可以商量继续下去的必要，所以一时无话可说了。

　　听到这话的五明，本来不愿意再听，但想知道这结果，所以装不明白神气坐到灶边用砖头砸栗球吃。他一面剥栗子壳一面用心听三人的谈话，旋即又听到干爹说道，

　　"亲家，我这话是很对的。若是你也象四哥意思，让这没有母亲的孩子自己作一半主，选择自己意中人，我断定他不会反对他干爹的意见。"

　　"师傅，黑丫头年纪大，恐怕不甚相称吧。"

"四哥，你不要客气，你试问问五明，看他要大的还是要小的。"

打油人不问五明，老师傅就又帮打油人来问。他说，"喂，不要害羞，我同你爹说的话你总已经听到了。我问你，愿不愿意把阿黑当做床头人喊四伯做丈人？"

五明装不懂。

"小东西，你装痴，我问你的是要不要个女人，要就赶快给干爹磕头，干爹好为你正式做媒。"

"我不要。"

"你不要那就算了，以后再见你同阿黑在一起，就教你爹打断你的腿。"

五明不怕吓，干爹的话说不倒五明，那是必然的。虽然愿意阿黑有一天会变成自己的妻，可是口上说要什么人帮忙，还得磕头，那是不行的。一面是不承认，一面是逼到要说，于是乎五明只有走出油坊一个办法了。

五明走出了油坊，就赶快跑到阿黑家中去。这一边，三个中年汉子，亲家作不作倒不甚要紧，只是还无法事可作的老师傅，手上闲着发鸡爪风，得找寻一种消遣的办法，所以不久三人就邀到团总家去打丁字福纸牌去了。

且说五明，钻进阿黑的房里去时是怎样情景。

阿黑正怀想着古怪样子的老师傅，她知道这个人在念经翻筋斗以外总还有许多精神谈闲话，闲话的范围一推广，则不免就会说到自己身上来，所以心正怔忡着。事情果不出意料以外，不但谈到了阿黑，且谈到一件事情，谈到五明与阿黑有同意的必然的话了，因为报告这话来到阿黑处的五明，一见阿黑的面就痴笑。

"什么事，鬼？"

"什么事呀！有人说你要嫁了！"

"放屁！"

"放屁放一个，不放多。我听到你爹说预备把你嫁到黄罗寨去，或者嫁到麻阳吃稀饭去。"

"我爹是讲笑话。"

"我知道。可是我干爹说要帮你做媒，我可不明白这老东西说的是谁。"

"当真不明白吗？"

"当真不，他说是什么姓周的。说是读书人，可以做议员的，脸儿很白，身个儿很高，穿外国人的衣服，是这种人。"

"我不愿嫁人，除了你我不……"

"他又帮我做媒，说有个女人……"

"怎样说？"阿黑有点急了。

"他说女人长得象观音菩萨，脸上黑黑的，眉毛长长的，名字是阿黑。"

"鬼，我知道你是在说鬼话。"

"岂有此理！我明白说吧，他当到我爹同你爹说你应当嫁我了，话真只有这个人说得出口！"

阿黑欢喜得脸上变色了。她忙问两个长辈怎么说。

"他们不说。他们笑。"

"你呢？"

"他问我，我不好意思说我愿不愿，就走来了。"

阿黑歪头望五明，这表示要五明亲嘴了，五明就走过来抱阿黑。他又说，"阿黑，你如今是我的妻了。"

"是你的，永远不！"

"我是你的丈夫，要你做什么你就应当做。"

"我不相信你的话。"

"应当相信我的话，……"

"放屁，说呆话我要打人。"

"你打我我就去告干爹，说你欺侮我小，磨折我。"

阿黑气不过，当真就是一个耳光。被打痛了的五明，用手擦抚着脸颊，一面低声下气认错，要阿黑陪他出去看落坡的太阳以及天上的霞。

站在门边望天，天上是淡紫与深黄相间。放眼又望各处，各处村庄的稻草堆，在薄暮的斜阳中镀了金色。各个人家炊烟升起以后又降落，拖成一片白幕到坡边。远处割过禾的空田坪，禾的根株作白色，如用一张纸画上无数点儿。一切景象全仿佛是诗，说不出的和谐，说不尽的美。

在这光景中的五明与阿黑，倚在门前银杏树下听晚蝉，不知此外世界上还有眼泪与别的什么东西。

病

　　包红帕子的人来了，来到阿黑家，为阿黑打鬼治病。

　　阿黑的病更来得不儿戏了，一个月来发烧，脸庞儿红得象山茶花，终日只想喝凉水。天气渐热，井水又怕有毒，害得老头子成天走三里路到万亩田去买杨梅。病是杨梅便能止渴。但杨梅对于阿黑的病也无大帮助。人发烧，一到午时就胡言乱语，什么神也许愿了，什么药也吃过了，如今是轮到请老巫师的最后一着了。巫师从十里外的高坡塘赶来，是下午烧夜火的时候。来到门前的包红帕子的人，带了一个徒弟，所有追魂捉鬼用具全在徒弟背上扛着。老师傅站在阿黑家院坝中，把牛角搁在嘴边，吹出了长长的悲哀而又高昂的声音，惊动了全村，也惊动了坐在油坊石碾横木的五明。他先知道了阿黑家今天有师傅来，如今听出牛角声音，料到师傅进屋了，赶忙喝了一声，把牛喝住，跑下了横木，迈过碾槽，跑出了油坊，奔到阿黑这边山来了。

　　五明到了阿黑家时老师傅已坐在坐屋中喝蜜水了，五明就走过去问师傅安。他喊这老师傅作干爹，因为三年前就拜给这人作干儿子了。他蹲到门限上去玩弄老师傅的牛角。这是老师傅的法宝，用水牛角作成，颜色淡黄，全体溜光，用金漆描有花纹同鬼脸，用白银作哨，用银链悬挂，五明欢喜这东西，如欢喜阿黑一样。这时不能同阿黑亲嘴，所以就同牛角亲嘴了。

"五明孩子，你口洗没洗，你爱吃狗肉牛肉，有大蒜臭，是沾不得法宝的！"

"哪里呢？干爹你嗅。"

那干爹就嗅五明的嘴，亲五明的颊，不消说，纵是刚才吃过大蒜，经这年高有德的人一亲，也把肮脏洗净了。

喝了蜜水的老师傅吃吸烟，五明就献小殷勤为吹灰。

那师傅，不同主人说阿黑的病好了不曾，却同阿黑的爹说：

"四哥，五明这孩子将来真是一个好女婿。"

"当真呢，不知谁家女儿有福气。"

"是呀！你瞧他！年纪小虽小，多乖巧。我每次到油坊那边见到他爹，总问我这干儿子有屋里人了没有，这作父亲的总摇头，象我是同他在讲桐子生意，故意抬高价。哥，你……"

阿黑的爹见到老师傅把事情说到阿黑事情上来了，望一望蹲在一旁玩牛角的五明，抿抿嘴，不作声。

老师傅说，"五明，听到我说的话了么？下次对我好一点，我帮你找媳妇。"

"我不懂。"

"你不懂？说的倒真象。我看你样子是懂得比干爹还多！"

五明于是红脸了，分辩说，"干爹冤枉人。"

"我听说你会唱一百多首歌，全是野的，跟谁学来？"

"也是冤枉。"

"我听萧金告我，你做了不少大胆的事。"

"萧金呀，这人才坏！他同巴古大姐鬼混，人人都知道，谁也不瞒，有资格说别个么？"

"但是你到底作过坏事不？"

五明说，"听不懂你的话。"

说了这话的五明，红着脸，望了望四伯，放下了牛角，站起身来走到院坝中撵鸡去了。

老师傅对这小子笑，又对阿黑的爹笑。阿黑的爹有点知道五明同阿黑的关系了。然而心中却不象城里作父亲的偏狭，他只忧愁的微笑。

小孩子，爱玩，天气好，就到坡上去玩玩，只要不受凉，原不是什么顶坏的事。两个人在一块，打打闹闹并不算大不了事体。人既在一块长大，懂了事，互相欢喜中意，非变成一个不行，作父亲的似乎也无反对理由。

使人顽固是假的礼教与空虚的教育，这两者都不曾在阿黑的爹脑中有影响，所以这时逐鸡的五明，听到阿黑嚷口渴，不怕笑话，即刻又从干爹身边跑过，走到阿黑房中去了。

阿黑的房是旧瓦房，一栋三开间，以堂屋作中心，则阿黑住的是右边一间。旧的房屋一切全旧了，壁板与地板，颜色全失了原有黄色，转成浅灰色，窗用铁条作一格，又用白纸糊木条作一格，又有木板护窗：平时把护窗打开，放光进来。怕风则将糊纸的一格放下。到夜照例是关门。如今阿黑正发烧，按理应避风避光，然而阿黑脾气坏，非把窗敞开不行，所以作父亲的也难于反对，还是照办了。

这房中开了窗子，地当西，放进来的是一缕带绿色的阳光。窗外的竹园，竹子被微风吹动，竹叶率率作响。真仿佛与病人阿黑形成极其调和的一幅画。带了绿色的一线阳光，这时正在地板上映出一串灰尘返着晶光跳舞，阿黑却伏在床上，把头转侧着。

用大竹筒插了菖蒲与月季的花瓶，本来是五明送来摆在床边的，这时却见到这竹筒里多了一种蓝野菊。房中粗粗疏疏几件木器，以及一些小钵小罐，床下一双花鞋。伏在床上的露着红色臂膀的阿黑，一头黑发散在床沿，五明不知怎样感动得厉害，却想哭了。

昏昏迷迷的阿黑，似乎听出有人走进房了，也不把头抬起，只嚷渴。

"送我水，送我水……"

"姐，这壶里还有水！"

似乎仍然听得懂是五明的话，就抱了壶喝。

"不够。"

五明于是又为把墙壁上挂的大葫芦取下，倒出半壶水来，这水是五明小子尽的力，在两三里路上一个洞里流出的洞中泉，只一天，如今摇摇已快喝到一半了。

第二次得了水又喝，喝过一阵，人稍稍清醒了，待到五明用手掌贴到她额上时，阿黑睁了眼睛望到床边的五明。

"姐，你好点了吧？"

"嗯。"

"你认识我么？"

阿黑不即答，仿佛来注意这床边人。但并不是昏到认人不清，她是在五明脸上找变处。

"五明，怎么瘦许多了？"

"哪里，我肥多了，四伯还才说！"

"你瘦了。拿你手来我看。"

五明就如命，交手把阿黑，阿黑拿来放在嘴边。她又问五明，是不是烧得厉害。

"姐，你太吃亏了，我心中真难过。"

"鬼，谁要你难过？自己这几天玩些什么？告我刚才做了些什么？告我。"

"我正坐到牛车上，赶牛推磨，听到村中有牛角叫，知道老师傅来了，所以赶忙来。"

"老师傅来了吗？难怪我似乎听到人说话，我烧得人糊涂极了。"

五明望这房中床架上，各庙各庵黄纸符咒贴了不少，心想纵老师傅来帮忙，也恐怕不行，所以默然不语了。他想这发烧原由，或者倒是什么时候不小心的缘故，责任多半还是在自己，所以心中总非常不安，又不敢把这意思告阿黑的爹。他怕阿黑是身上有了小人。他的知识，只许可他对于睡觉养小孩子事模糊恍惚，他怕是那小的人在肚中作怪，所以他觉得老师傅也是空来。然而他还不曾作过做丈夫应作的事，纵作了也不算认真。

五明呆在阿黑面前许久，才说话。

"阿黑姐，你心里难过不难过？"

"你呢？"

这反问，是在另一时节另一情形另一地方的趣话。那时五明正躺在阿黑身边，问阿黑，阿黑也如此这般反问他。同样的是怜惜，在彼却加了调谑，在此则成了幽怨，五明眼红了。

"干吗呢？"

五明见到阿黑注了意，又怕伤阿黑的心，所以忙回笑，说眼中有刺。

"小鬼，你少流一点猫儿尿好了，不要当到我假慈悲。"

"姐，你是病人，不要太强了，使我难过！"

"我使你难过！你是完全使我快活么？你说，什么时候使我快活？"

"我不能使你快活，我知道。我人小⋯"

话被阿黑打断了，阿黑见五明真有了气，拉他倒在床上了。五明摸阿黑全身，象是一炉炭，一切气全消了，想起了阿黑这时是在病中了，再不能在阿黑前说什么了。

五明不久就跪到阿黑床边，帮阿黑拿镜子让阿黑整理头发，因老师傅在外面重吹起牛角，在招天兵天将了。

因为牛角，五明想起吹牛角的那干爹说的话来了，他告与阿黑。他告她"干爹说我是好女婿，但愿我作这一家人的女婿。谁知道女婿是早作过了。"

"爹怎么说？"

"四伯笑。"

"你好打防备他，有一天一油槌打死你这坏东西，若是他老人家知道了你的坏处。"

"我为什么坏？我又不偷东西。"

"你不偷东西，你却偷了……"

"说什么？"

"说你这鬼该打。"

于是阿黑当真就顺手打了五明一耳光，轻轻的打，使五明感到打的舒服。

五明轮着眼，也不生气，感着了新的饥饿，又要咬阿黑的舌子了。他忘了阿黑这时是病人，且忘了是在阿黑的家中了，外面的牛角吹得呜呜喇喇，五明却在里面同阿黑亲嘴半天不放。

到了天黑，老师傅把红缎子法衣穿好，拿了宝刀和鸡子，吹着牛角，口中又时时刻刻念咒，满屋各处搜鬼，五明就跟到这干爹各处走。因为五明是小孩子，眼睛清，可以看出鬼物所在。到一个地方，老师傅回头向五明，要五明随便指一个方向，五明用手一指，老师傅样子一凶，眼一瞪，脚一顿，把鸡蛋对五明所指处掷去，于是俨然鬼就被打倒了，捉着了。鸡蛋一共打了九个，五明只觉得好玩。

五明到后问干爹，到底鬼打了没有，那老骗子却非常正经说已打尽了鬼。

法事做完后，五明才回去，那干爹师傅因为打油人家中不便留宿，所以到亲家油坊去睡，同五明一路。五明在前打火把，老师傅在中，背法宝的徒弟在后，他们这样走到油坊去。在路上，这干爹又问五明，在本村里看中意了谁家姑娘，五明不答应。老师傅就说回头将同五明的爹做媒，打油匠家阿黑姑娘真美。

大约有道法的老师傅，赶走打倒的鬼是另外一个，却用牛角拈来了另一个他意料不到的鬼，就是五明。所以到晚上，阿黑的烧有增无减。若要阿黑好，把阿黑心中的五明歪缠赶去，发发汗，真是容易事！可惜的是打油人只会看油的成色，除此以外全无所知，捉鬼的又反请鬼指示另一种鬼的方向，糟踏了鸡蛋，阿黑的病就只好继续三十天了。

阿黑到后怎样病就有了起色呢？却是五明要到桐木寨看舅舅接亲吃酒，一去有十天。十天不见五明，阿黑不心跳，不疲倦，因此到作成了老师傅的夸口本事，鬼当真走了，病才慢慢退去，人也慢慢的复原了。

回到圆坳，吃酒去的五明，还穿了新衣，就匆匆忙忙跑来看阿黑。时间是天已快黑，天上全是霞。屋后已有纺织娘纺车，阿黑包了花帕子，坐到院坝中石碌碡上，为小猪搔痒。阿黑身上也是穿得新浆洗的花布衣，样子十分美。五明一见几乎不认识，以为阿黑是作过新嫁娘的人。

"姐，你好了！"

阿黑抬头望五明，见五明穿新衣，戴帽子，白袜青鞋，知道他是才从桐木寨吃酒回来，就笑说，"五明，你是作新郎来了。"

这话说错了，五明听的倒是"来此作新郎"不是"作过新郎来"，他忙跑过去，站到阿黑身边。他想到阿黑的话要笑，忘了问阿黑是什么时候病好的。

在紫金色薄暮光景中，五明并排坐到阿黑身边了。他觉阿黑这时可以喊作阿白，因为人病了一个月，把脸病白了，他看阿黑的脸，清瘦得很，不知应当如何怜爱这个人。他用手去摸阿黑下巴，阿黑就用口吮五明的手指，不作声。

在平时，五明常说阿黑是观音，只不过是想赞美阿黑，找不出好句子，借用来表示自己低首投降甘心情愿而已。此时五明才真觉得阿黑是观音！那么慈悲，那么清雅，那么温柔，想象观音为人决不会比这个人更高尚又更近人情。加以久病新瘥，加以十天远隔，五明觉得为人幸福象做皇帝了。

婚　前

　　五明一个嫁到边远地方的姑妈，是个有了五十岁的老太太，因为听到五明侄儿讨媳妇，带了不少的礼物，远远的赶来了。

　　这寡妇，年纪有一把，让她那个儿子独自住到城中享福，自己却守着一些山坡田过日子。逢年过节时，就来油坊看一次，来时总用背笼送上一背笼吃的东西给五明父子，回头就背三块油枯回去，用油枯洗衣。

　　姑妈来时五明父子就欢喜极了。因为姑妈是可以作母亲的一切事，会补衣裳，会做鞋，会制造干菜，会说会笑，这一家，原是需要这样一个女人的！脾气奇怪的毛伯，是常常因为这老姊妹的续弦劝告，因而无话可说，只说是请姑妈为五明的婚事留心的。如今可不待姑妈来帮忙，五明小子自己倒先把妻拣定了。

　　来此吃酒的姑妈，是吃酒以外还有做媒的名分的。不单是做媒，她又是五明家的主人。她又是阿黑的干妈。她又是送亲人。因此这老太太，先一个多月就来到五明油坊了。她是虽在一个月以前来此，也是成天忙，还仿佛是来迟了一点的。

　　因为阿黑家无女人作主，这干妈就又移住到阿黑家来，帮同阿黑预备嫁妆。成天看到这干女儿，又成天看到五明，这老太太时常欢得到流泪。见到阿黑的情形，这老太太却忘了自己是五十岁的人，常常把自己作嫁娘时的蠢事情想起好笑。她还深怕阿黑无人指教，到时无所措手足，就用着长辈的口吻，指点了阿黑许多事，又背了阿黑告给五明许多事。这好人，她哪里明白近来的小男女，这事情也要人告才会，那真是怪事了。

　　当到姑妈时，这小子是规矩到使老人可怜的。姑妈总说，五明儿子，你是象大人了，我担心你有许多地方不是一个大人。这话若是另一个知道这秘密的人说来，五明将红脸。因为这话说到"不是大人"，那不外乎指点到五明不懂事，但"不懂事"这话，是不够还是多余？天真到不知天晴落雨，要时就要，饿了非吃不行，吃够了又分手，这真不算是大人！一个大人他是应当在节制以及悭吝上注意的，即或是阿黑的身，阿黑的笑和泪，也不能随便自己一要就拿，不要又放手。

　　姑妈在一对小人中，看阿黑是比五明老成得多的。这个人在干妈面前，不说蠢话，不乱批评别人，不懒，不对老辈缺少恭敬。一个乖巧的女人，是常常能把自己某一种美德显示给某种人，而又能把某一种好处显示给另外一种人，处置得当，各处都得到好评的。譬如她，这老姑妈以为是娴静，中了意，五明却又正因为她有些地方不很本分，所以爱得象观音菩萨了。

　　日子快到了，差八天。这几天中的五明，倒不觉得欢喜。虽说从此以后阿黑是自己家里的人，要顽皮一点时，再不能借故了，再不能推托了，可是谁见到有人把妻带到山上去胡闹过的事呢？天气好，趣味好，纵说适宜于在山上玩一切所要玩的事情，阿黑却不行，这也是五明看得出的。结了婚，阿黑名分上归了五明，一切好处却失去了。在名分与事实上方便的选择，五明是并不看重这结婚的。在未做喜事以前的一月以来，五明已失去了许多方便，感到无聊；距做喜事的日子一天接近一天，五明也一天惶恐一天了。

今天在阿黑的家里，他碰到了阿黑，同时有姑妈在身边。姑妈见五明来，仿佛以为不应当。她说，"五明孩子你怎么不害羞?"

"姑妈，我是来接你老人家过油坊的，今天家里杀鸡。"

"你爹为什么不把鸡煮好了送到这边来?"

"另外有的，接伯伯也过去，只她（指阿黑）在家中吃。"

"那你就陪到阿黑在一块吃饭，这是你老婆，横顺过十天半月总仍然要在一起!"

姑妈说这话，意思是五明未必答应，故意用话把小子窘倒，试小子胆量如何。其实巴不得，五明意思就但愿如此。他这几日来，心上痒，脚痒，手痒，只是无机会得独自同阿黑在一处。今天天赐其便，正是好机会。他实在愿意偷偷悄悄乘便在做新郎以前再做几回情人，然而姑妈提出这问题时，他看得出姑妈意思，他说："那怎么行?"

姑妈说："为什么不行?"

小子无话答，是这样，则显然人是顶腼腆的人，甚至于非姑妈在此保镖，连过阿黑的门也不敢了。

阿黑对这些话不加一点意见，姑妈的忠厚把这个小子仿佛窘到了。五明装痴，一切俨然，只使阿黑在心上好笑。

姑妈谁知还有话说，她又问阿黑，"怎么样，要不要一个人陪?"阿黑低头笑。笑在姑妈看来也似乎是不好意思，其实则阿黑笑五明着急，深怕阿黑不许姑妈去，那真是磕头也无办法的一件事。

可不，姑妈说了。她说不去，因为无人陪阿黑。

五明看了阿黑一会，又悄悄向阿黑努嘴，用指头作揖。阿黑装不见到，也不说姑妈去，也不说莫去。阿黑是在做鞋，低头用口咬鞋帮上的线，抬头望五明，做笑样子。

"姑妈，你就去吧，不然……是要生气的。"

"什么人会生我的气？"

"总有人吧，"说到这里的五明，被阿黑用眼睛吓住了。其实这句话若由阿黑说来，效用也一样。

阿黑却说，"干妈，你去，省得他们等。"

"去自然是去，我要五明这小子陪你，他不好意思。不好意思我就不去。"

"你老人家不去，或者一定把他留到这里，他会哭。"阿黑说这话，头也不抬，不抬头正表明打趣五明。"你老人家就同他去好了，有些人，脾气生来是这样，劝他吃东西就摆头，说不饿，其实，他……"

五明不愿意听下去了，大声嘶嚷，说非去不行，且拖了姑妈手就走。

姑妈自然起身了，但还要洗手，换围裙。"五明你忙什么？有什么事情在你心上，不愿在此多呆一会？"

"等你吃！还要打牌，等你上桌子！"

"姑妈这几天把钱已经输完了，你借吧。"

"我借。我要账房去拿。"

"五明，你近来真慷慨了，若不是新娘子已到手，我还疑心你是要姑妈做媒，才这样殷勤讨好！"

"做媒以外自然也要姑妈。"阿黑说了仍不抬头。五明装不听见。

姑妈说，"要我做什么？，姑妈是老了，只能够抱小孩子，别的事可不中用。"姑妈人是好人，话也是好话，只是听的人也要会听。

阿黑这时轮到装成不听见的时候了，用手拍那新鞋，作大声，五明则笑。

过了不久剩阿黑一个人在家中，还是在纳鞋想一点蠢事，想到好笑时又笑。一个人，忽然象一匹狗跳进房中来，吓了她一跳。

这个人是谁，不必说也知道。正如阿黑所说，"劝他吃摇头，无人时又悄悄来偷吃"的。她的一惊不是别的，倒是这贼来得太快。

头仍然不抬，只顾到鞋，开言道：

"鬼，为什么就跑来了？"

"为什么，你不明白么？"

"鬼肚子里的事我哪里明白许多。"

"我要你明白的。"

五明的办法，是扳阿黑的头，对准了自己；眼睛对眼睛，鼻子对鼻子，口对口。他做了点呆事，用牙齿咬阿黑的唇，被咬过的阿黑，眼睛斜了，望五明的手。手是那只右手，照例又有撒野的意思了，经一望到，缩了转去，摩到自己的耳朵。这小子的神气是名家画不出的。他的行为，他的心，都不是文字这东西写得出。说到这个人好坏，或者美丑，文字这东西已就不大容易处置了，何况这超乎好坏以上的情形。又不要喊，又不要恐吓，凡事见机，看到风色，是每一个在真实的恋爱中的男子长处。这长处不是教育得来，把这长处用到恋爱以外也是不行的，譬如说，要五明这时来做诗，自然不能够。但他把一个诗人呕尽心血写不成的一段诗景，表演来却恰恰合式，使人惊讶。

"五明，你回去好了，不然他们不见到你，会笑。"

"因为怕他们笑，我就离开了你？"

"你不怕，为什么姑妈要你留到这里，又装无用，不敢接应？"

"我为什么这样蠢，让她到爹面前把我取笑。"

"这时他们哪里会想不到你是到这里？"

"想！我就让他们想去笑去，我不管！"

到此，五明把阿黑手中的鞋抢了，丢到麻篮内去，他要人搂他的腰，不许阿黑手上有东西妨碍他。把鞋抢去，阿黑是并不争的，因为明知争也无益。"春官进门无打发是不走路的。米也好，钱也好，多少要一点。"而且例是从前所开，沿例又是这小子最记心好的一种，所以凡是五明要的，在推托或慷慨两种情形下，总之是无有不得。如今是不消说如了五明的意，阿黑的手上工作换了样子，她在施舍一种五明所要的施舍了。

五明说，"我来这里你是懂了。我这身上要人抱。"

"那就走到场上去请抱斗卖米的经纪抱你一天好了。为什么定要到这里来？"

"我这腰是为你这一双手生的。"

阿黑笑，用了点力。五明的话是敷得有蜜，要通不通，听来简直有点讨嫌，所谓说话的冤家。他觉到阿黑用了力，又说道，"姐，过一阵，你就不会这样有气力了，我断定你。"

阿黑又用点力。她说，"鬼，你说为什么我没有力？"

"自然，一定，你……"他说了，因为两只手在阿黑的肩上，就把手从阿黑身后回过来摸阿黑的肚子。"这是姑妈告我的。她说是怎么怎么，不要怕，你就变妇人了。——她不会知道你已经懂了许多的。她又不疑我。她告我时是深怕有人听的。——她说只要三回或四回（五明屈指），你这里就会有东西长起来，一天比一天大，那时你自然就没有力气了。"

说到了这里，两人想起那在梦里鼓里的姑妈，笑做一团。也亏这好人，能够将这许多许多的好知识，来在这个行将作新郎的面前说告！也亏她活了五十岁，懂得到这样多！但是，记得到阿黑同五明这半年来日子的消磨方法的，就可明白这是怎么一种笑话了。阿黑是要五明做新郎来把她变成妇人吗？五明是要姑妈指点，才会处置阿黑吗？

"鬼，你真短命！我是听不完一句就打了岔的。"

"你打岔她也只疑是你不好意思听。"

"鬼！你这鬼仅仅是只使我牙齿痒，想在你脸上咬一口的！"

五明不问阿黑是说的什么话，总而言之脸是即刻凑上了，既然说咬，那就请便，他一点不怕。姑妈的担心，其实真是可怜了这老人，事情早是在各种天气上，各种新地方，训练得象采笋子胡葱一样习惯了。五明哪里会怕，阿黑又哪里会怕。

背了家中人，一人悄悄赶回来缠阿黑，五明除了抱，还有些什么要作，那是很容易明白的。他的坏想头在行为上有了变动时，就向阿黑用着姑妈的腔调说，"这你不要怕。"这天才，处处是诗。

这可不行啊！天气不是让人胡闹的春天夏天，如今是真到了只合宜那规矩夫妇并头齐脚在被中的天气！纵不怕，也不行。不行不是无理由，阿黑有话。

"小鬼，只有十天了！"

"是呀！就只十天了！"

阿黑的意思是只要十天，人就是五明的人了，既然是五明的人，任什么事也可以随意不拘，何必忙。五明则觉得过了这十天，人住在一块，在一处吃，一处做事，一处睡，热闹倒真热闹，只是永远也就无大白天来放肆的机会了。

他们争持了一会。不规矩的比平常更不规矩，不投降的也比平常更坚持得久，决不投降。阿黑有更好的不投降理由，一则是在家中，一则是天冷。姑妈在另一意义上告给阿黑的话，阿黑却记下来了。在家中不是可以放肆的地方，有菩萨，有神，有鬼，不怕处罚，倒象是怕笑。瞒了活人不瞒了鬼神，许多女人是常常因了这念头把自己变成更贞节了的。

"阿黑，你是要我生气，还是要我磕头呢？"

"随你的意，欢喜怎么样就怎么样，生气也好，磕头也好。"

"你是好人，我不能生你的气！"

"我不是好人，你就生气吧。"

"你'不要怕'，姑妈说的，你是怕……"

"放狗屁。小鬼你要这样，回头姑妈回来时，我就要说，说你专会谎老人家，背了长辈做了不少坏事情。"

五明讪讪的不怕，总而言之不怕，还是歪缠。说要告，他就说：

"要告，就请。但是她问到同谁胡闹，怎样闹法，我要你也说给她听。你不说，我能不打自招，就告她'三回或者四回，就有东西长起来'，你为什么又没有？我还要问她！"

五明挨打了，今天嘴是特别多。双双引证姑妈的话拿来当笑话说，究竟阿黑在正式做新娘以前，会不会有东西慢慢长起来，阿黑不告他，他也不知道。虽说有些事，是并不象姑妈说的俨然大事了。然而要问五明，懂到为什么就有孩子，他并不比他人更清楚一点的。他只晓得那据说有些人怕的事，是有趣味、好玩，比爬树、泅水、摸鱼、偷枇杷吃还来得有趣味。春天的花鸟太阳，当然不是为住在大都会中的诗人所有，象他这样的人，才算不虚度过一个春天。好的春天是过去了，如今是冬了，不知天时是应当打一两下哩。

被打的五明，生成贱骨头，在阿黑面前是被打也才更快活的。不能让他胡闹，非打他两下不行。要他闹，也得打。又不是被打吓怕，因此就老实了，他是因为被打，就俨然可以代替那另一件事的。他多数时节还愿意阿黑咬他，咬得清痛，他就欢喜。他不能怎样把阿黑虐待。至于阿黑，则多数是先把五明虐待一番。为了最后的胜利，为了把这小子的心搅热，都得打他骂他。

在嘴上得到的厉害已经得到以后，他用手，把手从虚处攻击。一面口上是议和的话，一面并不把已得的权利放弃，凡是人做的事他都去做。

姑妈来了一月，这一月来，天气又已从深秋转到冬，一切的不方便怪谁也不能！天冷了才作兴接亲的，姑妈的来又原是帮忙，五明在天时人事下是应当欢喜还是应当抱怨？真无话可说！

类乎磕头的事五明是作过了，作了无效，他只得采用生气一个方法。生气到流泪，则非使他生气的人来哄他不行。但哄是哄，哄的方法也有多种，阿黑今天所采用来对付五明眼泪的也只是那次一种。见到五明眼睛红了，她只放了一个关隘，许可一只手，到某一处。

过一阵。五明不够，觉得这样不行。

阿黑又宽松了一点。

过了一阵。仍不够。

"我的天，你这怎么办？"

"天是要做'天'的本分，在上头。"

"你要闹我就要走了，让你一个人在此。"

象是看透了阿黑，话是不须乎作答，虽说要走，然而还要闹。他到了这里来就存心不给阿黑安静的。且断定走也不能完事。使五明安静的办法，只是尽他顶不安静一阵。知道这办法又不作，只能怪阿黑的年纪稍长了。懂得节制的情人，也就是极懂得爱情的情人。然而决不是懂得五明的情人！今天的事在五明说来，阿黑可说是不"了解"五明的。五明不是"作家"，所以在此情形中并无多话可说，虽然懊恼，很少发挥。他到后无话可说了，咬自己下唇，表示不欢。

幸好这下唇是被自己所咬，这当儿，油坊来了人，喊有事。找五明的人会一直到这地方来，在油坊的长辈目中，五明的鬼是空的也显然的事。

来人说有事，要他回去。

平常极其听话的五明，这时可不然了，他向来人说，"告家中，不回来，等一会儿。"

没有别的，只好把来人出气，赶走了这来人以后的五明，坐到阿黑身边只独自发笑，象灶王菩萨儿子"造孽"怪可怜。

阿黑望到这个人好笑，她说："照一照镜，看你那可怜样儿！"

"你看到我可怜就够了，我何必自己还要来看到我可怜样子呢？"

她当真就看，看了半天，看出可怜来了，她到后取陪嫁的新枕头给五明看。

今天的天气并不很冷。

雨

全说不明白，雨就落了这样久。乡村里打过锣了，放过炮了，还是落。落到满田满坝全是水，大路上更是水活活流着象溪，高崖处全挂了瀑布，雨都不休息。

因为雨，各处涨了水，各处场上的生意也做不成了，毛伯成天坐在家中捶草编打草鞋过日子。在家中，看到颠子五明的出出进进，象捉鸡的猫，虽戴了草笠，全身湿得如落水鸡公，一时唱，一时哭，一时又对天大笑，心中难过之至。

老人说："颠子，你坐到歇歇吧，莫这样了！"

"你以为我不会唱吗？"说了就放声唱："娇家门前一重坡，别人走少郎走多，铁打草鞋穿烂了，不是为你为哪个？"唱了又问他爹，"爹，你说我为哪一个？说呀！我为哪一个？喔，草鞋穿烂了，换一双吧。"于是就走到放草鞋的房中去，从墙上取下一双新草鞋来，试了又试，也不问脚是如何肮脏，套上一双新草鞋，又即刻走出去了。

老人停了木槌，望到这人后影就叹气，且摇头。头是在摇摆中，已白了一半了。

他为颠子想，为自己想，全想不出办法。事情又难于处置，与落雨一样，尽此下去谁知道将成什么样子呢？这老人，为了颠子的事，很苦得有了。颠子还在颠下去，不知道什么时候才会好。不好也罢，不好就死掉，那老人虽更寂寞更觉孤苦伶仃，但在颠子一方面，大致是不会有什么难过了。然而什么时候是颠子死的时候？说不定自己还先死，此后颠子就无人照料，到各村各家讨东西吃，还为人指手说这是报应。老人并不是做坏事的人，这眼前报应，就已给老人难堪了，哪里受得下那更苛刻的命运！

望到五明出去的毛伯，叹叹气，摇摇头，用劲打一下脚边的草把，眼泪挂在脸上了。象是雨落到自己头上，心中已全是冷冰冰的。他其实胸中已储满眼泪了，他这时要制止它外溢也不能了。

颠子五明这时到什么地方去了呢？他到了油坊，走到油坊的里面去，坐到那冷湿的废灶上发痴。谁也不知道这颠子一颗心是为什么跳，谁也不知颠子从这荒凉了的屋宇器物中要找些什么，又已经得到了什么。

这地方，如此的颓败，如此的冷落，若非当年见到这一切热闹兴旺的人，到此来决不会相信这里是曾经有人住过且不缺少一切的大地方，可是如今真已不成地方了。如今只合让蛇住，让蝙蝠住，让野狗野猫衔小孩子死尸来聚食，让鬼在此开会。地方坏到连讨饭的也不敢来住，所以地上已十分霉湿，且生了白毛，象《聊斋》中说的有鬼的荒庙了，阴气逼人的情形，除了颠子恐怕谁也当不住，可是颠子全不在乎。

颠子五明坐到灶头上，望四方，望椽皮和地下，望那屋角阴暗中矗然独立如阎王殿杀人架的油榨，望那些当年装油的破坛，望了又望仿佛感到极大兴味。他心中涌着的是先前的繁华光荣，为了这个回忆，他把目下的情形都忘了。

他大声的喊，"朋友，伙计，用劲！"这是对打油人说的。

他又大声的喊，向另一处，如象那拖了大的薄的石碾，在那屋的中心打大的圆圈的牛说话。他称呼那牛为懂事规矩的畜生，又说不准多吃干麦秆草，因为多吃了发喘。他因记起了那规矩的畜生有时的不规矩情形，非得用小鞭子打打不可，所以旋即跳下地来，如赶牛那末绕着屋子中心打转，且咄咄的吆喝牛，且扬手说打。

他又自言自语，同那烧火人叙旧，问那烧火人可不可以出外去看看溪边鱼罾。

"奇，鱼多呀！我看到他扳上了罾。我看到的是鲫鱼。我看得分明，敢打赌。我们河里今年不准毒鱼，这真是好事。那乡约，愿菩萨保佑他，他的命令保全了我的运气。我看你还是去捉它来吧。我们晚上喝酒，我出钱。你去吧，我可以帮你看火。你这差事我办得下的，你放心吧。……咄，弟兄，你怕他干什么，你说是我要你去，我老子也不会骂你。得了鱼，你就顺手破了，挖去那肠肚，这几天鱼上了子，吃不得。弟兄，信我话，快去。你不去，我就生气了！"

说着话的颠子五明，为证明他可以代替烧火人作事，就走到灶边去，捡拾着地上的砖头碎瓦，丢到灶眼内去。虽然灶内是湿的冷的，但东西一丢进去，在颠子看来，就觉得灶中因增加了燃料，骤然又生着煜煜光焰了，似乎同时因为加火，热度也增了，故又忙于退后一点，站远一点。

他高高兴兴在那里看火，口头吹着哨子。在往时，在灶边吹哨子，则火可以得风，必发哮。这时在颠子眼中，的确火是在发哮发吼了。灶中火既生了脾气，他乐得直跳。

他不止见到火哮，还见到油槌的摆动，见到黄牛在屋中打圈，见到高如城墙的油枯饼，见到许多人全穿生皮制造的衣裤在屋中各处走动！

他喊出许多人的名字，在仿佛得到回答的情形下，他还俏皮的作着小孩子的眉眼，对付一切工人，算是小主人的礼貌。

天上的雨越落越大，颠子五明却全不受影响。

…………

可怜悯的人，玩了大半天，一双新草鞋在油坊中印出若干新的泥迹，到自己发觉草鞋已不是新的时候，又想起所作的事情来了。

他放声的哭，外面是雨声和着。他哭着走到油榨边去，把手去探油槽，油槽中只是一窝黄色象马尿的积水。

为什么一切事变得如此风快？为什么凡是一个人就都得有两种不相同的命运？为什么昨天的油坊成了今天的油坊？颠子人虽胡涂，这疑问还是放到心上。

他记起油坊，已经好久好久不是当年的油坊的情形来了，他记起油坊为什么就衰落的原因，他记起同油坊一时衰败的还有谁。

他大声的哭，坐到一个破坛子上面，用手去试探坛中。本来贮油的坛子，也是贮了半满的一坛脏水，所以哭得更伤心了。

这雨去年五月落时，颠子五明同阿黑正在王家坡石洞内避雨。为避雨而来，还是为避别的，到后倒为雨留着，那不容易从五明的思想上分出了。那时，雨也有这末大，只是初落，还可以在天的另一方见到青天，山下的远处也还看得出太阳影子。雨落着，是行雨，不能够久留，如同他两人不能够久留到石洞里一样。

被五明缠够了的阿黑姑娘，两条臂膊伸向上，做出打哈欠的样子。五明怪脾气，却从她臂膊的那一端望到她胁下。那生长在不向阳地方的、转弯地方的，是细细的黄色小草一样的东西。

五明不怕唐突，对这东西出了神，到阿黑把手垂下，还是痴痴的回想撒野的趣味，被阿黑就打了一掌。

"你为什么打我？"

"因为你痴，我看得出，必定是想到裴家三巧去了。"

"你冤死了人了。"

"你赌咒你不是这样。"

"我敢赌！跑到天王面前也行，人家是正……"

"是什么，你说。"

"若不是正想到你，我明天就为雷打死。"

"雷不打在情人面前撒小谎的人。"

"你气死我了。你这人真……"五明仿佛要哭了，因为被冤，又说不过阿黑，流眼泪是这小子的本领之一种。

"这也流猫儿尿！小鬼！你一哭，我就走了。"

"谁哭呢，你冤了人，还不准人分辩，还笑人。"

"只有那心虚的人才爱洗刷，一个人心里正经是不怕冤的。"

"我咬你的舌子，看你还会说话不。"

五明说到的事是必得做的，做到不做到，自然还是权在阿黑。但这时阿黑，为了安慰这被委屈快要哭的五明小子，就放松了点防范，把舌子让五明咬了。

他又咬她的唇，咬她的耳，咬她的鼻尖，几乎凡是突出的可着口的他都得轻轻咬一下。表示这小子有可以生吃得下阿黑的勇敢。

"五明，我说你真是狗，又贪，又馋，又可怜，又讨厌。"

"我是狗！"五明把眼睛轮着，做呆子像。又撘撘舌头，咽咽口水，接着说，"姐，你上次骂我是狗，到后就真做了狗了，这次可——"

"打你的嘴！"阿黑就伸手打，一点不客气，这是阿黑的特权。

打是当真被打了，但是涎脸的五明，还是涎脸不改其度。一个男人被女人的手掌掴脸，这痛苦是另外一种趣味，不能引为被教书先生的打为同类的。这时被打的五明，且把那一只充板子的手掌当饼了，他用舌子舔那手，似乎手有糖。

五明这小子，在阿黑一只手板上，觉得真有些枇杷一样的味道，因此诚诚实实的说道：

"姐，你是枇杷，又香又甜，味道真好！"

"你讲怪话我又要打。"

"为什么就这样凶？别人是诚心说的话。"

"我听过你说一百次了。"

"我说一百次都不觉得多，你听就听厌了吗！"

"你的话象吃茶莓，第二次吃来就无味。"

"但是枇杷我吃一辈子也有味。"

"鬼，口放干净点。"

"这难道脏了你什么？我说吃，谁教你生来比糖还甜呢？"

阿黑知道驳嘴的事是没有结果的，纵把五明说倒，这小子还会哭，作女人来屈服人，所以就不同他争论了。她笑着，望到五明笑，觉得五明一对眼睛真是也可以算为吃东西的器具。五明是饿了，是从一些小吃上，提到大的欲望，要在这洞里摆桌子请客了，她装成不理会到的样子，扎自己的花环玩。

五明见到阿黑无话说，自己也就不再唠叨了，他望阿黑。望阿黑，不只望阿黑的脸，其余如象肩，腰，胸脯，肚脐，腿，都望到。五明的为人，真是不规矩，他想到的是阿黑一丝不挂在他身边，他好来放肆。但是人到底是年青人，在随时都用着大人身分的阿黑行动上，他怕是冒犯了阿黑，两人绝交，所以心虽横蛮行为却驯善得很，在阿黑许可以前，他总不会大胆说要。

他似乎如今是站在一碗好菜面前，明知可口，却不敢伸手蘸它放到口边。对着好菜发痴是小孩通常的现象，于是五明沉默了。

两人不作声，就听雨。雨在这时已过了。响的声音只是岩上的点滴。这已成残雨，若五明是读书人，就会把雨的话当雅谑。

过一阵，把花环作好，当成大手镯套到腕上的阿黑，忽然向五明问道：

"鬼！裴家三巧长得好！"

五明把话答错了，却答应说"好"。

阿黑说："是的罗，这女人腿子长，腰小，许多人都欢喜。"

"我可不欢喜，"虽这样答应，还是无心机，前一会儿的事这小子已忘记了。

"你不欢喜为什么说她好？"

"难道说好就是欢喜她吗？"

"可是这时你一定又在想她。"这话是阿黑故意难五明的。

"又在，为什么说又？方才冤人，这时又来，你才是'又'！"

阿黑何尝不知道是冤了五明。但方法如此用，则在耳边可以又听出五明若干好话了。听好话受用，女人一百中有九十九个愿意听，只要这话男子方面出于诚心。从一些阿谀中，她可以看出俘虏的忠心，他可以抓定自己的灵魂。阿黑虽然是乡下人，这事恐怕乡下人也懂，是本能的了。逼到问他说是在想谁，明知是答话不离两人以外，且因此，就可以"坐席"是阿黑意思。阿黑这一月以来，她需要五明，实在比五明需要她还多了。但在另一方面，为了顾到五明身体，所以不敢十分放纵。

她见到五明急了，就说那算她错，赔个礼。

说赔礼，是把五明抱了，把舌放到五明口中去。

五明笑了。小子在失败胜利两方面，全都能得到这类赏号的，吃亏倒是两人有说有笑时候。小子不久就得意忘形了，睡倒在阿黑身上，不肯站起，阿黑也无法。坏脾气实在是阿黑养成的。

阿黑这时是坐在干稻草作就的垫子上，半月中阿黑把草当床已经有五次六次了。这柔软床上，还撒得有各样的野花，装饰得比许多洞房还适用，五明这小子若是诗人，不知要写几辈子诗。他把头放到阿黑腿上，阿黑坐着，他却翻天睡。作皇帝的人，若把每天坐朝的事算在一起，幸福这东西又还是可以用秤称量得出，试称量一下，那未必有这时节的五明幸福！

五明斜了眼去看阿黑，且闭了一只右眼。顽皮的孩子，更顽皮的地方是手顶不讲规矩。

"鬼，你还不够吗？"这话是对五明一只手说的，这手正旅行到阿黑姑娘的胸前，徘徊留连不动身。

"这怎能说够？永久是，一辈子是梦里睡里还不够。"说了这只手就用了力按了按。

"你真缠死人了。"

"我又不是妖精。别人都说你们女人是妖精，缠人人就生病！"

"鬼，那么你怎不生病？"

"你才说我缠死你，我是鬼，鬼也生病吗！"

阿黑咬着自己的嘴唇不笑，用手极力掐五明的耳尖，五明就做鬼叫。然而五明望到这一列白牙齿，象一排小小的玉色宝贝，把舌子伸出，做鬼样子起来了。

"菩萨呀，救我的命。"

阿黑装不懂。

"你不救我我要疯了。"

"那我们乡里人成天可以逗疯子开心！"

"不管疯不疯，我要，……"

"你忘记吃伤了要肚子痛的事了。"

"这时也肚子痛！"说了他便呻吟，装得俨然。其实这治疗的方法在阿黑方面看来，也认为必需，只是五明这小子，太不懂事了，只顾到自己，要时嚷着要，够了就放下筷子，未免可恶，所以阿黑仍不理。

"救救人，做好事罗！"

"我不知道什么叫做好事。"

"你不知道？你要我死我也愿意。"

"你死了与我什么相干？"

"你欢喜呀，你才说我疯了乡里人就可以成天逗疯子开心！"

"你这鬼，会当真有一天变疯子吗？"

"你看吧，别个把你从我手中抢去时，我非疯不可。"

"嗨，鬼，说假话。"

"赌咒！若是假，当天……"

"别呆吧……我只说你现在决不会疯。"

五明想到自己说的话，算是说错了。因为既然说阿黑被人抢去才疯，那这时人既在身边，可见疯也疯不成了。既不疯，就急了阿黑，先说的话显然是孩子们的呆话了。

但他知道阿黑脾气，要作什么，总得苦苦哀求才行。本来一个男子对付女子，下蛮得来的功效是比请求为方便，可是五明气力小，打也打不赢阿黑，除了哀告还是无法。在恳求中有时知道用手帮忙，则阿黑较为容易投降。这个，有时五明记得，有时又忘记，所以五明总觉得摸阿黑脾气比摸阿黑身上别的有形有迹的东西为难。

记不到用手，也并不是完全记不到，只是有个时候阿黑颜容来得严重些，五明的手就不大敢撒野了。

五明见阿黑不高兴，心就想，想到缠人的话，唱了一支歌。他轻轻唱给阿黑听，歌是原有的往年人唱的歌。

天上起云云起花，
包谷林里种豆荚；
豆荚缠坏包谷树，
娇妹缠坏后生家。

阿黑笑，自己承认是豆荚了，但不承认包谷是缠得坏的东西。可是被缠的包谷，结果总是半死，阿黑也觉得，所以不能常常尽五明的兴，这也就是好理由！五明虽知唱歌却不原谅阿黑的好意，年纪小一点的情人可真不容易对付的。唱完了歌的五明，见阿黑不来缠他，却反而把阿黑缠紧了。

阿黑说，"看啊，包谷也缠豆荚！"

"横顺是要缠，包谷为什么不能缠豆荚？"

强词夺理的五明，口是只适宜作别的事情，在说话那方面缺少天才，在另外一事上却不失其为勇士，所以阿黑笑虽是笑，也不管，随即在阿黑脸上作呆事，用口各处吮遍了。阿黑于是把编就的花圈戴到五明头上去。

若果照五明说法，阿黑是一坨糖，则阿黑也应当融了。

阿黑是终于要融的，不久一会儿就融化了。不是为天上的日头，不是为别的。是为了五明的呆。

……

为什么在两次雨里给人两种心情，这是天晓得的事。五明颠子真颠了。颠了的五明，这时坐在坛子上笑，他想起阿黑融了化了的情形，想起自己与阿黑融成一块一片的情形，觉得这时是又应当到后坡洞上去了。（在那里，阿黑或者正等候他。）他不顾雨是如何大，身缩成一团，藏到斗笠下，出了油坊到后坡洞上去。

小砦及其它

《小砦及其它》为新编集，集名为编者所拟。
本篇编入作者1937—1943年间首次发表的小
说作品。

张大相

城头上咚的响了午炮，张大相从参谋处跑出来，在廊下站定，元气十足的喊"护兵，护兵！"。

一个小苗兵打扮得同行将开差一样，全身应有尽有，背后还拉斜挂了个特别长的大手电，从烧茶处一跃而出，立了个正，"到！"说了忙走过参谋身边去。

两人于是出了衙门，赶回家去吃点心。从中三街过身时，杂货铺主人米老板，恰好刚从邮政局把邮件取回，低下头用小钉锤敲打那棺材形小木箱。一眼瞥见那个小苗兵正从店前过身，知道张大相已下办公厅了，赶忙跑出街来追赶财神。

"参谋，参谋，上海货寄到了！德国咪咪洋行的，我正等着你！"

大相听说咪咪洋行货到了，心中异常高兴，就跟着杂货店老板回到店里，站在一堆洋货中看他开箱子。那杂货店主人只有一只眼睛。大相称他为一只虎。

"一只虎，你小心点！"

"知道！我象捧凤凰一样，两只手拿回来的，一只虎不小心还算一只虎？"

开箱时一只虎唯恐碰伤那箱中宝贝，自然十分小心。因此增加了这种工作的困难。有了这个空间，大相的身世、性情可以在这里稍稍叙述一下。

　　大相是××地方一个官家独生子，年纪二十二岁，六年前客军过境时，大相的家里被派定两万捐款，限三天就得交款。大相父亲一时拿不出，逼迫得吞烟自尽，从此以后，大相就成为家中唯一的男子了。客军开拔了，家中由太太当家了。太太主张搬家下行，一个在当地军队里作军法的亲戚，却为出主意，以为军队欺侮有钱人，是件天下通行的事，不管往哪儿逃皆不是路。如果自己插进队里去，要浑大家浑，就不会再受军队的挟制了。

　　当家的想主意不错。因此花了五千块钱，大相就作了××军一个上尉参谋。什么事也不用作，就只每天穿了崭新体面呢制军服上衙门，到底是官宦人家子弟，气派品貌皆过得去，手头又松，因此大相虽然并无本领，在部里却还得人缘，个人嗜好不多，过日子晓得谨慎，嫖赌皆不来，算不得是个败家子。他自己出钱找了个随从兵，把这兵戎装起来，每天跟他各处奔跑。他喜欢手电筒，那随兵所背的手电筒，就可算是本军最大的手电筒。一到了夜里，大相就拿着这个东西上街，迎面照人取乐。大相的电筒比谁的都光亮，被照的人皆知道这是大相的电筒。大相也就因此把日子过得很有意思，且同时无形中成为一只虎的一位活财神。

　　…………

　　如今所开的木箱，就又是一具大电筒。

　　木箱弄开时，先是些锯木屑，与一些有管形皱摺的包皮纸，又是一些木屑，哈，乖乖的卧在木屑里面的，不正是那望眼欲穿的宝贝吗？那是一具长约二尺五寸的特制家伙，全身银光夺目，一端附上一个八角形的大头，真象是戏文里岳云那柄银锤，大相一见喜不自胜，脸上兴奋得发红泛紫。

"让我来，让我来！"把它拿在手上后，又说，"一只虎，一只虎，你快取那大电池填满膛试看！"

一只虎装得神气俨然，同被雷打一样，张着口半合不拢去，"呀，好个宝贝，简直是尊机关枪！"

电池一共装十二节方满筒。旋紧了后面盖盖后，一晃，一只虎大吃一惊，若不亏他有两手，差点儿跌到搪瓷摊上，虽是大白天，这东西十分厉害，不易招架，一看也就明白了。

一只虎口上说着"好厉害，好厉害，"又搜索那木箱，从木屑中发现了手巴子大一张黄纸单子，一面洋文，一面中文。两人照说明单细细加以研究，才知道这宝贝还可以作种种不同的用法，如何一来光就缩小，如何一来光就放大，以及远近节制机关也居然全弄清楚了。

"多少钱？一只虎。"

"多少钱？五十块，我记得发票上是五十块，你放心，洋行做大生意总不瞒人。"事实上呢，他记得发票上是二十五块。

一只虎知道大相脾气，只要东西好，钱不在乎。慢慢算账正是他求之不得的。见大相已上了街，方说：

"参谋，参谋，账单改天算，不要紧，你拿走吧。"

大相回到家里时，一见老门房，就把宝贝对老门房一晃。在过厅见家中老狗，就对老狗一晃。进堂屋就向祖先牌子一晃。回到卧房里，老奶妈走来为他脱军帽换鞋子，他就一连对老奶妈晃了好几下。除了祖先牌子不算，每双被晃过的眼睛，大半天还花绿绿的，同被封神榜上的照妖镜照过一样。大相可乐坏了。

不一会，家里老太太，姨娘，妈子，丫头，全皆知道了这件事，一同来围着看宝贝。轻轻怯怯的用手摸一下，皆显得惊异而快乐，还相互猜详价钱，有的说一百，有的说不止一百，及至大相说明了至多不过五十块钱时，大家且露出相信不过神气，以为太便宜了。这些人每月得工钱两元。自己的事容易相信，一个照路的电筒太巧妙了，真值要多少实在永远弄不明白！

大相把清蒸鸽子蛋胡乱吃下后，便为家中人讲解这电筒的神妙，叫人把房门关上，便派人七手八脚把窗户临时用厚幔幛遮好，来试验电光的强弱及种种妙用。老奶妈又为出主意，以为过后屋空仓里试验必更好，于是一窝蜂拥到仓屋里去。要小丫头假装逃兵，先躲藏在仓屋一角黑暗处，大相把电筒机关一揿，一股白光直射出去，到处搜索，真所谓物无遁行。到后照及小丫头时，大相就大吼一声，"狗杂种，这一次捉到你了！"于是同小护兵赶过去，好象真的捉人一样，小丫头还只是前十天花五块钱买来的，一看情形不对，以为大相真要杀她了，不知如何是好，吓得嘀嘀大哭起来。合家上下为这件事皆笑了半天。

家中已玩厌时，大相带了他的宝贝，上衙门去展览。

在参谋处玩了一阵，接着又过副官处，军法处，军需处。每到一个地方，凡见着这个宝贝的，皆说："真了不起。"得到这种称赞，大相觉得很快乐。到后无地方可去了，一个副官邀他到招待处去，一则招待处住的是各地方来的代表同远客，大相愿意给这些人长长见识，二则招待处厅子高大，很可以照照那个厅子，试试看会不会发现一点东西。

到招待处时，一个从外省来的客人，正拿了个京八寸象牙烟杆，站在院中梧桐树下对树梢出神，搜索明天陪师长游山的诗句。大相不认识这个人，不好意思晃人眼睛，只将电光对树上一晃，自言自语的说："树上有贼，一照也会跌下来。"

客人望望大相手中舞着的东西，微笑着，把头偏过一边去不理会，神气好象在说："小孩子，玩这个！"

到了大厅，有两个人正在那里下围棋，已快要完场，大相站在厅子中，把电筒一揿，尽电光在承尘橡皮间各处扫射，且说，"捉逃兵，用这个不好！"那两个外路客人不明白他们寻找什么，收拾了棋盘回房中去了。

大相很扫兴，轻轻的吼声"走！"，便出了招待处。

末后他们上了城，想从城头把电光射出去，看看能不能照过对河天后官庙里的大殿，天气还早了一点，却看不出这电筒的妙用，不能给天后官守庙的吃那么一惊。

…………

大相从中三街一只虎杂货铺门前过身时，天已快黑，大相把电筒对准杂货铺一晃，一只虎正在柜台里涂改那张咪咪洋行的发票，眼见一股寒光，知道是大相过路了，就大声嚷道："哎呀不好，老夫中机关枪了！"

大相不由哈哈大笑，走进杂货铺去看一只虎。且问他打商量，看看谁家银匠手艺好，用银子打块牌子，刻成"机关枪"三个字，预备将来系在电筒绳头上。一只虎答应这事一切由他包办，大相又把那尊机关枪晃了一只虎四五下方离开杂货铺。

往哪儿去？仍然上城头去，因为天已抹黑，大相知道上城去可以施展那宝贝的妙用了。

大相家中人等候着他回家吃晚饭，全知道大相今天迟迟回家的原因。大相高兴了，家中人无不极其高兴。

《五溪乡贤录》

小 砦

引子

天上正落小雨，河面一片烟雾。河下一切，都笼罩在这种灰色雨雾里，濛濛胧胧。

远远的可听到河下游三里那个滩水吼着。且间或还可听到上游石峡谷里弄船人拍桨击水呼口号声音，住在河街上的人，从这种呼号里可知道有一只商船快拢码头。这码头名×村，属××府管辖，位置在酉水流域中部。下行二百余里到达沅陵，就是酉水与沅水汇流的大口岸。上行二百里到达茶峒，地在川湘边上，接壤酉阳，茶峒和酉阳，应当就是读书人所谓"探二酉之秘笈"的地方。

中国读书人对酉水这个名称，照例会发生一种心向往之情绪，因为二酉洞穴探奇访胜可作多数读书人好奇心的尾闾。但事实上这种大小洞穴，在边地上虽随处可以发现，除了一些当地乡下人，按时携带粮食家具冒险走进洞穴深处去煎熬洞硝，此外就很少有人过问。正因为大多数洞穴内部奇与险平分，内中且少不了野兽长虫，即便是乡下人，也因为险而裹足，产生若干传说和忌讳，把它看成一个神或魔鬼寄身的窟宅。只有滨河一带石壁上的大小洞穴，稍微不同一点，虽无秘笈可寻，还有人烟。住在那些天然洞穴里的，多是一些似乎为天所弃却不欲完全自弃的平民。有些是单身汉子，俨然过的是半原始生活，除随身有一点生活所恃的简单工具，此外别无所有。有些却有妻儿子女和家畜。住在这种洞穴的人，从石壁罅缝间爬上爬下，上可在悬崖间以及翻过石梁往大岭上去采药猎兽，下就近到河边，可用各种方法钓鱼捕鱼。（孩子们不小心也会从崖上跌到水中去喂鱼。）把草药采来晒干后，带到远隔六十里路的县城中去，卖给当地官药铺，得钱换油盐和杂粮回家。兽皮多卖给当地收山货的坐庄人。进一次县城来回奔走一百二十里路，有时还得不到一块钱，在他们看来，倒正如其余许多人事一样，十分平常。下河捕鱼钓鱼，就把活鱼卖给来往船只上的客商。或晾在崖石上晒干，用细篾贯串起来，另一时向税关上的办事人去换一点点盐。（这种干鱼，办事人照例会把它托人捎回家乡，孝进亲长，或献给局长的。）地方气候极好，风景美丽悦目。一条河流清明透澈，沿河两岸是绵延不绝高矗而秀拔的山峰。善鸣的鸟类极多，河边黛色庞大石头上，晴朗朗的冬天里，还有野莺和画眉鸟，以及红头白翅鸟，从山中竹篁里飞出来，群集在石头上晒太阳，悠然自得唱唱着它们悦耳的曲子。直到有船近身时，方从从容容欢噪着一齐向竹林飞去。码头是个丁字街，沿河一带房屋，并不很多，多数是船上人住的，另外一条竖街，凭水倚山，接瓦连椽堆叠而上，黑瓦白粉墙，不拘晴雨，光景都俨然如画。离码头一里路河上游那一带石壁，五彩斑驳，在月下与日光下，无时不象两列具有魔性的屏障，在一只魔手作弄中，时时变换色彩。并且住家在那石壁上洞穴石罅间的，还养鸡，养狗，在人语中夹杂鸡犬的鸣吠，听来真可说有仙家风味。可是事实上这地方人却异常可怜。住洞穴的大多数人生活都极穷苦，极平凡，甚至于还极愚蠢，无望无助活下去。住码头街上的，除了几个庄头号上的江西籍坐庄人，和税关上的办事员司，其余多是作小生意人。这些人卖饮食供人吃喝，卖鸦片烟，麻醉人灵魂也毁坏人身体。卖下体，解除船上人疲乏，同时传播文明人所流行的淋病和梅毒。食物中害天花死去的小猪肉，发臭了的牛内脏，还算是大荤。鸦片烟多标明云土川土，其实还只是本地货，加上一半用南瓜肉皮等物熬炼而成的料子。至于身体买卖的交易，妇女们四十岁以上，还有机会参加这种生活竞争。女孩子一到十三四岁，就常常被当地的红人，花二十三十，叫去开苞，用意不在满足一种兽性，得到一点残忍的乐趣，多数却是借它来冲一冲晦气，或以为如此一来就可以把身体上某种肮脏病治愈。比较起来住在洞穴里的人生活简单些，稳定些，不大受外来影响。住码头上的人生活却宽广得多，同时也堕落得多。

这地方商业和人民体力与道德，都似乎在崩溃，向不可救药的一方滑去。关于这个问题，应当由谁来负责？是必然的还是人为的？若说是人为的，是人民本身还是统治人民的地方长官？很少人考虑过。至于他们自己呢，只觉得世界在变，不断的变。变来变去究竟成个什么样子，不易明白。但知道越下去买东西越贵，混日子越艰难。这变动有些人不承认是《烧饼歌》里所早已注定的，想把它推在人事上去，所以就说一切都是"革命"闹成的。话有道理，自从辛亥革命以来，这小地方因为是一条河流中部的码头，并且是一条驿道所经过的站口，前后已被焚烧过三次。因大军过道，和兵败后土匪的来去，把地方上一点精华，吮剥的干干净净，所有当地壮丁，老实的大多数已被军队强迫去充夫役，活跳的也多被土匪裹去作喽罗。剩下一点老弱渣滓，自然和其他地方差不多，活在这个小小区域里，拖下去，挨下去等待灭亡和腐烂。上年纪的一面诅咒革命，以为一切不幸都应当由革命来负责，同时一面却也幻想着，六十年一大变，二十年一小变，世界或许过不久又会居然变好起来。所谓变好，当然是照过去样子——恢复转来：京师朝廷里有个皇帝，有个军机大臣，省里有个督抚，县里有个太爷。（太爷所作的事是坐在公堂上审案，派粮房催租，或坐轿下乡给乡绅点主。）皇帝管大官，大官管小官，小官管百姓，百姓耕田织布作生意，好好过日子。此外庙里还有几多神，官管不了的事情统归神管。还有佛菩萨，笑咪咪的坐在莲花宝座上，听人许愿，默认。念阿弥陀佛吃长斋的人，都可以在死后升往西天，那里有五色莲花等待这些信士去坐。人人胸腔子里都有个良心，借贷的平时必出利息，到还账时不赖债。心肠坏的人容天不容，作好事必有好报应。偷人鸡吃生烂嘴疮，不孝父母糟蹋米粮会被雷公打死。至于年纪较轻的，明白那个"过去"只是一个故事，一段老话，世界一去再也不回头了，就老老实实从当前世界学习竞争生存的方法。生活中无诅咒，无幻想，只每日各在分上做人。学习忍受强暴，欺凌懦弱，与同辈相互嫉视，争夺，在弄钱事情上又虚伪诡诈，毫无羞耻。过日子且产生一个邻于哲人与糊涂虫之间的生死观：活着，就那么活。活不下去，要死了，尽它死，倒下去，躺在土里，让它臭，腐烂，生蛆，化水，于是完事。一切事在这里过细一看，令人不免觉得惊奇惶恐，因为都好象被革命变局扭曲了，弄歪了，全不成形，返回过去已无望，便是重造未来也无望。地方属于自然一部分，虽好象并未完全毁去，占据这地方的人，却已无可救药。然而不然。

生命是无处不存在的东西。一片化石有一片化石的意义，我们从它上面可以看出那个久经寒暑交替日月升降的草木，当时是个什么样子。这里多的却是活人，生命虽和别地方不同一点，还是生命。凡是生命就有它在那小地方的特殊状态，又与别一地方生命还如何有个共同状态。并且凡是生命照例在任何情形中有它美好的一面。丑恶，下流，堕落，说到头来还是活鲜鲜的"人生"。（一片脏水塘生长着绿霉，蒸发着臭气，泛着无数泡沫，依然是生命。）人就是打从这儿来的。这里所有的情形，是不是在这个国家另外一片土地上同样已经存在或将要产生的？另外地上所有的，在这一个小小区域里是不是也可能发生？想想看就会明白。日光之下无新事，我们先得承认这一点。

就譬如说这倒霉的雨，给人的意义，照例是因人而不同的，在这地方也就显然因之有了人事的忧乐。税关办事人假公济私，用公家款项囤买的十石粮食，为这场雨看长已无希望。山货庄管事为东家收买的二十五张牛皮，这场雨一落，每张牛皮收湿气加重二斤，至少也可以增加五十斤的分量。住在洞穴里的山民，落了雨可就不便采药，只好闷坐在洞口边，如一只黄羊一样对雨呆看。住在码头上横街的小娼妇，可给雨帮忙把个盐巴客留住了，老娘为了媚这个"财神"，满街去买老母鸡款待盐巴客，鸡价由客人出，还可从中落个三两百钱放进荷包里去作零用。

第一章

税关上办事人同山货庄管事，在当地原代表一个阶级，所谓上等阶级。与一般人不特地位不同，就是生活方式也大不相同。表现这不同处是弄钱方便，用钱洒脱，钱在手中流转的数目既较多，知识或经验也因之就在当地俨然丰富得多而又高人一等。

这些人相互之间日常必有"应酬"，换言之，就是每天不是这些大老板到局上吃喝，就是大老板接局长和驻防当地的省军副营长、连长到庄号上去吃喝。吃喝并不算是主要的事情，吃喝以前坐在桌边的玩牌，吃喝以后躺在床上去烧烟，好象都少不了。直到半夜，才点灯笼送客。军官照例有一个勤务兵，手持长约两尺的大手电筒，乱摇着那个代表近代文明的东西走去。局长却点了一盏美孚牌桅灯，一个人提着摇摇晃晃回他的税局。"应酬"既已成为当地几个有身分的人成天发生的事情，所以输赢二十三十，作局长的就从不放在心上。倒是一种凑巧的好牌，冒险的怪牌，不管是他人手上的还是自己的，却很容易把它记着，加以种种研究。说真话，这局长不特对于牌道大有研究，便是对于其他好些事情，也似乎都富于研究性，懂的很多。尤其是本行上的作伪舞弊，挪此填彼，大有本领。这小局卡本来只是复查所性质，办事员正当月薪不过二十五元，连津贴办公费也不过五十元上下，若不是夺弄多方，单凭这笔收入，那能长久"应酬"下去？

这局长在这个小地方，既是个无形领袖，为人又长袖善舞，职位且增加他经营生活的便利，若非事出意外，看情形将来就会起发的。今年才三十一岁，真是前程远大！

其时约上午九点钟样子，照当地规矩普通人都已吃过了早饭，上工作事了。这当地大人物却刚刚起床不久，赤着脚，跂着一双扣花拖鞋，穿一身细白布短裤褂，用老虎牌白搪瓷漱口罐漱口，用明星牌牙刷擦牙，牙粉却是美女老牌。一面站在局所里屋廊下漱口刷牙，一面却对帘口的细雨想起许多心事。这雨落下去，小虽小，到辰州就会成为"半江水"，泊在辰州以上百十里河面的木簰，自然都得趁水大放流，前前后后百十个木簰集中在乌宿木关前时，会忙坏了办事人，也乐坏了办事人。但这些事对彼不相干。那些税关人员因涨水而来的一个好处，他无福分享受。他担心却是和当地一个字号上人，共同作的一笔生意。万千浮在大河中的木头，其中有三根半沉在水中的木头，中心镂空装了两挑川货，冒险偷关，若过了关，他便稳稳当当赚了六百个袁头，若过不了关，那他就赌输将近一千块钱了。他想起李吉瑞唱的《独木关》。漱过口后他用力刮达刮达把那支牙刷在搪瓷罐中搅着，且把水用力倒到天井中去。问小公丁：

"黑子，我白木耳蒸好了吗？"

黑子其时正在房门边一张条凳上拭擦局长的烟具。盘子，灯，小罐儿，烟扦儿，一块豆腐干式的打火石，一块圆打火石，此外还有那把小茶壶，还有两支有价值的烟枪（枪上有包银装璜的老象牙嘴），一一的拭擦着。

那小子刚害过水臌，病愈后不久，眼皮肿肿的，头象一个三角形，颈膊细细的。老是张着个嘴，好象下唇长了一点，吊不上去；又好象从小就没有得到一次充足的睡眠，随时随地都想打盹，即或在作事情，也一面打盹。但事实上他却一面擦烟具一面因雨想起那个业已改嫁给船夫的母亲，坐了那条三舱桐油船，装满了桐油向下游漂去的情形。也许船正下滩，一条船在白浪里钻出钻进，舱板上全是水，三五个水手弯着腰用力荡桨，那船夫口含旱烟管，两只多毛露筋的大手，把着白檀木舵把，大声吼着，和水流争斗。母亲呢，蹲在舱里缸罐边淘米烧水。……因此局长叫他时他不作声。

于是局长生了气，用着特有的辞令骂那小子：

"黑子，黑子，你耳朵被 × 弄聋了吗？我说话你怎么老不留心。你想看水鸭子打架去了，是不是？你做事摩摩挲挲真象个妇人。小米大事情半天也做不好，比绣花还慢，末了还得把我的宝贝打碎。"

黑子被骂后，着忙去整理烟具，忙中有错，差点儿把那小盒里烟膏泼翻。局长一眼瞥见了。

"祖宗，杂种，你怎不小心一点？你泼了我那个，你赔得起？把你熬成膏子也无用处。熬成膏子不到四两油，最多值一毛钱。你真是个吃冤枉饭的东西……"

黑子知道局长的脾气，骂虽骂，什么希奇古怪的话都说得出口，为人心倒很好，待下属并不刻薄。骂人似乎只是一种口技的训练，一种知识的排泄，有利于己而无害于人。有时且因为听到他那种巧妙的骂人语言，引起笑乐，觉得局长为人大有意思。唯其如此，局长的话给黑子听来倒常常是另外一种意义了。

被骂的黑子把下唇吊着，聆受局长的训诲，话越骂越远，倒亏听到厨房有猫儿叫了一声，才想起蒸在锅中的白木耳。赶忙把那全副烟具端进房中去，取白木耳给局长补神。事实上到得白木耳入口时，局长已将近把那碗白木耳的力量，全支付在骂那小子话语上了。

河街某处有鸭子大声呷呷的叫着，局长想起自己的鸭子，知道黑子又忘了喂那个白蛀木虫粉给斗鸭时，又是一番排调，把小子比作种种吃饭不工作的鸟兽虫鱼，结果却要他过上街一个专门贩卖鸭子的人家去，看那老板是不是来了好货。自己动手喂鸭子。

黑子戴了一个斗笠，张着嘴，缩着个肩膊，向外面跑。局长还把话向黑子抛去。

"早回来点，不要又在三合义看下棋。人家下棋你看，狗在街上联亲你也看，你什么戏都看，什么都有分，只差不看你妈和划船的唱戏，因为那个你无分。"

黑子默默的出了局门，却自言自语说：

"什么都看，你全知道。你趴在楼板上，看三合义闺女洗澡，你自己好象不知道，别人倒知道！"

黑子年纪只十二岁，样子象个半白痴，心里却什么事都明白，什么事都懂。

××地方人家，也正如其余小地方差不多，每家必蓄养几只鸡鸭，当作生产之一部门，又当作娱乐之一种。养鸡的母鸡用处多是生蛋孵小鸡，或炖汤吃。（白毛乌骨的且为当地阔老当补品。）公鸡用作司晨，辟邪，啄蜈蚣虫蚁。临到年底，主人就把它捉来，不客气的用刀割断了它的喉管，拔下那个金色眩目的颈毛或背部羽毛，一撮撮蘸上热鸡血贴到门楣上，灶坎上，床梁上和船头上和一切大件农具上，用意也是辟邪。且把它整个身子白煮了，献给家神祖先。有时当地人上山采药打猎，入洞熬硝，也带那么一只活雄鸡，据说迷了路大有用处。至于用它来战斗，因习惯不同，倒只是当地小孩子玩的事情了。近大河边人家因地利宜于蓄鸭，当地人因之也把鸭子的斗性，加以训练，变成一个有韧性的战士，用来赌博。一只上好的绿头花颈膊的雄鸭，价值也就很高。平时被人关在笼子里，喂养各种古怪食品，在水边打架时，船上人和住家人便各自认定其中一只，放下赌注，猜测胜负，赌赛输赢。只有母鸭才十分自由，大清早各放出来，到大河里聚齐，在平潭中去找虾米和浮食吃，到天晚各自还家。落了雨，不再下大河，就三三五五在横街头泥水里摇着短短的尾巴，盘跚来去，有所寻觅，仿佛异常快乐。街中两家豆腐作坊前，照例都积下一片脏水，泛着白沫，水中还有不少红丝虫蠕动着，被这群母鸭发现时，便如发现了一个宝库，争着把一个淡红色的扁嘴壳插进脏水中去哕喋。至于这时节那些公鸡母鸡呢，却多躲藏在家中桌椅下和当地小摊子下横木上，缩敛着身子，看街头鸭子群游戏。间或把头偏着望望天，轻轻的咕喽一声，好象说，"这是天气，到明天会放晴的。"因为天一放晴，鸭子就得下河，一条街便依然为鸡所专有了。

　　黑子到了养鸭子的老东西处，望了一下鸭子，随便说了几句闲话，就走过上街头去看染坊，看碾工踹石硪碾布，一个工人在半空中左右宕着，布在滚子下光滑滑的，觉得大有意思。同时还有河下横街两个脏小孩子，也在那门前泥水中站定，看那个玩意儿，黑子原本同他们都极熟习，就说笑话，叫其中之一诨名作"鼻涕虫"，胡扯乱说，以为鼻涕虫若碾在石滚子下，必不免如申公豹被孙悟空一金箍棒打成稀糊子烂，成一片水不复人形。

鼻涕虫明白黑子根本来源，虾米螃蟹同样是水里长的，分不出谁高谁低，就说：

"黑子，我不经压你经压，你试试去看，压不出水一定压出油，压出三两油点灯，照你娘上清秋路！"

黑子说，"你娘嫁给卖油的，你的油早被榨完了，所以瘦得象个地底鬼。你是个实心油瓶。"

鼻涕虫被人提到心窝子里事情，轮眨着他那双凸出大眼睛，狠狠的望着黑子说，"你娘嫁撑船的，檀木舵把子和竹篙子都到你娘的 × 心子上。你就是被那撑船的划出来的。你娘才真正经压！"

黑子因为新近作了公务员，吃公家饭，虽在税局里时时刻刻被打被骂，可是比起同街小子，总觉得身分已高了一着，可以凭身分唬人。平时到小摊子买桃李水果，讲价钱时就总有点不讲道理，倚势强人。价钱说好了，还挑三拣四，拈斤播两。向乡下妇人买辣子豆荚，交易办好，临走时，还会伸手到篮子里去多抓一把，使得妇人发急扯着他的衣袖不放，就说："我又不是抢人欠债，你一个妇人女子，清天白日抓我是什么意思！"故意引起旁人的笑乐。在官家方面有势力的人，买东西照例发官价，欢喜送多少把多少，但这是过去的事，革命后就不成了。虽说如今作局长的好处还多，随时可收受一点小生意人当令的蔬果孝敬，采药打猎人遇到大头的何首乌，大蛇皮，也必先把它拿来献给局长。局中公丁在执行公务时，尚有好些小便宜可占，但到底今不如古，好处也不过是连抢带骗，多抓一把辣椒之类罢了。但在另外一件事情上，譬如同道闹嘴舌，无形中自然大家都得让一手，年纪长一点的因之也有被黑子骂倒过的。于是这公务人也就骄傲了一些，大意了一些。现在不意钢对钢碰了头。鼻涕虫身世被黑子掘出后，气愤不过，也就不顾一切，照样还口。

黑子不把鼻涕虫看在眼里，就走近他身边去，打了鼻涕虫一拳。那小子跄跄了一下，回过头来说，

"黑子，君子动口不动手，你怎么打人？"

黑子以为鼻涕虫怕他，不理会这句话，赶过去又是一拳。且打且说，"我打扁你这个狗杂种，你怎么样？"

鼻涕虫一面用手保护头部，一面用脚去踢黑子。

另一个小子原同鼻涕虫一伙，见两人打起来了，就一面劝架，一面嘶着个嗓子说，"不许打架，不许打架，君子动口不动手，有话好说！"因为两只手抱着了黑子膀子，黑子便被鼻涕虫迎面猛的打了三拳。接着几人就滚丸子似的在泥水中滚起来了。

街户中人听着有人打架，即刻都活跃起来了，大家都从烟盘边或牌桌边离开，集中到街前来看热闹。本来是两人相打，已变成三人互殴，黑子双拳难敌四手，虽压住了鼻涕虫，同时却也为人压住。三人全身都是脏泥。看热闹的都说好打好打，认不清谁是谁非，正因为照习惯一到了这种情形，也就再无所谓是非。

正当一个小子从污泥中摸着一个拳头大鹅卵石，捏在手中向黑子额角上砸去时，一个老妇人锐声大喊了一声，"狗 × 的小杂种，你干什么！"一手捞着了那小子细瘦的膀子，救了黑子。可是救了黑子却逃了母鸡，原来这时节另一胁下夹着那只老母鸡，却逃脱了，在泥水中乱扑，把泥水扇的四溅。大家都笑嚷着。

"好热闹，好热闹！"

几个劣小子的架被其余人劝开了，老妇人赶忙去泥水中捕捉她的老母鸡。把鸡擒着后大声骂着：

"你这扁毛畜生，以为会飞到天上去！"

有人插嘴问："老娘，多少钱，这只肥鸡？"

老娘看了那人一眼，把一张瘦瘪瘪的嘴扁着，作成发笑的样子，一面用手抹鸡尾上泥水，一面说，"这年头，什么东西都贵得要人命。杨氏养鸡好象养儿女，三斤半毛重，要我七角钱，真是吃高丽参。"

料不到这个杨氏正在人丛中观战，就接口说："老娘，你说什么高丽参洋参？你有钱，我有货，作生意两相情愿，我难道抢你不成？儿花花女花花嘴角不干不净，你是什么意思……"

老娘过意不去，不好回嘴。可是当众露脸，面子上大不光彩，正值那母鸡挣扎，就重重的打了那母鸡一巴掌，指冬瓜骂葫芦道，"你这扁毛畜生，也来趁火打劫！"且望着帮同打架的那小子说，"还不回家我打断你的狗腿！别人打架管你什么事，打出人命案你来背！"一面骂那小子，一面推搡着那小子，就走开了。

杨氏说："扁毛畜生谁不是养它吃它？哪象你，养儿养女让人去玩，大白天也只要人有钱就关上房门，不知羞耻，不是前三辈子造孽？"

老娘虽明知道杨氏还在骂她，却当作不听见，顾自走了。那杨氏也知道老娘已认屈，恶狗不赶上墙人，经过大家一劝，就不再说什么。

三个打架小子走了一个，另两个其时已被拉开，虽还相互悻悻的望着，已无意再打。旁边一个解围的中年男子，刚过足烟瘾，精神充足，因此调弄那小公务人黑子说：

"黑子，你局长看你这样会打架，赶明天一定把喂鸭子的桂圆枸杞汤给你喝，补得你白白胖胖，好在你身上下注！你下次上场，我当裤子也一定在你名下赌三角钱！"说得大家都笑起来。

另一个退伍兵就说，"若不亏老婊子大吼一声，你黑子不带花见红，你才真是黑子。"

黑子说，"她那侄子打破我的头，我要掀掉她的家神牌子。"

退伍兵说，"她有什么家神牌子？她家里有的是肉盾牌，你这样小孩子去，老×子放一泡热尿，也会冲你到洞庭湖！"

黑子悻悻的望着那退伍兵士，退伍兵士为人风趣而随和，就说，"黑子，你难道要同我打一架吗？我打不过你，我怕你——我领过教！"

烟客就说，"黑子，算了吧，快回局里去换衣，你局长知道你打架，又会赏你吃'笋子炒肉'，打得你象猪叫。"

"局长没有烟吃，发了烟瘾，才同你一样象猪哼！"

黑子说完，拔脚就走。到下坎时一个趔趄差点儿滑倒，引得人人大笑。

黑子走后，退伍兵士因为是鼻涕虫的表叔，所以嘲笑他说，"鼻涕虫，你打架本领真好，全身滑滑的，我也不是你的对手，何况小黑子。以后你上圈和他打架时，我一定赌你五百。"

鼻涕虫说，"小黑子狗仗人势，以为在局里当差，就可欺凌人，我才不怕他！"

"这年头谁不是狗仗人势？你明天长大了当兵去，三枪两炮打出个天下，作了营长连长，局长那件紫羔袍子，就会给你留下，不用派人送上保靖营部了。大鱼吃小鱼，小鱼吃虾米，你得立志！"

鼻涕虫不知"立志"为何物，只知道做了营长就可以胡来乱为，作许多无法无天的事情。局长怕他县长也怕他。要钱用时把商会总办和乡下团总提到营里来就有钱用。要钱作什么用？买三炮台纸烟，把纸烟嵌在长长的象牙骨烟管里去，一口一口吸。审案时一面吸烟，一面叫人打板子。生气时就说，"你个狗×的，我枪毙了你！"于是当真就派卫队绑了这人到河边石滩上去一枪打了。营长的用处，在鼻涕虫看来，如此而已。退伍兵士年纪大一点，见识多一点，对营长看法自然稍稍不同。不过事实上一个营长，在当地的威风，却只能从这些事上可以看出，别的是不需要的。

鼻涕虫说，"我一定要立志做营长。"

老娘好事，信口开河说了本街杨氏两句坏话，谁知反受杨氏屈辱一番，心中大不舒畅，郁郁积积回到河街家里，拉开腰门，把那只老母鸡尽力向屋中地下一掼，拍着手说，"人背时，偏偏遇到你这畜生！"老母鸡喔的喊了声，好象说，"这关我什么事？你这个人，把我出气！"

小娼妇桂枝，正在里房花板床上给盐客烧烟，一面唱《十想郎》《四季思想》等等小曲子逗盐客。听鸡叫声，知道老娘回来了，就高声和她干娘说话：

"娘，娘，鸡买来了吗？肥不肥？"

老娘余气未尽，进屋里到水缸边去用水瓢舀水洗手，一面自言自语说，"怎不肥？一块钱吃大户，还不肥得象个大蜘蛛？"话本来还是指卖鸡高抬价钱的杨氏。桂枝听到上句听不到下句，就说，"怎么一块钱？娘。"她意思是鸡为什么这样贵，话里有相信不过的神气。

老娘买鸡花七角，本想回来报八角，扣一角钱放进自己贴身荷包里。现在被杨氏一气，桂枝问及，就顺口念经，"怎么不是一块钱？你不信你去问。为这只扁毛畜生，象找寻亲舅舅，我哪里不找到。杨氏把这只鸡当成八宝精，要我一块钱，少一个不成交易。我落一个钱拿去含牙齿。"

桂枝见老娘生了气，知道老娘的脾气，最怕人疑心她落钱，忙陪笑脸把话说开了，出得房来两只手擒着了那肥母鸡，带进房中去给盐客过目。口中却说，"好肥鸡，好肥鸡。"

盐客只是笑，不开口。两人的对白听得清清楚楚。

盐客年纪约摸三十四五，穿一身青布短褂，头上包着一条绉绸首巾，颈膊下扯有三条红记号，一双眼睛亮光光的，脸上吊着高高的两个颧骨，手膀上还戴了一支风藤包银的手镯，一望而知是会在生意买卖上捞钱，也会在妇女身上花钱的在行汉子。从 × 村过身，来到这小娼妇家和桂枝认相识还是第一回。只住过一夜，就咬颈膊赌了一片长长的咒，以为此后一定忘不了，丢不下。事实上倒亏雨落得凑巧，把他多留了一天。这盐客也就借口水大抛了锚，住下来，和桂枝烧烟谈天。早上说好要住下时，老娘就说："姐夫，人不留客天留客，人留不住天帮忙把你留住了，我要杀只鸡招待你，炖了鸡给你下酒，我陪你喝三杯，老命不要也陪你喝。"

盐客因为老婊子称他作姐夫，笑嘻嘻的说，"老娘，你用不着杀鸡宰鹅把我当希客待，留着它那老命吧。我们一回生，二回熟。我不久还得来。我一个人吃得多少？不用杀鸡。"

老娘也笑着，"烧酒水酒一例摆到神面前，好歹也是尽尽我一番心！姐夫累了，要补一补。"

盐客拗不过这点好意，所以自己破钞，从麂皮抱兜里掏出一块洋钱，塞到老娘手心里，说是鸡价。老娘虽一面还借故推辞，故意大声大气和桂枝说，"瞧，这算什么！哪有这个道理，哪有这个道理，要姐夫花钱？"

盐客到后装作生气神气说，"老娘，得了，你请客我请客不是一样吗？我这人心直，你太婆婆妈妈，我不高兴的。"

好象万不得已，到后才终于把它收下拿走了。

老娘虽吃的是这么一碗肮脏饭，年纪已过四十五岁，还同一个弄船的老水手交好，在大街上追着那水手要关门钱。前不久且把一点积蓄买过一对猪脚，送给个下行年青水手，为的是水手答应过她一件事。对于人和人做的丑事虽毫不知羞耻，可是在许多人和人的通常关系上，却依然同平常人一样，也还要脸面，有是非爱恶，换言之就是道德意识不完全泯灭。言语和行为要他人承认，要他人赞美。生活上必需从另一人方面取得信任或友谊，似乎才能够无疚于心的活下去。人好利而自私，习惯上礼法仍得遵守，照当地人说法，是心还不完全变黑。

桂枝年纪还只十八岁，已吃了将近三年码头饭。同其他吃这碗饭的人一样，原本住在离此地十多里地一个小乡里，头发黄黄的，身子干干的，终日上山打猪草，挖葛根，干一顿稀一顿拖下来。天花，麻疹，霍乱，疟疾，各种厉害的传染病，轮流临到头上，木皮香灰乱服一通，侥幸都逃过了。长大到十三岁时，就被个送公事的团丁，用两个桃子诱到废碉堡里玷污了，自然是先笑后哭，莫名其妙。可是得了点人气后，身心方面自然就变了一点，长高了些，苗条了些，也俨然机伶了些。到十五岁家里估计应当送出门了，把她嫁给一个孤身小农户，收回财礼二十吊，数目填写在婚书上，照习惯就等于卖绝。桂枝哭啼啼离开了自己那个家，到了另外一个人家里，生活除了在承宗接祖事情上有点变化，其余一切还是同往常一样。终日上山劳作，到头还不容易得到一饱。挨饿挨冷受自然的虐待，挨打挨骂受人事的折磨。孕了一个女儿，不足月就小产掉了。到十六岁时，小农户忍受不了，觉得不想办法实在活不下去。正值省里招兵，委员到了县里，且有公事行到乡长处，乐意去的壮丁不少。那农户就把桂枝送到 × 村一个远亲家里来寄住，自己当兵去了。丈夫一走，寄住在远亲家吃白食当然不成，总得想办法弄吃的。虽说不唇红齿白，身材俏俊，到底年纪轻，当令当时，俗话说十七八岁的姑娘，再丑到底是一朵花。就是喇叭花，也总不至于搁着无人注意。老娘其时正逃走了一个养女，要人补缺，找帮手不着，就认桂枝作干女儿，两人合作，来立门户。气运好，一上手就碰着一个庄号上的小东家，包了三个月，有吃有穿，且因此学了好些场面规矩。小老板一走，桂枝在当地土货中便成红人了。但塞翁失马，祸福同至，人一红，不久就被当地驻军一个下级军官霸占了。这军官赠给她一身脏病，军队移防命令一到，于是开拔了。一来一往三年的经验，教育了这个小娼妇，也成全了这个小娼妇。在当前，河街上吃四方饭的娘儿们中，桂枝已是一个老牌子，沿河弄船的青年水手，无人不知。尤其是东食西宿的办法，生活收入大半靠过路客商，恩情却结在当地一个傻小子身上，添了人一些笑话，也得到人一点称赞。

本地吃码头饭的女子，多数是有生意时应接生意，无生意时照例有个当地光棍，或退伍什长，或税关上司事一类人，由熟客成为独占者，终日在身边烧烟谈天。这种塌茸男子当初一时也许花了些钱到女人身上，后来倒多数是一钱不出，有的人且吃女的，用女的，不以为耻。平时住在女的家里犹如自己家里，客来时才走开。这种人大多是被烟毒熏得走了型，毫无骨气，但为人多懦而狡，有的且会周张，遇屠头客人生事闹乱子，就挺身出面来说理，见客人可以用语言唬诈时，必施小做作，借此弄点钱。有时花了眼睛，认错了人，讹人反被人拿住了把柄，就支支吾吾逃开，来不及时又即刻向人卑屈下流的求饶。挨打时或沉默的忍受，或故意呻吟，好象即刻就要重伤死去的样子，过后却从无向人复仇的心思。为人俨然深得道家"柔则久存"的妙旨，对人对己都向抵抗极小的一方面滑去。碰硬钉子吃了亏，就以为世界变了，儿子常常打老子，毫无道理，也是道理。但这种鼻涕似的人生观，却无碍于他的存在。他还是吃，喝，睡，兴致好时还会唱唱。自以为当前的不如意正如往年的薛仁贵、秦琼，一朝时来运来，会成为名闻千古的英雄。唱《武家坡》，唱《卖马》，唱到后来说不定当真伤起心来了，必嘶着个嗓子向身边人嚷着说，"这日子逼死了英雄好汉，拖队伍去，拖队伍去！"其中自然也就有当真忍受不了，下山落草。跑了几趟生意，或就方便作坐地探子，事机不密，被驻军捉去，经不住三五百板子，把经过一五一十供出，牵到场坪上去示众。临刑时已昏头昏脑，眼里模模糊糊见着看热闹的妇女，强充好汉，勉强叫着，"同我相好的都来送终，儿女都来送终！"占点口上便宜，使得妇女们又羞又气，连声大骂，"刀砍的，这辈子刀砍你，二辈子刀还是砍你！"到后便当真跪在河边，咔嚓挨那一刀，流一滩血，拖到万人坑里用土掩了完事。

桂枝别有眼睛，选靠背不和人相同，不找在行人却找憨子。憨子住在河边石壁洞穴里，身个子高高的，人闷闷的，两个膀子全是黑肉，每天到山上去挖掘香附子和其他草药，自食其力，无求于人。间或兴子来时，就跟本地弄船的当二把纤，随船下辰州桃源县。照水上规矩下行弄船只能吃白饭，不取工钱。憨小子搭船下行时，在船头当桨手，一钱不名，依然快快乐乐，一面呼号一面用力荡桨，毫不含糊。船回头时，便把工钱预先支下，在下江买了礼物，戴合记的香粉，大生号的花洋布，带回来送给桂枝。因为作人厚道，不及别的人敲头掉尾，所以大家争着叫他憨子，憨子便成为这青年人的诨名。憨子不离家，也不常到河街成天粘在小娼妇身边，不过上山得到了点新鲜山果时，才带到河街来给桂枝，此外就是桂枝要老娘去叫来的。人来时常常一句话不说，见柴砍柴，见草挽草，不必嘱咐也会动手帮忙。无事可作就坐在灶边条凳上，吸他那枝老不离身的罗汉竹旱烟管，一面吸烟一面听老娘谈本街事情。本来说好留在河街过夜，到了半夜，不凑巧若有粮子上副爷来搭铺过夜，憨子得退避，就一声不响，点燃一段废缆子，独自摇着那个火炬回转洞穴去，从不抱怨。时间一多，倒把老娘过意不去，因此特别对他亲切。桂枝也认定憨子为人心子实，有包涵，可以信托，紧贴着心。

盐客昨晚上在此留宿，事先就是预先已约好了憨子，到时又把憨子那么打发回去的。

老娘烧了锅水，把鸡宰后，舀开水烫过鸡身，坐在腰门边，用小镊子摘鸡毛。正打量着把鸡身上某部分留下。又想起河中涨水，三门滩打了船，河中一定有人发财。又想起憨子，知道天落雨，憨子不上山，必坐在洞中望雨，打草鞋搓草绳子消磨长日。老娘自言自语说，"憨人有憨福"，不由得咕咕笑将起来。

桂枝正走出房门，见老娘只是咕咕笑。就问，"娘你笑什么？"

老娘说，"我笑憨子，昨天他说要到下江去奔前程，发了洋财好回来养我的老。他倒人好心好，只是我命未必好。等到他发洋财回来时，我大腿骨会可做棒槌打鼓了。"说了自己更觉得好笑，就大笑起来。

桂枝不作声，帮同老娘拔鸡毛。好象想起心事，吁了一口气。

老娘不大注意，依然接口说下去，"人都有一个命，生下来就在判官簿籍上注定了，洗不去，擦不脱。象我们吃这碗饭的人，也是命里排定的，你说不吃了，干别的去，不是做梦吗？"

桂枝说，"娘，你不干，有什么不成？活厌了，你要死，抓把烟灰，一碗水吞下肚里去，不是两脚一伸完事？你要死，判官会说不许你死？"

"你真说得好容易。你哪知道罪受不够的人，寻短见死了，到地狱里去还是要受罪。"

"我不相信。"

"你哪能相信？你们年轻人什么都不相信，也就是什么都不明白。'清明要晴，谷雨要雨'，我说你就不信。'雷公不打吃饭人'，我说你又不信。……"

老娘恰同中国一般老辈人相似，记忆中充满了格言和警句，一部分生活也就受这种字句所薰陶所支配。桂枝呢，年纪轻，神在自己行动里，不在格言警句上。

桂枝说，"那么，你为什么不相信鲤鱼打个翻身变成龙？"

老娘笑着说，"你说憨子会发洋财，中状元，作总司令，是不是？鲤鱼翻身变成龙，天下龙王只有四位，鲤鱼万万千，河中涨了水，一网下来就可以捉二十条鱼！万丈高楼从地起，总得有块地！"

憨子住的是洞窟，真不算地。但人好心地好，老娘得承认。老娘其实同桂枝一样，盼望憨子发迹，只是话说起来时，就不免如此悲观罢了。桂枝呢，对生活实际上似乎并无什么希望，尤其是对于憨子。她只要活下去，怎么样子活下去就更有意思一点，她不明白。市面好，不闹兵荒匪荒，开心取乐的大爷手松性子好，来时有说有笑，不出乱子，就什么都觉得很好很好了。至于憨子将来，男子汉要看世界，各处跑，当然走路。发财不发财，还不是"命"？不过背时走运虽说是命，也要尽自己的力，尽自己的心。凡事胆子大，不怕难，做人正派，天纵无眼睛人总还有眼睛。憨子做人好，至少在她看来，是好，到后又回到这里来了。在这一家中的工作是洗衣烧饭，间或同卖鸡蛋清毛房的乡下人嚷嚷，一切动机无不出于护主。为人性情忠诚而快乐，爱清洁，又惜物不浪费，所以在一家中极得力，受一家重视。这点重视为王嫂感觉到时，引起她的自尊心，事情便做得更有条理。

有一天，另外一个乡下妇人来了，带了些新蚕豆来看王嫂，两人一面说一面抽抽咽咽。来人去后，问起原因才知道一年前那个作新媳妇的女儿，已在两个月前死掉了。来的就是那女儿的婆婆。女儿因为生产，在乡下得不到医药照料，孩子生下地两天，女儿流血不止，家里人全下了田，想喝水不得水喝，喝了些水缸脚沉淀，第二天腹痛就死去了。孩子活了两个月，也死去了。经过这样大变故的王嫂，竟还是一切照常，用来稳定她的生命或感情的，原来是古人的"生死有命，富贵在天"八个字。她相信八字。

说起女儿死去情形时，她说："他们忙着收麦子，大麦稞麦，用车子装满一车一车马拖着走，下田去了。我女儿要喝水，喝不到，把水缸脚脚喝下肚，可怜，她嚷痛也痛，就死了！死了她男人哭，不许棺材抬出门。自己可要去做壮丁，抽签到头上，过盘龙寺当兵去！生死有命。"说的话不到十句，可包括了多少动人的内容！

吃晚饭时，王嫂加添一碗新蚕豆，就是白天那亲家送来的。两亲家说起女儿时，心酸酸的，眼睛湿莹莹的，都念着女儿。

王嫂死了女儿，儿子却好好的。一个月必来看看她一次，就便把工薪全部缴上，王嫂点清了数目，另外送他两块钱作零用。

这家里同别的人家一样，有鸡，有狗，有猫儿。这些生物在家中各有一个地位。这一切却统由王嫂照管。

把午饭开过，锅碗盘盏洗清楚后，王嫂在大院中石碌碡上坐下喂鸡，看鸡吃食。看见横蛮霸道的大公鸡欺侮小母鸡时，就追着那公鸡踢一脚，一面骂着，"你个良心不好的扁毛畜生，一个小小肚子吃多少！我打死你！"公鸡还是大模大样不在乎，为的是这扁毛畜生，已认识了王嫂实在是个好人。公鸡是住在对面唐公馆戏楼上哲学教授老金寄养下来的。每天大清早，家中小黑狗照例精神很好，无伴侣可以相互追逐取乐，因此一听公鸡伸长喉咙呜叫，就似乎有点恶作剧，必特意来追逐公鸡玩。这种游戏自然相当激烈，是公鸡受不了的。因此这庄严生物，只好一面绕屋奔跑一面咖呵咖呵叫唤，表示对这玩笑并不同意，且盼望有人来援救出险。这种声唤自然引起了一家人的关心，但知道是小狗恶作剧，谁也不理会，到后真正来援救解围的，照例只有王嫂一人。

那时节王嫂也许已经起床，在厨房烧水了，就舞起铁火钳出来赶狗，同小狗在院中团团打转。也许还未起床，小狗恶作剧闹到自己头上，必十分气愤，从房中拿了一根长竹竿出来打狗。这支竹竿白天放在院子中晒晾衣服，晚上特意收进房中，预备打狗。小狗聪明懂事，食料既由王嫂分配，对王嫂自然相当敬畏，眼见那枝竹竿，是王嫂每天打它用的。只是大清早实在太寂寞了，兴致又特别好，必依然折磨折磨大公鸡，自己也招来两下打，因此可好象一个顽皮孩子一般，搭搭赸赸跑到墙角去撒一泡尿，不再胡闹，乐意结束了这种恶作剧。尽管挨骂，挨打，小狗心中还是清楚明白，一家中唯有王嫂最关心它。

王嫂每天照例先喂狗，后喂鸡。狗吃饱后就去廊下睡觉。喂完了鸡，向几只鸡把手拍拍，表示所有东西完了完了，那几只鸡也就走过院坪边沿那几株大尤加利树下扒土玩去了，因此来准备开始做自己事情。下半天是她洗衣的时间，天气好时，王嫂更忙。院子中

"要炸让它炸，生死有命。"

这件事也就过去了。第二天到了下午，天气还是很好，并无警报，到两点左右，她正一面洗衣一面用眼睛耳朵去搜索高空中自家飞机的方位，小狗忽然狂吠起来。原来那个在茶业局当差的小儿子来了。

小孩子脸黑黑的，裤子已破裂，要他母亲给缝补缝补。

"福寿，你走哪里来？"

孩子说："我从近日楼那个法国甘美医院来。"

"昨天警报你在哪里？"

孩子说："我在河甸营。"

这一来王嫂呆住了。"你怎么到飞机场去。日本飞机不是把河甸营炸平了吗？炸死好多好多人。你去看热闹！有什么好看的！"

"我有事去。飞机来了，丢下十二个炸弹，三个燃烧弹，房子烧了，倒了，我前前后后是人手人脚，有三匹马也炸个碎烂。机关枪答答答答乱打。最后我也死了，土把我埋了。有人摸我心子，还有一点气，汽车装我到甘美医院。今天九点钟我醒回来了，他们说好，你醒了，你姓什么？好，王家孩子，你回家去吧。到局里去吧，你妈找你！裤子被车门拉破的，他们当我是个死人！……说我真命大，全身没有伤，死里逃生的。"

孩子把事情叙述得清清楚楚，毫不觉得可怕，也毫不觉得这次经验有何得意处。坐在他母亲洗衣盆边，裤子破了一个大裂口，把手抹抹，瘦瘦的腿子全裸露出来了。王嫂声哑了，"咦，咦，咦，你不炸死！你看到死人？看到房子倒了烧起来？你看到人手人脚朝天上飞？人家抬你到医院去，九点钟才醒。回去主任骂不骂你？来，我看看你裤子！"

抚。因为三只鸡都正在下蛋，每天生三个大鸡蛋，照市价值三毛钱。老太太家当虽有三十万，但一屋子屯的煤油，三个仓房屯的青盐，几箱子田地和房屋纸契，对于她似乎都不大相干。这些家业尽管越累越多，都并不能改造她的人生观或生活方式。尤其是不能改变那个老财主的人生观和对待她的生活方式。老财主带了个姨太太住在同村另外一所大房子里过日子，要老太太当家，一切权利都是抽象的，只有义务具体。照习惯她生活中只有"忙"，按节令忙来忙去，按早晚忙来忙去。忙到老，精力不济事，便死了。死后儿女便给她换上老衣，把她抬进那口搁在侧屋黟漆新合成的楠木寿材里去，照规矩念十天半月经，做做法事，请县长点主，石匠打碑记下生卒年月，一切就完事了。人还不完事，对她生存有点意义，就是猪生小猪鸡下卵。卧房中黑黑的，放下十来个大小不一的坛瓮，贮装干粮干菜干果。另外靠近床边，一个大扁箩，里面有些糠皮，贮装鸡蛋。她把每个鸡蛋都上一个记号，一共已有了四十二个。她正预备到下月孵鸡雏，还不决定孵三窠孵两窠，很费踌躇。局长一来，问题简单明朗化了。

王老太太恐怕别的事，问局长要不要找老官官来。局长把头拨浪鼓一般摇着。

"老太太，今天怎不进城去看热闹。省里来了上百学生，男的女的一起来，要宣传唱文明戏，捉汉奸。"

老太太有点胡涂了，"我们这地方哪有汉奸捉？"

"演戏！戏上有卖国奸臣毛延寿。汪精卫就是个毛延寿，是个汉奸！"

"谁把汪精卫捉住了来？"

"假的，老太太，假的！看看去就会明白。还有女学生唱歌，穿一色同样衣服，排队唱抗战歌，'轰炸机，轰炸机'，声音很好听，你去听听看。县长说大家都要去。"

"有飞机吗？真是我们炮队打下来的吗？"

很显然，老太太和建设局长说去说来，总不大接头。局长因此转口说：

"老太太，你这几只鸡真肥，怕有四五斤一只吧。"

"扁毛畜生讨厌！……你又来抢我，黄鼠狼咬你不要叫人救驾。"老太太已走到廊下，把簸箕高高举起，预备放到过堂门高案桌上去。但鸡是个会飞的东西，放得再高也不济事。还未把荞麦放上去，有一只鸡已经跳上案桌了。局长眼看到这种情形，正好进言，就说：

"老太太，我无事不登三宝殿。今天省里学生来得太多，县长办招待，临时要预备十桌饭菜。这海碗大城里，怎么预备？要我来买几只鸡，你这鸡卖把我可好？"

老太太还不及听明白问题，局长就拍着腰边皮板带，表示一切现买现卖，"老太太，我们照市价买，过一过秤，决不亏你。县长人公道，你明白的。"

老太太把话听明白后吃了一大惊，摇着两只手，好象抵拒一件压力很重的东西，"不成，不成。局长，我鸡不卖，鸡正生蛋，我要孵小鸡，不能杀它。"

"你不是讨厌它？要黄鼠狼子吃了它？公家事，县长办招待，不能说不卖！大家凑和凑和，来的是客人，远远的走来，好意思让人家挨饿。"

"你到街上去买刘保长鸡，他家鸡多。我这鸡不能卖。"

"刘保长家还待说？他为人慷慨大方，急公好义，听说县长请客，一定捐五只鸡，我们就要去捉的。你鸡肥，我们出钱买，有斤算斤，有两算两。"

保安队兵同漆匠过不久都加入了这种语言战争。末了自然是"公事"战胜了"私欲"，把鸡捉去了两只，留下那只毛色顶好看的笋壳色母鸡陪老太太。局长临走时，放了八元钱到条凳上，恐风吹去，用个小石子压住。向漆匠吩咐说：

"你们在这里做什么工？学生来宣传，赶快去听！"

漆匠咕噜咕噜笑着，对老太太望着，"老太放不放我们去看戏？局长说……"

王老太太怪不高兴，气冲冲的说："局长要你们看戏，你们今天不算工你就看去。我一天还死不了，不忙进棺材。你们就去，啃鸡骨头去！"

漆匠搭搭讪讪走过寿材边去，心中还是笑着。局长带着两只鸡走了。可是不到一会儿，县里又有人来传话，要人去听宣传，把漆匠叫走了。老太太捏了几张钞票走向卧房，把票子放到枕头下。翻开箩子数了一会鸡卵，心中很懊恼。出卧房时无心再在簸箕边做事，眼看那只鸡啄荞麦也不过问。踱到侧屋去看自己百年寿材，又拿起漆匠用的排笔来刷了两下，见一个苍蝇正粘在漆上，口中轻轻的说着："你该死！"她好象听到鸡叫，心想一定是局长在刘保长家捉鸡。记起局长说的刘保长"慷慨大方，急公好义"，心中不大服气，正拟走走出到村子头去看看，是不是当真捐五只鸡，老财主回家来了。

老财主走后，把那八块钱也带走了。老的说，鸡吃的是王家谷子，卖鸡得了钱，不能算私房留下。同老太太争吵了两句。老太太争论不过，只好让他把钱拿走。老太太非常怄气，饭也不吃。可是事不相干，媳妇们和小孙子谁也不曾注意到这件事。因为吃过饭，大家都进城看"宣传"，赶热闹去了。

下午三点左右，宣传队就骑了县署代雇的几十匹马，离开了小县城，浩浩荡荡向车站走去了。县长在城门边送走宣传队后，到街上去看看，茶馆老板拿了三个信送给县长看，说是宣传队今天替出征家属写给前线家里人的，一共三封。既不知道收信人军队番号，也不知驻防地点，不好付邮，请县长作主。县长看看那个信，写的是：

> 我忠勇的健儿，时代轮子转动了，帝国主义末日已
> 到，历史的决定因素不可逃避。在前方，你们流血苦战，
> 在后方，宣传人员流汗工作，全民一致争取最后的胜利已
> 经来到……

县长看看不大懂，看不下去，把眉头皱皱，心想，这是城里学生作的白话文，乡下人不会懂的，乡下人也用不着。为什么不说说庄稼、雨水、大黄牛同小猪情形？把信袖了就向衙署走去。衙署前贴了许多标语，写的是美术字，歪歪斜斜，不大认识。县长轻轻的叹了一口气，自言自语的说："美术字，怎么回事？怎么不写何绍基、柳公权？"其时几个保安队兵士正抬了从民家借来的桌椅板凳，从衙署出来，就告诉他们不许弄错，要一一归还。

同样时间康街村子里小学生看热闹回来，大家学会了一个抗敌歌，有个师范生带领孩子们高高兴兴的大声唱着新学会的歌曲，村前村后游行。油漆匠正回到王老太太侧屋来收拾家伙。王老太站在大院中，一见两个油漆匠，就说："姓曾的，你回来了！今天可不算账，你要钱，到县长那里告我去。"听到歌声，想起建设局长说的话，接着又说："轰炸机，轰炸机，油炸八块鸡，你们吃了我的鸡做了些什

么事！水桶大炸弹从半天上掉下来，你们抱了炸弹向河里跳？"两个油漆匠咕咕笑着，不知说什么好。

老太太又说："你们看戏了，是不是？我说真话，今天可不算工钱。"

"不要紧，老太太。你百万家当，好意思不把钱？老先生说明天请我们喝酒，答应一个人喝半斤。"

提起老官官，老太气得开口不来。拾石子追逐那只笋壳色母鸡打着，"你个扁毛畜生，你明天发瘟死了好，活下来做什么？"

第二天城里上了报，说起这次下乡宣传，把做戏、演讲、慰劳、访问并代出征军人家属写信，各种事情都用宣传口吻很热闹的叙述到了，却不曾提及把个小县长忙得什么样子，花了多少钱。王老太太失鸡事小，自然更不会提起。

作者附记

大家都说"下乡宣传"，这件事自然很好。可是宣传并不止是靠"热情"，还需要知识，需要知识，似乎比热情多一些。想教育乡下人，得先跟乡下人学学，多明白一点乡下是什么，需要什么，与城里有多少不同地方。我眼看到一个私人服务团下乡，就中还有一个小亲戚，很热心的随同这个组织下乡，担任写信工作，写了上面那类信。并且向我说，那次下乡"很有趣味"。我还看到县长，看到那老太太。实在觉得很悲哀。我们一切好的愿望好的行为背后推动的是热忱，希望达到的是效果。乡村有些什么，需要什么，的确应当多知道些，值得多知道些。这里所写虽只是西南省份一个小县中情形，说不定还可给下乡的朋友一点参考！

虹　桥

　　一九四一年十月十七，云南省西部，由旧大理府向××县入藏的驿路上，运砖茶、盐巴、砂糖的驮马帮中，有四个大学生模样的年青人，各自骑着一匹牲口，带了点简单行李，一些书籍、画具，和满脑子深入边地创造事业的热情梦想，以及那点成功的自信，依附队伍同行，预备到接近藏边区域去工作。就中有三个，国立美术学校出身，已毕业了三年。刚入学校作一年级新生时，战事忽然爆发，学校所在地的北平首先陷落，于是如同其他向后方流注转徙的万千青年一样，带着战争的种种痛苦经验，以及由于国家组织上弱点所得来的一切败北混乱印象，随同学校退了又退，从国境北端一直退到南部最后一省，才算稳定下来。学校刚好稳定，接着又是太平洋各殖民地的争夺，战争扩大到印缅越南。敌人既一时无从再进，因之从空中来扰乱，轰炸接续轰炸，几个年青人即在一面跑警报一面作野外写生情形中毕了业。战争还在继续进行中，事事需人工作，本来早已定下主意，一出学校就加入军队，为国家做点事。谁知军队已过宣传时期，战争不必再要图画文字装点，一切都只象是在接受事实，适应事实，事实说来也就是社会受物价影响，无事不见出腐化堕落的加深和扩大。因此几个人进入了一个部队不到三个月，不能不失望退出，别寻生计。但是后方几个都市，全都在疲劳轰炸中受试验，做不出什么

277

事业可想而知。既已来到国境南端不远，不如索性冒险向更僻区域走走。一面预备从自然多学习一些，一面也带着点儿奢望，以为在那个地方，除作画以外还能为国家做点事。几个年青人于是在一个地图上画下几道记号，用大理作第一站，用××作第二站，决定一齐向藏边跑去。三年前就随同一个马帮上了路，可是原来的理想虽同，各人兴趣却不一致，正因为这个差别，三个人三年来的发展，也就不大相同。各自在这片新地上，适应环境克服困难，走了一条不同的路，有了点不同的成就。就中那个紫膛脸、扁阔下颔、肩膊宽厚、身体结实得如一头黑熊，说话时带点江北口音，骑匹大白骡子的，名叫夏蒙，算是一行四人的领队。本来在美术学校习图案画，深入边疆工作二年，翻越过三次大雪山，经过数回职业的变化，广泛的接触边地社会人事后，却成了个西南通。现在是本地武装部队的政治顾问，并且是新近成立的边区师范学校负责人之一。另外一个黑而瘦小、精力异常充沛、说话时有中州重音，骑在一匹蹦来跳去的小黑叫骡背上的，名叫李桀。二年前来到大雪山下，本预备好好的作几年风景画，到后不久即明白普通绘画用的油蜡水彩颜料，带到这里实毫无用处。自然景物太壮伟，色彩变化太复杂，想继续用一支画笔捕捉眼目所见种种，恐近于心力白用，绝不会有什么惊人成就。因此改变了计划，用文字代替色彩，来描写见闻，希望把西南边地徐霞客不曾走过的地方全走到，不曾记述过的山水风土人情重新好好叙述一番。那么工作了一年，到写成的《西南游记》，附上所绘的速写，在国内几个大报纸上刊载，得到相当成功后，自己方发现，所经历见闻的一切，不仅用绘画不易表现，即文字所能够表现的，也还有个限度。到承认这两者都还不是理想工具时，才又掉换工作方式，由描绘叙述自然的一角，转而来研究在这个自然现象下生存人民的爱恶哀乐，以及这些民族素朴热情表现到宗教信仰上和一般文学艺术上的不同形式。在西南边区最大一个喇嘛庙中，就曾住过相当时日，又随同古宗族游牧草地约半年。这次回到省中，便是和国立博物馆负责人有所接洽，拟回到边区去准备那个象形文字词典材料搜集工作的。还有一个年青人，用牧童放牛姿势，稳稳的伏在一匹甘草黄大马后胯上，脸庞比较瘦弱，神气间有点隐逸味，说话中有点洛下书生味，与人应对时有点书呆子味，这人名叫李兰。在校时入国画系，即以临仿宋元人作品擅长。到大雪山勾勒画稿一年后，两个同伴对面前景物感到束手，都已改弦更张，别有所事，唯有他倒似乎对于环境印象刚好能把握得住，不仅未失去绘画的狂热，还正看定了方向，要作一段长途枯寂的探险。上月带了几十幅画和几卷画稿到省中展览，得到八分成功后，就把所有收入全部购买了纸张绢素笔墨颜色，打量再去金沙江上游雪山下去好好的画个十年，给中国山水画开个崭新的学习道路。第四个年纪最轻，一眼看去不过二十二三岁，身材颀长挺拔，眉眼间却带点江南人的秀气。这人离开学生生活不过两个月，同伴都叫他小周。原本学了二年社会学，又转从农学院毕业。年事既极轻，入世经验也十分浅，这次向西部跑且系初次，因之志向就特别荒唐和伟大。虽是被姓夏的朋友邀来教书，在他脑子里，打量到的却完全近于一种抒情诗的生活梦。一些涉及深入边地冒险开荒的名人传记，和一些美国电影故事，在他记忆中综合而成的气氛，扩大加深了他此行奇遇的期待。他的理想竟可说不仅只是到边区去作知识开荒工作，还准备要完成许多更大更困难的企图。一行中三个人既都能作画，对风景具高度鉴赏力，几个人一路谈谈笑笑，且随时随处都可以停留下来画点画。领头的夏蒙，又因一种特殊身分，极得马帮中的信仰，大家生活习惯，又能适应这个半游牧方式。更重要的是雨季已到尾声，气候十分晴朗，所以上路虽有了四天，大家可都不怎么觉得寂寞辛苦。照路程算来，还要三天半，他们才能达到第二个目的地。

时间约摸在下午三点半钟，一行人众到了××县属一个山冈边，地名"十里长松"。那道向西斜上的峻坂，全是黑色岩石的堆积。从石罅间生长的松树，延缘数里，形成一带茂林。峻坂逐渐上升，直到岭尽头，树木方渐渐稀少。旧驿路即延缘这个长坂，迎着一道干涸的沟涧而上，到达分水岭时方折向北行，新公路却在冈前即转折而东绕山脚走去。当二百个马驮随着那匹负耗带铃领队大黑骡，迤逦进入松林中，沿涧道在一堆如屋如坟奇怪突兀磐石间盘旋，慢慢的上山时，紫膛脸阔下巴的夏蒙，记忆中忽重现出一年前在此追猎黄麂的快乐旧事，鞭着胯下的白骡，离开了队伍，从斜刺里穿越松林，一直向那个山冈最高处奔去。到上面停了一会儿，举目四瞩，若有所见，随即用着马帮头目"马锅头"制止马驮进行的招呼声：

"站，站，站，咦……呷！"制止那个队伍前进。那个领队畜牲，一听这种熟习呼声，就即刻停住不再走动，张着两个大毛耳朵等待其他吩咐。照习惯，指挥马驮责任本来完全由"马锅头"作主，普通客人无从越俎代庖。但这位却有个特别原因。既是当地知名某司令官的贵客，又是中央机关的委员，更重要处是他对当地凡事都熟习，不仅上路规矩十分在行，即过国境有些事得从法律以外办点特别交涉的，他也能代为接头处理。几个同伴既得随地留连，因此几天来路上的行止，就完全由他管理。马锅头正以能和委员对杯喝酒为得意，路上一切不过问，落得个自在清闲，在马背上吹烟管打盹，自己放假。其时队伍一停止，这头目才从半睡盹中醒回。看看大白骡已离群上了山，赶忙追到上面去，语气中带着一分抗议三分要好攀交亲神情：

"委员，你可又要和几个老师画风景？这难道是西湖十景，上得画了吗？我们可就得在这个松树林子大石堆堆边过夜？地方好倒好，只是天气还老早啊！你看，火炉子高高的挂在那边天上，再走十里还不害事！"

话虽那么说，这个头目真正意思倒象是："委员，你说歇下来就歇下来，你是司令官，一切由你。你们拣有山有水地方画画，我们就拣地方喝酒，松松几根穷骨头。树林子地方背风，夜里不必支帐篷，露天玩牌烧烟，不用担心灯会吹熄！"

夏蒙却象全不曾注意到这个，正把一双宜于登高望远的黄眼睛，凝得小小的，从一株大赤松树老干间向西南方远处望去。带着一种狂热和迷惑情绪，又似乎是被陈列在面前的东西引起一点混和妒嫉与崇拜的懊恼，微微的笑着，象预备要那么说：

"嘻，好呀！你个超凡入圣的大艺术家、大魔术家，不必一个观众在场，也表演得神乎其神，无时无处不玩得兴会淋漓！"

又若有会于心的点点头，全不理会身边的那一位。随即用手兜住嘴边，向那几个停顿在半山松石间的同伴大声呼喊：

"大李，小李，小周，赶快上山来看看，赶快！这里有一条上天去的大桥，快来看！"

三匹坐骑十二个蹄子，从松林大石间一阵子翻腾跑上了山岗。到得顶上时，几个人一齐向朋友指点处望去，为眼目所见奇景，不由得不同声欢呼起来：

"嘻，上帝，当真是好一道桥！"

呼声中既缺少宗教徒的虔信，却只象是一种艺术家的热情和好事者的惊讶混和物。那个马帮头目，到这时节，于是也照样向天边看看，究竟是什么桥。

"嘻，我以为什么桥，原来是一条扁担形的短虹，算哪样！"

可是知道这又是京城里人的玩意儿，这一来，不消说必得在此地宿营了。对几个年青人只是笑着，把那个蒲扇手伸出四个指头，向天摇着，"少见多怪！四季发财。你们好好画下来，赶明天打完了仗，带到北京城里去，逗人看西洋景！"接着也轻轻的叫了一声"耶稣"，意思倒是"福音堂的老米，耶稣大爹我认得！"借作对于那声不约而同的"上帝"表示理会与答复。不再等待吩咐，吐一口唾沫在手上搓一搓，飞奔跑下了山冈，快快乐乐的去指挥同伙卸除马驮上的盐茶货物，放马吃草，准备宿营去了。

四个年青人骑在马背上，对着那近于自然游戏，唯有诗人或精灵可用来作桥梁的垂虹，以及这条虹所镶嵌的背景发怔时，几个人真不免有点儿呆相。还是顶年青活泼快乐的小周，提醒了另外三个：

"你们要画下来，得赶快！你看它还在变化！"

几个人才一面笑着一面忙跳下马，从囊中取出速写册子和画具，各自拣选一个从土石间蟠曲而起的大树根边去，动手勾勒画稿。年青的农学士无事可作，看见大石间那些紫茸茸的苔类植物，正开放白花和蓝花，因此走过去希望弄点标本。可是不一会，即放弃了这个计划，傍近同伴身边来了。他看看这一个构图，看看那一个敷彩，又从朋友所在处角度去看看一下在变化中的山景，作为对照。且从几个朋友神色间，依稀看出了同样的意见：

"这个哪能画得好？简直是毫无办法。这不是为画家准备的，太华丽，太幻异，太不可思议了。这是为使人沉默而皈依的奇迹。只能产生宗教，不会产生艺术的！"于是离开了同伴，独自走到一个大松树下去，抱手枕头，仰天躺下，面对深蓝的晴空，无边际的泛思当前的种种，以及从当前种种引起的感触。

"这不能画，可是你们还在那么认真而着急，想捕捉这个景象中最微妙的一刹那间的光彩。你即或把它保留到纸上，带进城里去，谁相信？城市中的普通人，要它有什么用？他们吃维他命丸子，看美国爱情电影，就已占据了生命的大部分。凡读了些政治宣传小册子的，就以为人生只有"政治"重要，文学艺术无不附属于政治。文学中有朗诵诗，艺术中有讽刺画，就能够填补生命的空虚而有余，再不期待别的什么。具有这种窄狭人生观的多数灵魂，哪需要这个荒野、豪华、而又极端枯寂的自然来滋润？现代政治唯一特点是嘈杂，政治家的梦想即如何促成多数的嘈杂与混乱，因之而证实领导者的伟大。第一等艺术，对于人所发生的影响，却完全相反，只是启迪少数的伟大心灵，向人性崇高处攀援而跻的勇气和希望。它虽能使一个深沉的科学家进一步理解自然的奥秘与程序，可无从使习惯于嘈杂的政治家以及多数人觉得有何意义。因之近三十年来，从现代政治观和社会观培育出来的知识分子，研究农村，认识农村，所知道的就只是农村生活贫苦的一面。一个社会学者对于农村言改造，言重造，也就只知道从财富增加为理想。过去宗教迷信对之虽已无多意义，目前政治预言对之也无从产生更多意义。增加财富固所盼望，心安理得也十分重要。城市中人既无望从文学艺术对于人生作更深的认识，也因之对农民的生命自足性，以及属于心物平衡的需要，永远缺少认识。知识分子需要一种较新的觉悟，即欲好好处理这个国家的多数，得重新好好的认识这个多数。明白他们生活上所缺乏的是什么，并明白他们生活上还需要丰富的是些什么。这也就是明日真正的思想家，应当是个艺术家，不一定是政治家的原因。政治家的能否伟大，也许全得看他能否从艺术家方面学习认识'人'为准……"

　　无端绪的想象，使他自己不免有点吓怕起来了。其时那个紫膛脸的夏蒙，也正为处理面前景物感到手中工具的拙劣，带着望洋兴叹的神气，把画具抛开，心想：

"这有什么办法？这哪是为我们准备的？这应当让世界第一流音乐作曲家，用音符和旋律来捉住它，才有希望！真正的欣赏应当是承认它的伟大而发呆，完全拜倒，别无一事可以做，也别无任何事情值得做。我若向人说，两百里外雪峰插入云中，在太阳下如一片绿玉，绿玉一旁还镶了片珊瑚红，鞲鞴紫，谁肯相信？用这个远景相衬，离我身边不到两里路远的松树林子那一头，还有一截被天风割断了的虹，没有头，不见尾，只直杪杪的如一个彩色药杵，一匹悬空的锦绮，它的存在和变化，都无可形容描绘，用什么工具来保留它，才能够把这个印象传递给别一个人？还有那左侧边一列黛色石坎，上面石竹科的花朵，粉红的、深蓝的、鸽桃灰的、贝壳紫的，完全如天衣上一条花边，在午后阳光下闪耀。阳光所及处，这条花边就若在慢慢的燃烧起来，放出银绿和银红相混的火焰。我向人去说，岂不完全是一种疯话或梦话？"

小周见到夏蒙站起身时，因招呼他说：

"夏大哥，可画好了！成不成功？"

夏蒙一面向小周走来，一面笑笑的回答说：

"没有办法，不成功！你看这一切，哪是为我们绘画准备的？我正想，要好好表现它，只是找巴哈或悲多汶来，或者有点办法。可是几个人到了这里来住上半年，什么事不会做，倒只打量到中甸喇嘛庙去作和尚，也说不定——巴哈的诚实和谦虚，很可能只有走这条路，因为承认输给自然的伟大，选这条路表示十分合理。至于那个大额角竖眉毛的悲多汶，由于骄傲不肯低头，或许会自杀。因为也只有自杀，才能否定个人不曾被自然的壮丽和华美征服。至于你我呢？我画不好，简直生了自己的气，所以两年前即放弃了作大画家的梦，可是间或还手痒痒的，结果又照例付之一叹而完事！你倒比我高明，只是不声不响的用沉默表示赞叹！"

"你说我？我想得简直有点疯！我想到这里来，表示对于自然的拜倒，不否认，不抵抗，倒不一定去大庙中做喇嘛出家，最好还是近人情一点，落一个家。有了家，我还可以为这片土地做许多事！'认识'若有个普遍的意义，居住在这地方的人，受自然影响最深的情感，还值得我们多留点心！我奇怪，你到了这里那么久，熟人又多，且预备长远工作下去，怎不选个本地女人结婚？"

"哈哈，那你倒当真是更进一步，要用行动来表示了。机会倒多的是，不过也不怎么容易！因为这不止需要克服自己的勇气，还要一点别的。"

"你意思是不是说对于他人的了解？我刚才一个人就正在胡思乱想，想到中国当前许多问题。中国地方实在太大，人口虽不少，可是分布到各地方，就显得十分隔离。地域的隔离还不怎么严重，重要的还是情绪的隔离。学政治经济的，简直不懂得占据这大片土地上四万万手足贴近泥土的农民，需要些什么，并如何来实现它，得到它。由于只知道他们缺少的是什么，全不知道他们充足的是什么，一切从表面认识，表面判断，因此国家永远是乱糟糟的。三十年改革的结果，实在只作成一件事，即把他们从田中赶出，训练他们学习使用武器，延长内战下去，流尽了他们的血，而使他们一般生活更困难，更愚蠢。我以为思想家对于这个国家有重新认识的必要。这点认识是需要从一个生命相对原则上起始，由爱出发，来慢慢完成的。政治家不能做到这一点，一个文学家或一个艺术家必需去好好努力。"

"老弟，你年龄比我们小，你理想可比我们高得多！理想的实证，不是容易事。可是我相信是能用行为来实证理想的。到有一天你需要我帮忙时，我一定用行为来拥护你！"

"好，我们拍个巴掌。说话算数。"

另外两个还在作画的，其中一个李粲，本来用水彩淡淡的点染到纸上山景，到头来不能不承认失败，只好放下这个拙劣的努力，回转身对松林磐石黑绿错杂间卸除马驮的眼前景象，随意勾几幅小品，预备作游记插图。但是这个工作平日虽称擅长，今天却因为还有那个马串铃在松林中流宕的情韵，感到难于措手。听到两人拍手笑语，于是放下画具向两人身边走来。

"不画了，不画了，真是一切努力都近于精力白费！我们昨天赶街子，看到那个乡下妇人，肩上一扇三十斤大磨，找不到主顾，又老老实实的背回家去，以为十分可笑。可是说得玄远一点，那个行为和风景环境多调和！至于我们的工作，简直比那乡下婆子更可笑。我们真是勉强得很！"

小周说："可是你和小李这次在省里开的写生展览会，实在十分成功，各方面都有好评！"

李粲说："这个好评就更增加我们的惭愧。我们的玩意儿，不过是骗骗城里人，为他们开开眼界罢了。就象当前你见到的，我是老早就放弃了作画家的。去年四五月间，我和一群本地人去中甸大庙烧香，爬到山顶上一望，有十个昆明田坝大的一片草原，郁郁青青完全如一张大绿毯子，到处点缀上一团团五色花簇，和牛群羊群。天上一道曲虹如一道桥梁，斜斜的挂到天尽头，好象在等待一种虔诚的攀援。那些进香的本地人，连两个小学校长在内，一路作揖磕头，我先还只觉得可笑，到后才忽然明白一件事情，即这些人比我们活得谦卑而沉默，实在有它的道理。他们的信仰简单，哀乐平凡，都是事实。

但那些人接受自然的状态，把生命谐合于自然中，形成自然一部分的方式，比起我们来赏玩风景搜罗画本的态度，实在高明得多！我们到这里来只有四个字可说，即少见多怪。这次到省里，×教授问我为什么不专心画画，倒来写游记文章。文章不好好的写下去，又换了个方向，弄民俗学，不经济！我告他说，×先生，你若到那儿去一年半载，你的美术史也会搁下了。我们引为自夸的艺术，人手所能完成的业绩，比起自然的成就来，算个什么呢？你若到大雪山下看到那些碗口大的杜鹃花，完全如彩帛剪成的一样，粘在合抱粗三尺高光秃的矮桩上，开放得如何神奇，神奇中还到处可见出一点诙谐，你才体会得出'奇迹'二字的意义。在奇迹面前，最聪敏的行为，就只有沉默，崇拜。因为仿拟只能从最简陋处着手，一和自然大手笔对面，就会承认自己能做到的，实在如何渺小不足道了。故宫所藏宋人花鸟极有个性的数林椿，那个卷子可算得是美术史的瑰宝，但比起来未免可笑！"

　　紫膛脸的夏蒙，见洛下书生还不曾放下他的工作，因此向小周说："我们都觉得到这里来最好是放弃了作画家的梦，学学本地人把本身化成自然一部分。生活在一幅大画图中，不必妄想白用心力。可是李大哥呢，他先是说颜色不够用，我来写吧，来把徐霞客当年不曾到过的，不曾记下的，补写一本西南游记吧。虽承认普遍颜色不够用，可并不知道文字也不大济事！到后来游记也不写了，学考古了。上次到剑山去访古，来回八天，回丽江时，背上扛了个沉甸甸的包袱，告人说是得了宝物。我先也还以为他是到土司处得了个大金碗银藏轮。解开一看，原来是一块顽石！只因为上面刻了一个象形文字的咒语，就扛了这石头跋涉近十天。他的么夢文字辞典的工作，就正是从这个经验起始的！这比我们昨天看到那个扛磨石妇人，自然大

不相同……至于那位呢，总还不死心。你看他那个神气，就可知一定
还在……"

说得三个人都不免笑将起来。在远处的李兰，知道几个人说的话
与他必有关，因此舞着手中那个画册子应答说：

"你们又认输了，是不是？我可还得试一试！你们要的是成功，
所以不免感觉到失败。我倒只想尽可能来从各方面作个试验。"

话虽那么说，但过不多久，走过几个朋友身边时，大家争来看他
的画稿，才知道他勾勒的十几幅画稿，还只是一些大树，树林中一些
散马，原来那个不着迹象的远景捕捉，他也早放弃了。

大家把先前一时所作的几十幅山景速写整理出来，相互交换欣赏
时，认为李兰一幅全用水墨涂抹，只在那条虹上点染了一缕淡红那张
小景为最成功。其余凡用色彩表现色彩的，都近于失败。却以为这是
他的一种发现，一种创见。

李兰却表示他的意见说：

"这就是我说的经验！不是发明，是摹仿！我记得在学校讲南北
宋时，××先生总欢喜称引旧话，以为画鬼容易，画人难。画奇禽
异兽容易，画哈巴狗和毛毛虫难。写天宫梦境容易，写日常事物困
难。人人都说××先生是当代论画权威，都极相信他的意见。若带
他来这地方逛一年，他的讲义可就得完全重写。因为他会觉得所见到
的事事物物，都完全不能和画论相合。若写实，反而都成了梦境，更
可知道任何色彩的表现都有个限度。而限度还异常狭小，山水中的水
墨画，且比颜色反而更容易表现某种超真实的真实印象。当年顾陆王
吴号称大手笔，对于墨色的使用，一定即比彩色更多理解，从他们的
遗迹上即可见出。都明白色彩的重要，象是不敢和自然争胜，却将色
彩节约到吝啬程度，到重要处才使用那么一点儿。顾吴人物的脸颊衣

288

彩那点儿淡赭浅绛，即足证明对于彩色虽不能争胜，还可出奇。以少许颜色点染，即可取得应有效果。我知道摹仿自然已无可望，因此试学吴生画衣缘方法涂抹一线浅红，居然捉住了它……"

洛下书生正把画论谈得津津有味时，小周一面听下去一面游目四瞩，忽然间，看到山冈下面松树林中，飏起一缕青烟，这烟气渐上渐白，直透松林而上，和那个平摊在脚下松林作成的绿海，以及透出海面大小错落的乌黑乱石，两相对比，完全如一种带魔术性的画面。因此突然说：

"你们看这个是什么！一片绿，一团团黑，一线白，一点红，大手笔来怎么办？在画上，可看过那么一线白烟成为画的主题？有颜色的虹，还可有方法表现，没有颜色的虹，可容易画？"

那个出自马帮炊食向上飏起的素色虹霓，先是还只一条，随即是三条五条，大小无数条，负势竞上一直向上升腾，到了一个高点时，于是如同溶解似的，慢慢的在松树顶梢摊成一张有形无质的乳白色氍毹，缘着淡青的边，下坠流注到松石间去。于是白的、绿的、黑的，一起逐渐溶成一片，成为一个狭而长的装饰物，似乎在几个年青人脚下轻轻的摇荡。远近各处都镀上夕阳下落的一种金粉，且逐渐变成蓝色和紫色。日头落下去了，两百里外的一列雪岫上十来个雪峰，却转而益发明亮，如一个一个白金锥，向银青色泛紫的净洁天空上指。

四个人都为这个入暮以前新的变化沉默了下来，尤其是三个论画的青年，觉得一切意见一切成就都失去了意义。

主 妇

　　我们住处在滇池边五里远近。虽名叫桃园，狭长小院中只三株不开花的小桃树点缀风景。院中还种有一片波斯菊，密丛丛的藻形柔弱叶干，夏末开花时，顶上一朵朵红花白花，错杂如锦如绮。桃树虽不开花，从五月起每到黄昏即有毒蛾来下卵，二三天后枝桠间即长满了美丽有毒毛毛虫。为烧除毛毛虫，欢呼中火燎齐举，增加了孩子们的服务热忱，并调和了乡居生活的单调与寂静。

　　村中数十所新式茅草房，各成行列分散于两个山脚边，雨季来临时，大多数房顶失修，每家必有一二间漏雨。我们用作厨房的一间，斜梁接榫处已开裂，修理不起，每当大雨倾盆，便有个小瀑布悬空而下。这件事白天发生尚容易应付，盆桶接换来得及。若半夜落雨，就得和主妇轮流起身接倒。小小疏忽厨房即变成一个水池，有青蛙爬上碗橱爬上锅盖，人来时还大不高兴神气，咚的一声跳下水。原来这可爱生物已把它当作室内游泳池，不免喧宾夺主！不漏雨的两间，房屋檐口太浅，地面土又松浮，门前水沟即常常可以筑坝。雨季中室内因之也依然常是湿霉霉的。主妇和孩子们，照例在饭后必用铲子去清除，有时客人还得参加。雨季最严重的七八月，每夜都可听到村中远近各处土墙倾圮闷钝声，恰如另外一时敌机来临的轰炸。一家大小四口，即估计着这种声音方向和次数，等待天明。因为万一不幸，这种圮坍也随时会在本院发生！

可是这一切都已经成为过去，仿佛和当前生活离得很远了。战争已结束，雨季也快结束了。我们还住在这个小小村子中，照样过着极端简单的日子，等待过年，等待转回北平。长晴数日，小院子里红白波斯菊在明净阳光中作成一片灿烂，滇池方面送来微风时，在微风中轻轻摇荡，俯仰之间似若向人表示生命的悦乐，虽暂时，实永久。为的是这片灿烂，将和南中国特有的明朗天宇及翠绿草木，保留在这一家人的印象中，还可望另一时表现在文字中。一家人在这片草花前小桌凳上吃晚饭时候，便由毛毛虫和青蛙，谈到屋前大路边延长半里的木香花，以及屋后两丈高绿色仙人掌，如何带回北平去展览，扩大加强了孩子们对"明日"的幻想，欢笑声中把八年来乡居生活的单调，日常分上的困苦疲劳，一例全卸除了。

九月八号的下午，主妇上过两堂课，从学校带了一身粉笔灰回来，书还不放下即走入厨房。看看火已升好，菜已洗好，米已淘好，一切就绪，心中本极适意，却故意作成埋怨神气说："二哥，你又来揽事，借故停工，不写你的文章，你菜洗不好，淘米不把石子仔细拣干净，帮忙反而忙我。这些事让我来，省点事！"

我正在书桌边计划一件待开始的工作。我明白那些话所代表的意义，埋怨中有感谢，因此回答说："所以有人称我为'象征主义者'我从不分辩。他指的也许是人，不是文章。然而'文如其人'，也妈妈虎虎。我怕你太累！一天到晚事作不完，上课，洗衣，做饭，缝衣，纳鞋，名目一大堆数也数不清，凡吃重事全由你担当。我纵能坐在桌边提起三钱二分重的毛笔，从从容容写文章，这文章写成有什么意义？事情分担一点点，我心里安些，生命也经济些。"

"你安心，今天已八号，礼拜五又到了，我心里可真不安！到时还得替你干着急，生命也真不经济！"

"你提起日子，倒引起了我另外一个题目。"

"可是你好象许多文章都只有个题目，再无下文。"

"有了题目就好办！今晚一定要完成它，很重要的，比别的任何事情都重要。我得战争！"

末后说的是八年来常说的一句老话。每到困难来临需要想法克服时，就那么说说，增加自己一点抵抗力、适应力。所不同处有时说得悲愤凄苦，有时却说得轻松快乐而已。

抗日战争结束后，八年中前后两个印象还明明朗朗嵌在我的记忆中。一是北平南苑第一回的轰炸，敌人二十七架飞机，在微雨清晨飞过城市上空光景。一是胜利和平那晚上，住桃园的六十岁加拿大老洋人彼得得到消息后，狂敲搪瓷面盆，满村子里各处报信光景。至于两个印象间的空隙，可得填上万千人民的死亡流离，无数名都大城的毁灭，以及万千人民理想与梦的蹂躏摧残，万千种哀乐得失交替。即以个人而言，说起来也就一言难尽！……我虽竭力避开思索温习过去生活的全部，却想起一篇文章，题名《主妇》，写成恰好十年。

同样是这么一天，北方入秋特有的明朗朗的阳光，在田野，在院中，在窗间由细纱滤过映到一叠白纸上。院中海棠果已红透，间或无风自落有一枚两枚跌到地面，发出小小钝声。有玉簪花的幽香从院中一角送来。小主妇带了周岁孩子，在院中大海棠树和新从家乡来的老保姆谈家常，说起两年前做新妇的故事。从唯有一个新娘子方能感觉到的种种说下去，听来简直如一首"叙事诗"。可是说到孩子出生后，却忽然沉默了。试从窗角张望张望，原来是孩子面前掉落了一个红红的果子，主妇和老保姆都不声不响逗孩子，情形和我推想到的恰恰相反。孩子的每一举动，完全把身心健康的小主妇迷惑住了。过去当前人事景物印象的综合，十小时中我完成了个故事，题名《主妇》。第二天当作婚后三年礼物送给主妇时，她接受了这份礼物，一面看一面微笑，看到后来头低下去，一双眼睛却湿了。过了一会儿才抬起那双湿莹莹眼睛，眼光中充满真诚和善良。

"你写得真好，谢谢你。我有什么可送你的？我为人那么老实，那么无用，那么不会说话。让我用素朴忠诚来回答你的词藻吧。盼望你手中的笔，能用到更重要广大一方面去。至于给我呢，一点平静生活，已够了。我并不贪多！"

听过这话后，我明白，我失败了。比如作画，尽管是一个名家高手，若用许多眩目彩色和精细技巧画个女人面影，由不相识的人看来，已够显得神情温雅，仪态端丽。但由她本人看后，只谦虚微笑轻轻的说，"你画得很好，很象，可是恰恰把我素朴忘了。"这画家纵十分自负，也不免有一丝儿惭愧从心中升起，嗒然若丧。因为他明白，素朴善良原是生命中一种品德，不容易用色彩加以表现。一个年青女人代表青春眼目眉发的光色，画笔还把握得住，至于同一人内蕴的素朴的美，想用朱墨来传神写照，可就困难了。

我当时于是也笑笑，聊以解嘲：

"第一流诗歌，照例只能称赞次一等的美丽。我文字长处，写乡村小儿女的恩怨，吃臭牛肉酸菜人物的粗卤，还容易逼真见好，形容你这三年，可就笨拙不堪了。且让这点好印象保留在我的生命中，作为我一种教育，好不好？你得相信，它将比任何一本伟大的书还影响我深刻。我需要教育，为的是乡下人灵魂，到都市来冒充文雅，其实还是野蛮之至！"

"一本书，你要阅读的也许是一本《新天方夜谭》吧。你自己说过，你是个生活教育已受得足够，还需要好好受情感教育的人。什么事能教育你情感，我不大清楚。或想象，或行为，我都不束缚你拘管你。倘若有什么年青的透明的心，美人的眉目笑颦，能启发你灵感，教育你的情感，是很好的事。只是大家都称道的文章，可不用独瞒我，总得让我也欣赏欣赏，不然真枉作了一个作家的妻子，连这点享受都得不到！"

话说得多诚实，多谦虚，多委婉！我几乎完全败北了。嗫嗫嚅嚅想有所分疏，感觉一切词藻在面对主妇素朴时都失去了意义。我借故逃开了。

从此以后，凡事再也不能在主妇面前有所辩解，一切雄辩都敌不过那个克己的沉默来得有意义有分量。从沉默或微笑中，我领受了一种既严厉又温和的教育，从任何一本书都得不到，从其他经验上也得不到的。

可是生命中却当真就还有一本《新天方夜谭》，一个从东方的头脑产生的连续故事，展开在眼前，内容荒唐而谲幻，艳冶而不庄。恰如一种图画与音乐的综合物。我搁下又复翻开，浏览过了好些片段篇章，终于方远远的把书抛去。

和自己弱点而战，我战争了十年。生命最脆弱一部分，即乡下人不见世面处，极容易为一切造形中完美艺术品而感动倾心。举凡另外一时另外一处热情与幻想结合产生的艺术，都能占有我的生命。尤其是阳光下生长那个完美的生物。美既随阳光所在而存在，情感泛滥流注亦即如云如水，复如云如水毫无凝滞。可是一种遇事忘我的情形，用人教育我的生活多累人！且在任何忘我情境中，总还有个谦退沉默黑脸长眉的影子，一本素朴的书，不离手边。

我看出了我的弱点，且更看出那个沉默微笑中的理解、宽容以及爱怨交缚。终于战胜了自己，手中一支笔也常常搁下了。因为我知道，单是一种艺术品，一种生物的灵魂明慧与肉体完美，以及长于点染丹黛调理眉膚，对我其实并非危险的吸引。可怕的还是附于这个生物的一切优点特点，偶然与我想象结合时，扇起那点忧郁和狂热。我的笔若再无节制使用下去，即近于将忧郁和狂热扩大延长。我得从作公民意识上，凡事与主妇合作，来应付那个真正战争所加给一家人的危险、困难，以及长久持家生活折磨所引起的疲乏。这一来，家中一切都在相互微笑中和孩子们歌呼欢乐净化了。草屋里案头上，陆续从田野摘来的野花，朱红的，宝石蓝的，一朵朵如紫色火焰的，鹅毛黄还带绒的，延长了每个春天到半年以上，也保持了主妇情感的柔韧，和肉体灵魂的长远青春。一种爱和艺术的证实，装饰了这本素朴小书的每一页。

今天又到了九月八号，四天前我已悄悄的约了三个朋友赶明天早车下乡，并托带了些酒菜糖果，来庆祝胜利，并庆祝小主妇持家十三年。事先不让她知道。我自己还得预备一点礼物。要稍稍别致，可不一定是值钱的。深秋中浅紫色和淡绿色的雏菊已过了时，肉红色成球的兰科植物也完了，抱春花恹恹无生气，只有带绒的小蓝花和开小白花的捕虫草科一种，还散布在荒草泽地上。小白花柔弱细干负着深黄色的细叶，叶形如一只只小手伸出尖指，掌心中安一滴甜胶，引诱泽地上小小蚊蚋虫蚁。顶上白花小如一米粒，却清香逼人。一切虽那么渺小脆弱，生命的完整性竟令人惊奇，俨如造物者特别精心在意，方能慢慢完成。把这个花聚敛作一大簇，插入浅口黑陶瓷盂中，搁向窗前时，那个黄白对比重叠交织，从黑黝黝一片陶器上托起，入目引起人一种入梦感觉。且感染于四周空气中，环境也便如浸润在梦里。

一家人就在这个窗前用晚饭。一切那么熟习，又恰恰如梦。孩子们在歌哭交替中长大，只记得明天日本投降签字，可把母亲作新娘子日期忘了。七七事变刚生下地才一个多月的虎虎，已到了小学四年级，妈妈身边的第五纵队，闪着双顽童的大眼睛，向我提出问题。

"爸爸，你说打完仗，我们得共同送妈妈一件礼物，什么礼物？你可准备好了？"

"我当然准备得有，可是明天才让你们知道。"

十一岁的龙龙说，"还有我们的！得为我买本《天方夜谭》，给小弟买本《福尔摩斯》。"

主妇望着我笑着，"看《天方夜谭》还早！将来有的是机会。"

我说，"不如看我的《自传》动人，学会点顽童伎俩。至于虎虎呢，他已经是个小福尔摩斯了。"

小虎虎说："爸爸，我猜你一定又是演说，——一切要谢谢妈妈。完了。说的话可永远一样，怎么能教书？"

"太会说话就更不能教书了。譬如你，讲演第一，唱歌第二，习字就第五，团体服务还不及格。——君子动手不动口，你得学凡事动动手！"

"完全不对。我们打架时，老师说'君子动口不动手'。"

"老师说的自然是另外一回事。要你们莫打架，反内战，所以那么说。愚人照例常常要动手的！我呢，更不赞成打！打来打去，又得讲和，多麻烦。"

"那怎么又说动手不动口？"

"因为相骂也不好，比打还不容易调停，还不容易明白是非。目前聪明人的相骂，和愚蠢人的相打，都不是好事。"

和要人训话一样，说去说来大家都闹不清楚说什么。主妇把煮好的大酸梨端出，孩子们一齐嚷叫"君子们，快动手动口！"到这时，我的抽象理论自然一下全给两个顽童所表现的事实推翻了。

用过八年的竹架菜油灯放光时，黄黄的灯光把小房中一切，照得更如在一种梦境中。

"小妈妈，你们早些休息。大的工作累了，小的玩累了，到九点就休息，明天可能有客来。我还有事情要作，多坐一会儿。瓶子里的油一定够到……"

到十二点时，我当真还坐守在那个小书桌边。作些什么？温习温习属于一个小范围内世界相当抽象的历史，即一群生命各以不同方式，在各种偶然情形下侵入我生活中时，取予之际所形成的哀乐和得失。我本意照十年前的情形再写个故事，作为给主妇明天情绪上的装饰。记起十年前那番对话，起始第一行不知应该如何下笔，方能把一个素朴的心在纸上重现。对着桌前那一簇如梦的野花，我继续呆坐下去。一切沉寂，只有我心在跳跃，如一道桥梁，任一切"过去"通过时而摇摇不定。

进入九月九号上午三点左右，小书房通卧室那扇门，轻轻的推开后，主妇从门旁露出一张小黑脸，长眉下一双眼睛黑亮亮的，"嘻，你又在写文章给我作礼物，我知道的！不用太累，还是休息了吧。我们的生活，不必用那种故事，也过得上好！"

我于是说了个小谎，意思双关，"生活的确不必要那些故事，也可过得上好的，我完全和你同意。我在温书，在看书，内容深刻动人，如同我自己写的，人物故事且比我写出来还动人。"

"看人家的和你自己写的，不问好坏，一例神往。这就是作家的一种性格。还有就是，看熟人永远陌生，陌生的反如相熟，这也是做作家一个条件。"

"小妈妈，从今天起，全世界战争都结束了，我们可不能例外！听我话好好的睡了吧。我这时留在桌边，和你明天留在厨房一样，互相无从帮助，也就不许干涉。这是一种分工，包含了真实的责任，虽劳不怨。从普通观点说，我做的事为追求抽象，你做的事为转入平庸，措词中的褒贬自不相同。可是你却明白我们这里有个共同点，由于共同对生命的理解和家庭的爱，追求的是二而一，为了一个家，各尽其分。别人不明白，不妨事，我们自己可得承认！"

"你身体不是刚好吗？怎么能熬夜？"

"一个人身体好就应当作作事。我已经许久不动笔了！我是在写个小故事。"

主妇笑了，"我在迷迷糊糊中闻到烧什么，就醒了。我预备告你的是，可别因为我，象上回在城中那么，把什么杰作一股鲁又烧去，不留下一个字。知道的人明白这是你自己心中不安，不知道的还以为我妒嫉到你的想象，因此文章写成还得烧去，多可惜！"

"不，并不烧什么。只是油中有一点水，在爆炸。"口上虽那么说，我心中却对自己说，"是一个人心在燃烧，在小小爆裂，在冒烟。

虽认真而不必要。"可是我怯怯的望了她一眼，看看她是不是发现点什么。从主妇的微笑中，好象看出一种回答，"凡事哪瞒得了我。"

我于是避开这个问题，反若理直气壮的向她说，"小妈妈，你再不能闹我了！把我脑子一搅乱，故事到天亮也不能完成！你累了一整天，累了整十三年，怎么还不好好休息？"

"为了明天，大家得休息休息，才合理！"

我明白话中的双重意义。可是各人的明天却相似而不同。主妇得好好休息，恢复精力来接待几个下乡的朋友，并接受那种虽极烦琐事实上极愉快的家事。至于我呢，却得同灯油一样，燃干了方完事，方有个明天可言！我为自己想到的笑了，她为自己说到的也笑了。两种笑在黯黄黄灯光下融解了。两人对于具体的明天和抽象的明天都感到真诚的快乐。

主妇让步安静睡下后，我在灯盏中重新加了点油，在胃中送下一小杯热咖啡。

搅动那个小小银茶匙时，另外一时一种对话回复到了心上。

"二哥，不成的，十二点了，为了我们，你得躺躺！这算什么？"

"这算是对你说我有点懒惰不大努力的否认。你往常不是说过，只要肯好好尽力工作，什么都听我，即使不意中被一些年青女孩子的天赋长处，放光的眼睛，好听的声音，以及那个有式样的手足眉发攫走了我的心，也不妨事？这不问出于伟大的宽容或是透明理解，我都相信你说的本意极真诚。可是得用事实证明！"

"得用多少事？你自己想想看。"

"现在可只需用一件比较不严重的小事来试验，你即刻睡去，让我工作！我在工作！"

"你可想得到，这对于身边的人，是不是近于一种残忍？"

"你可想得到把一个待完成的作品扼毙，更残忍到什么程度？"

…………

从这个对话温习中，我明白在生活和工作两事上，还有点儿相互矛盾，不易平衡。这也是一种生命的空隙，需要设法填平它。疏忽了时，凡空隙就能生长野草和霉苔。我得有计划在这个空隙处种一点花，种一个梦。比如近身那个虽脆弱却完整的捕虫科植物，在抽象中可有那么一种精美的东西，能栽培发育长大？可有一种奇迹，我能不必熬夜，从从容容完成五本十本书，而这些书既能平衡我对于生命所抱的幻念，不至相反带我到疯狂中？对于主妇，又能从书中得到一种满足，以为系由她的鼓励督促下产生？

这个无边际的思索，把我淹没复浮起。时间消失了。灯熄了。天明了。

我若重新有所寻觅，轻轻的开了门，和一只鹰一样，离开了宿食所寄的窠巢，向清新空阔的天宇下展翅飞去。在满是露水的田埂荒坟间，走了许久。只觉得空气冰凉，一直浸透到头脑顶深皱摺里。一会会，全身即已浴于温暖朝阳光影中，地面一切也浴于这种光影中，草尖上全都串缀着带虹彩的露水。还有那个小小成台状的紫花，和有茸毛的高原蓝花，都若新从睡梦中苏醒，慢慢的展开夜里关闭的叶托，吐出小小花蕊和带粉的黄绒穗。目前世界对于我作成一种崭新的启示，万物多美好，多完整！人类抽象观念和具体知识，数千年积累所成就的任何伟大业绩，若从更深处看去，比起来都算得什么？田野间依然是露水，以及那个在露水朝阳中充分见出自然巧慧与庄严的野花。一种纯粹的神性，一切哲学的基本观念，一切艺术文学的伟大和神奇，亦无不由之孕育而出。

我想看看滇池，直向水边走去。但见浸在一片碧波中的西山列嶂，在烟岚湿雾中如一线黛绿长眉。那片水在阳光中闪亮，更加美目流波。自然的神性在我心中越加强，我的生命价值观即越转近一个疯子。不知不觉间两脚已踏到有螺蚌残骸的水畔。我知道，我的双脚和我的思索，在这个侵晨清新空气中散步，都未免走得太远了一点，再向前走，也许就会直入滇池水深处。我得回家了。

记起了答应过孩子送给主妇的礼物，就路旁摘了一大把带露水的蓝花，向家中跑去。

在门前即和主妇迎面相遇，正象是刚刚发现我的失踪，带着焦急不安心情去寻找我。

"你到什么地方去了？怎么不先说一声，留个字？孩子们都找你去了！"一眼瞥见那把蓝花，蓝花上闪亮的露水，"就为了这个好看，忘了另外一个着急。"

"不。我能忘掉你吗？只因为想照十年前一样，写篇小文章，纪念这个九月九日。呆坐了一夜，无下笔处。我觉悟了这十年不进步的事实。我已明白什么是素朴。可是，赞美它，我这复杂脑子就不知从何措手了。我的文章还是一个题目，《主妇》。至于本文呢（我把花递给她），你瞧它蓝得多好看！"

"一个象征主义者，一点不错！"

说到后来两人都笑了起来。

两种笑在清晨阳光下融解了。

主妇把那束蓝花插到一个白瓷敞口瓶中时，一面处理手中的花，一面说，"你猜我想什么？"

"你在想，'这礼物比任何金珠宝贝都好！和那个"主妇"差不多！这是一种有个性有特性的生物，平凡中有高贵品德。'你还想说，'大老爷，故事完成了，你为我好好睡两点钟吧。到十点火车叫时再起身，我们好一同去车站接客人。我希望客人中还有个会唱歌的美丽女孩子，大家好好玩一天！睡一睡吧，你太累了！'……我将说'不，我不过只是这一天有点累，你累了十三年！你就从不说要休息。我想起就惭愧难过！'"

"这也值得想值得想得惭愧吗？我还是第一次听到你说惭愧！"

从主妇不甚自然微笑中，依约看到一点眼泪，眼泪中看到天国。

桌案上那束小蓝花如火焰燃烧，小白花如梦迷蒙。我似乎当真有点儿累了。似乎遥闻一种呼唤招邀声，担心我迷失于两种花所引起的情感中，不知所归，又若招邀本自花中而出，燃烧与作梦，正是故事的起始，并非结束。

一九四五年九月九日作于昆明桃源，
一九四六年九月北平写成。

青色魇

青

半夜猛雨，小庭院变成一片水池。孩子们身心两方面的活泼生机，于是有了新的使用处。为储蓄这些雨水，用作他们横海扬帆美梦的根据地，大忙特忙起来了。小鹤嘴锄在草地上纵横开了几道沟，把积水引导到大水沟后，又设法在低处用砖泥砌成一道堤坝。于是半沟黄浊浊泥水中，浮泛了各式各样玩意儿：木条子、沙丁鱼空罐头，牙膏盒、硬纸板，凡在水面漂动的统统就名叫做"船"，并赋以船的抽象价值和意义。船在水手搅动脏水激起的漩涡里陆续翻沉后，压舱的一切也全落了水。照孩子们说的，即"宝物全沉入海底"。这一来，孩子们可慌了。因为除掉他们自己日常用的小玩具外，还有我书桌上一个黄杨木刻的摆夷小马，作镇纸用的澳洲大宝贝，刻有蹲狮的镀金古铜印，自然也全部沉入海底。照传说，落到海底的东西即无着落，几只小手于是更兴奋的在脏水中搅动起来。过一会儿，当然即得回了一切，重新分配，各自保有原来的一份。然而同时却有一匹手指大的翠绿色小青蛙，不便处置。这原是一种新的发现。若系平时，未必受重视，如今恰好和打捞宝物同时出水，为争夺保有这小生物，几只手又有了新的搅水机会。再过不久，我的面前就有了一双大眼睛，黑绒绒的长睫毛下酿了一汪热泪，来申诉委屈了。抓起两只小手看看，还水淋淋的。一只手中是那个刚从大海中救回四寸高的小木马，一只手就捏住那匹刚从大海中发现的小青蛙。摊开小手掌时，小生物停在掌心中，恰如一只绿玉琢成的眼睛。

"根本是我发现的，哥哥不承认。……于是我们就战争了。他故意浇水到我眼睛里，还说我不讲道理。我呢，只浇一点儿水到他身上，并不多。"

我心想，"是的，你们因为如此或如彼，就当真战争起来了，很兴奋、认真，都以为自己和真理同在。正犹如世界上另外一处发生的事。这世界，一切原只是一种象征！"不由得不苦笑了。我说，"嗨嗨，小虎虎，战争不是好事情。不要为点点事情就战争！不许哥哥浇脏水到眼睛中去，好看的眼睛自然要好好保护它才对。可是你也不必哭，女孩子的眼泪才有用处！你可听过一个大伙儿女人在一块流眼泪的故事？……"

所有故事都从同一土壤中培养生长，这土壤别名"童心"。一个民族缺少童心时，即无宗教信仰，无文学艺术，无科学思想，无燃烧情感实证真理的勇气和诚心。童心在人类生命中消失时，一切意义即全部失去其意义，历史文化即转入停顿，死灭，回复中古时代的黑暗和愚蠢，进而形成一个较长时期的蒙昧和残暴，使人类倒退回复吃人肉的状态中去。

白

凡是冒险事情都使人兴奋，可是最能增加见闻满足幻想的，却只有航海。坐了一只船向远无边际的海洋中驶去时，一点接受不可知命运所需要的勇敢，和寄托于这只船上所应有的荒谬希望，可以说，把每个航海的人都完全变了。那种不能自主的行止，以及与海上陌生事务接触时的心情，都不是生根陆地的人所能想象的。他将完全如睁大两眼作一场白日梦，一直要回到岸上才能觉醒。他的冒险经验，不仅仅将重造他自己的性情和人格，还要影响到别的更多的人兴趣和信仰。

就为的是冒险，有那么一只海船，从一个近海码头启碇，向一个谁也想象不到的彼岸进发了。这只船行驶到某一天后，海上忽然起了大风。船在大海中被风浪簸荡，真象是小水塘中的玩意儿，被顽童小手搅动后情景。到后自然是船翻了，船上人千方百计从各处找来的宝物，全部落了水。船上所有人也落了水。可是就中却有一个冒险者，和他特别欢喜的一匹白马，同被偶然而来的一个海浪，送到了岛屿的岸边。就岛上种种光景推测，背海向内地走去，必然会和人碰头。必需发现人，这种冒险也才有变化，有结束。唯一的办法，自然就是骑了这匹白马向内陆进发，完成这种冒险的行程。

这匹马长得多雄骏！骨象和形色，图画上就少见。全身白净，犹如海滩上的贝壳。毛色明净光莹处，犹如碧空无云天上的满月，如阿耨达池中的白莲花。走动时轻快不费力气，完全象是一阵春天的好风。四脚落地的均匀节奏，使人想起千年前历史上那个第一流鼓手，这鼓手同时还是个富于悲剧性的聪明皇帝，会恋爱又懂音乐，尤其欢喜玩羯鼓，在阳春三月好风光里，鼓声起处，所有含苞欲吐的花树，都在这种节奏微妙鼓声中次第开放。

白马正驰过一片广阔平原，向一个城市走去。装饰平原到处是各种花果的树林。花开得如锦绣堆积，红白黄紫，各自竞妍争美。点缀在树枝上的果子，把树枝压得弯弯的，过路人都可随意采摘。大路两旁用作行路人荫蔽的嘉树，枝叶扶疏，排列整齐，犹如受过极好训练的军队。平原中到处还有各式各样的私人花园别墅，房屋楼观都各有匠心，点缀上清泉小池，茂树奇花。五色雀鸟在水边花下和鸣，完全如奏音乐。耳目接触，使人尽忘行旅疲劳和心上烦忧。城在平原正中，用半透明玉石砌成，五色琉璃作缘饰，皎洁壁立，秀拔出群，犹如一座经过削琢的冰山。城既在平原上，因之从远处望去时，又仿佛一阵镶有彩饰的白云，平空从地面涌起。城市的伟大和美丽，都已超过一切文学诗歌的形容，所以在任何人的眼目中，也就十分陌生。

这城原来就是历史上最著名的阿育王城，这一天且是传说中最动人的一天。这个冒险者骑了他的白马，到得城中心时，恰好正值城中所有年青秀美尚未出嫁女孩子，集合到城中心大圆场上，为同一事件而哀哭。各自把眼泪聚集入金、银、玉、贝、珊瑚、玛瑙等等七宝作成的小盒中，再倾入一个紫金钵盂里。

一切见闻都比梦境更荒唐不可思议，然而一切却又完全是事实。事实增加冒险者的迷惑，不知从何取证。冒险者更觉得奇异，即问明白，使得这些年青美貌女孩子的哭泣，原来是为了另一个陌生男子一双眼睛的失明。

黄

阿育王是历史上一个最贤明的国王，既有了作国王所应有的智慧和仁爱，公正与诚实，因之凡作国王所需要的一切，权势和尊荣，财富和土地，良善人民和正直大臣，也无不完全得到。但是就中有一点缺陷，即年近半百还无儿子。一个国王若没有儿子，在历史上留下的记载，必然是国中有势力的大族，趁这个国王老去时，因争夺继承，不免发生叛变和战争，国力由消耗而转弱，使敌国怨家乘隙侵入，终于亡国灭祀。为避免历史悲剧的重演，唯一方式即采用宗教仪式向神求子。阿育王本不信神，但为服从万民希望，不得已和皇后莲花夫人同往国内最大神庙祝祷许愿，并往每一神像前瞻礼致敬。庄严烦琐的仪式完毕，回到别院休息时，忽闻有驹那罗鸟在合欢树上歌呼。阿育王心想："若生儿子，一双眼睛应当如驹那罗鸟眼俊美有神，方足威临八方。"回宫不久，皇后果然就有了身孕。足月时生产一男孩，满房都有牛头楠檀奇异馥郁香气，长得肥白健壮，有三十二相，八十种好。尤其使阿育王夫妇欢喜的，就是那双眼睛，完全如驹那罗鸟眼睛。因到神庙去还愿酬神，并在神前为太子取名"驹那罗"。总管神庙的先知，预知这个太子的眼睛和他一生命运大有关系，能带来无比权势，也能带来意外不幸，就为阿育王说"眼无常相"法，意思是——

"凡美好的都不容易长远存在，具体的且比抽象的还更脆弱。美丽的笑容和动人的歌声反不如星光虹影持久，这两者又不如某种素朴观念信仰持久。英雄的武功和美人的明艳，欲长远存在，必与诗和宗教情感结合，方有希望。但能否结合，却又是出于一种偶然，因人间随时随处都有异常美好的生命或事物消失，大多数即无从保存。并非事情本身缺少动人悲剧性，缺少的只是一个艺术家或诗人的情绪，恰巧和这个问题接触。必接触，方见功。这里'因缘'二字有它的庄严意义，'信仰'二字也有它的庄严意义。记住这两个名词对人生最庄严的作用，在另外一时就必然发生应有的作用。"这种法语似乎相当深晦，近于一切先知的深晦，阿育王自然也只能理解一小部分，其余得从事实证明。

　　说过后，先知即把佛在生时沿门乞食的紫金钵盂，送给阿育王，并嘱咐他说，"这东西对王子驹那罗明天大有用处。好好留下，将来可以为我说的预言作证。"

金

　　驹那罗王子在良好教育和谨慎保护下慢慢长大。到成年时，一切传说中王子的好处，无不具备。一双俊美眼睛，则比一切诗歌所赞美的人神眼睛还更明亮更动人。国中所有年青美丽女孩子，因为普遍对于这双眼睛发生了爱情，多锁住了她们爱情，迟延了她们的婚姻。驹那罗自己也因这双出奇的眼睛和多少人的希望与着迷，始终不好意思和任何一个女子成婚。

　　按照当时的风俗，阿育王宫中应当有一万妃子，而且每一位妃子入宫因缘，都必然有一种特征和异相。最后一个入宫的妃子，名叫真金夫人。全身是紫金色，光华煜煜，且有异香，稀世少见。当时有婆罗门相师为王求妃，聘请国内名师高手，铸就一躯金相，雄伟奇特，辇行全国，并高声倡言："若有端正殊妙女人，得见金神礼拜者，将以虔信，得神默佑，出嫁必得人上之人好夫婿。"全国士女，一闻消息，于是各自严整妆饰，穿锦绣衣，璎珞被体，结伴同出，礼拜金神。唯有这个女子，志乐闲静，清洁其心，独不出视。经女伴再三怂恿，方着日常弊衣，勉强随例参谒。不意一到神前，按照规仪将随身衣服脱去时，一身紫金色光明，映夺神座。婆罗门相师一见，即知唯有这个女子堪宜作妃。随即用重礼聘入王宫。这妃子不仅长得华艳绝人，且智意流通，博识今古，明辨时政，兼习术数。就为这种种原因，深得阿育王爱敬信托。然亦因此，即与驹那罗王子势难并存。推其原因，还由于爱。王妃在未入宫以前，即和国内其他女子一样，爱上了驹那罗那双眼睛。若两人相爱，可谓佳偶天成。但名分已定，驹那罗王子对之只有尊敬，并无爱情。妃子对之则由爱生妒，由妒生恨，不免孕育一点恶心种子。凡属种子，在雨露阳光中都能生长，发育滋长，结怨毒果。驹那罗有见于此，心怀忧惧，寝食难安，问计于婆罗门，婆罗门即为出主意，因此向阿育王请求出外就学。

过后不久，阿育王害了一种怪病，国内医生无法医治，宣告绝望。这事情若照国家习惯法律，三个月后，驹那罗王子即将继承王位，当国执政。聪明妃子一听这种消息，心知驹那罗王子若真当国执政，第一件事，即必然是将自己放逐出宫。因此向监国大臣宣称，她能治王怪病，"请用三个月为期，到时若无好转，愿以身殉国王，死而无怨。"一面即派人召集国内良医，并向国内各处探听，凡有和阿育王相同病症的，一律送来疗治。恰好有一女孩，病症相同，妃子即令医士用女孩作试验，吃种种药。最后吃葱，药到虫出，怪病即愈。阿育王经同样治疗，病亦得痊，因向妃子表示感激之忱，以为若有心愿未遂，必可使之如愿。妃子趁此就说："国王所有，我无不有，锦衣玉食，我无所需。由于好奇，我想作七天国王，别无所求！"既得许可，第一件事即假作阿育王一道命令，给驹那罗王子，命令上说："驹那罗王子犯大不敬，宜处死刑。今特减等，急将两眼挑出。令到遵行，不许稍缓。限期三日，回复王命。"按照习惯，这种重要文件，必有阿育王齿上印迹，才能生效。妃子趁王睡眠，盗取齿印。王在梦中惊醒，向妃子说：

"事真希奇，我梦见一只黑色大鹫鹰，啄害驹那罗两只眼睛。"

妃子说:"梦和事实,完全相反,王子安乐,何必忧心?"

妃子哄阿育王睡定,欲取齿印时,王又惊醒,向妃子说:

"事实希奇,我又梦见驹那罗头发披散,面容憔悴,坐在地上哭泣。两眼成为空洞,可怕可怕!"

"梦哭必笑,梦忧则吉,卜书早已说过,何用多疑?"

妃子于是依然用谎话哄王安睡。睡眠熟时,即将齿印盗得,派一亲信仆人,乘日行七百里驿传,赍送命令,到驹那罗王子所在总督处。总督将命令转送给驹那罗王子,验看明白,相信一切真出王意,即便托人传语总督,请求即刻派人前来执行。可是全省没有人肯作这种蠢事。另悬重赏,方来一外省无赖流氓,企图赏赐报名应征。人虽无赖,究有人心,因此到执行时,迟迟不忍动手。

驹那罗王子恐误王命,鼓励他说:"你勇敢点,只管下手,先挑右眼,放我手心!"一眼出后,千万人民,都觉痛苦损失,不可堪忍。热泪盈眶,如小孩哭。驹那罗王子忘却本身痛苦,反向众人多方安慰,以为同受试验,亦有缘法。两眼出后,驹那罗王子向在场人民从容宣说:"美不常住,物有成毁,失别五色,即得清净:得丧之际,因明本性。破甑不顾,事达人情,拭去热泪,各营本生!"那流氓眼见这种情形,异常感动,自觉作了一件愚蠢无以复加事情,随即转身到一大树下扼喉自杀死去。妃子亲信,即将那双眼睛,贮藏于一个小小七宝盒中,乃驰驿传,带回宫中复命。

妃子从宝盒中验看那双眼睛无误时,"驹那罗,驹那罗,你既不在人间,就应当永远埋葬在我心里!"妃子由于爱恨交缚,便把那双眼睛吞吃了。

紫

　　驹那罗既失去双眼，变成盲人后，不能继续学问，因此弹琴唱歌，自作慰遣。心念父亲年老，国事甚烦，虽有聪明妃子侍侧，忠直大臣辅政，究竟情形，实不明白，十分挂念。因辗转而行，沿路乞丐，还归京都。到王宫门外时，不得入宫，即在象坊中暂时寄身，等待机会。半夜中忽听两个象奴陈述国情，以及阿育王功德：奇病痊愈，得力于王妃智慧多方，代王执政七天，开历史先例。并认为一年以内，从不处罚任何臣民，以德化治，真是奇迹。驹那罗就耳中所闻证本身所受，心中疑问，不能自解，因此中夜弹琴娱心，并寄幽思。阿育王在宫中忽闻琴声，十分熟习，似驹那罗平时指法，惟曲增幽愤，如有所诉。即派人四处找寻，才从象坊一角，发现这个两眼失明王子。形容羸瘦，衣裳败坏，手足生疮，且作奇臭，完全失去本形，因问驹那罗：

　　"你是谁人？因何在此？有何怨苦，欲作申诉？"

　　"我是驹那罗，阿育王独生子。眼既失明，名只空存。我无怨苦，不欲申诉，惟念父母，因此归来！"

　　阿育王一听这话，譬如猛火烧心，迷闷伤损，即刻昏倒地下。用水浇洒，苏醒以后，把驹那罗抱在膝上，一面流泪一面询问："你眼睛本似驹那罗眼，俊美温柔，燃着清光，明朗若星，才取本名。如今一无所有，应作何等称呼？什么人害你，心之狠毒，到这样子！你颜色这么辛苦憔悴，我实在不忍多看。赶快——向我说个明白，我必为你报仇。"

　　驹那罗说："爸爸，你不必忧恼。事有分定，不能怨人，我自造孽，才有今天！三月前得你命令，齿印分明，说我犯大不敬，于法应诛，将眼挑出，贷免一死。既有王命，证据分明，何敢违逆？"

阿育王说："我可发誓，并无这种荒悖命令。此大罪恶，必加追究，得个水落石出，我方罢休！"

一经追究，如理泉水，随即知道本源。真金夫人因爱生妒，因妒生毒，毒害之心滋长繁荣，于是方有如彼如此不祥事件发生。供证分明，无可辩饰，阿育王一身火发，因向妃子厉声斥骂说："不吉恶物，何天容汝，何地载汝。你心狠毒，真如蛇蝎，螫人至毒，死有余辜，不自陨灭，天意或正有待！"因此即刻把这妃子监禁起来，准备用胡胶紫火烧杀后，再播扬灰烬于空中水中，使之消失，表示人天共弃。

阿育王因思往事，想起过去种种，先知所说眼无常相法，即有预言。又想起那个紫金钵盂，及先知所谓"因缘""信仰"等等意义，当即派一大臣，把那紫金钵盂带到大街通衢人民会萃热闹处所，向国人宣示驹那罗王子所遭不幸经过。"本身失明，犹可摸索，循墙而走，不至倾跌。一国失明，何以作计？"都人士女，闻此消息，多如突闻霹雳，如呆如痴，迷闷怅惘，不知自处。至若年青妇女，更觉心软如蜡，难于自持。加之平昔对其爱慕，更增悲酸。日月于人，本非嫡亲，一旦失明，人即如发狂痫，敲锣击缶，图作挽救。今驹那罗王子，两目丧失，日夜不分，对于青春鲜华美丽自信女子，如何能堪？因此齐集广场，同申哀痛。热泪盈把，浥注小盒，盒盒充足，转注紫金钵盂。不一时许，钵盂中清泪满溢。阿育王忧戚沉痛，手捧钵盂，携带驹那罗王子，同登一坛台上，朗朗向众宣示：

"眼无常相，先知早知，因爱而成，逢妒而毁，由忧生信，从信生缘。我儿驹那罗双眼已瞎，人天共见。今我将用这一钵出自国中最纯洁女子为同情与爱而流的纯洁眼泪，来一洗驹那罗盲眼。若信仰二字犹有意义，我儿驹那罗双眼必重睹光明，亦重放光明，若信仰二字，早已失去其应有意义，则盲者自盲，佛之钵盂，正同瓦缶，恰合给我儿驹那罗作叫花子乞讨之用！"

当众一洗之后，四方围观万民，不禁同声欢呼："驹那罗！"原来这些年青女子为一种单纯共同信仰，虔诚相信盲者必可得救。愿心既十分单纯真诚，人天相佑，奇迹重生，驹那罗一双眼睛，已在一刹那顷回复本来，彼此互观，感激倍增。全城女子，因此联臂踏歌，终宵欢庆。

探险者目睹这回奇迹，第一件事，即将那匹白马献给阿育王，用表尊敬。至于驹那罗王子呢，第一件事，即请求国王赦免那一位美貌非凡才智过人、用不得其正的妃子，从胡胶紫火中把她救出。

黑

我那小木马，重新又放到书桌边，成为案头装饰品之一了。房屋尽头远近水塘，正有千百拇指大小青蛙鸣声聒耳。试数我桌上杂书，从书页上折角估计，才知道我看过了《百缘经》《鸡尸马王经》《阿育王经》《付法藏经》。……

眼前一片黑，天已入暮，天末有一片紫云在燃烧。一切都近于象征。情感原出于一种生命的象征，离奇处是它在人生偶然中的结合，以及结合后发展而成的完整形式。它的存在实无固定性，亦少再现性，然而若于一个抽象名词上去求实证时，"信仰"却有它永远的意义。信仰永存。我们需要的是一种明确而单纯的新的信仰，去实证同样明确而单纯的新的愿望。共同缺少的，是一种广博伟大悲悯真诚的爱，用童心重现童心。而当前个人过多的，却是企图用抽象重铸抽象，那种无结果的冒险。社会过多的，却是企图由事实继续事实，那种无情感的世故。

想象的紫火在燃烧中，在有信仰的生命里继续燃烧中。在我生命里，也在许多人生命里。待毁灭的是什么？是个人不纯粹的爱和恨，还是另外一种愚蠢和困惑？我问你。